Käthe Papke · Um sein Glück

KÄTHE PAPKE

Um sein Glück

Eine historische Erzählung aus dem 13. Jahrhundert

CHRISTLICHES VERLAGSHAUS GMBH
STUTTGART

ABCteam

Bücher, die dieses Zeichen tragen, wollen die Botschaft von Jesus Christus in unserer Zeit glaubhaft bezeugen.

ABCteam-Bücher erscheinen in folgenden Verlagen:

Aussaat- und Schriftenmissions-Verlag Neukirchen
R. Brockhaus Verlag Wuppertal / Brunnen Verlag Gießen
Bundes Verlag Witten / Christliches Verlagshaus Stuttgart
Oncken Verlag Wuppertal

1985
25.–29. Tausend

Umschlagfoto: Die Neuenburg im Unstruttal
Gesamtherstellung: Druckhaus West GmbH, Stuttgart
ISBN 3-7675-3243-3

Anno domini 1245 (15. August)

Seit mehr als einem Vierteljahr sitze ich nun hier in dem stillen, schönen Kloster Pforta, und die Ursach', deswegen ich hergesendet worden bin, hat sich behoben: Ich bin beinahe genesen! Ich glaube nicht, daß ich zur vollen Gesundheit gelangt wäre, wenn ich drüben im Fränkischen hätte bleiben müssen. Doch hier in der milden Luft Thüringens und der geschützten Lage, die unser Kloster aufweist, fühle ich mich von Tag zu Tag erstarken.

Hinzu kommt die gute Pflege, die mir Pater Antonius, unser Küchenmeister, angedeihen läßt, und die eigentlich der Regel zuwiderläuft! Aber der Gute huldigt der Ansicht, wie er mir neulich mit bedeutsamem Lächeln mitteilte, daß alles, was die Erde an Schönem und Schmackhaftem darbietet, zuallerst für die Kinder des Höchsten da sei – diese Meinung ist an ihm selber gar deutlich zu sehen! Unser Pater Kellermeister, Franziskus, scheint gleicher Ansicht zu sein. Er sagte bald nach meiner Ankunft hier: »Schaust bläßlich drein, Hilarius! Edler Tropfen tut dir not.« Er hat es daran bei mir nicht fehlen lassen. Alles in allem, ich fand gute Aufnahme hier im Kloster.

Pforta liegt schön. Eine feste Mauer schließt die Baulichkeiten des Klosters ein. Sie lehnt sich an einer Seite gegen einen sanft ansteigenden Höhenzug, der herrlich mit Buchen bestanden ist. Zur anderen Seite öffnet sich dem Blick das liebliche Tal, drüben wiederum von Höhenzügen abgegrenzt. Gar oftmals hab' ich im Sommer auf einer Bank gesessen, die am Waldessaum steht, und dem Aveläuten gelauscht. Nie konnte ich mich satt sehen an der lieblichen, weichen Schönheit des Tales. Ein Plätzlein, an dem die Confratres ihre Freude haben.

Gar sattsam hab' ich Wald und Flur genossen, seit ich hier bin. Der Abt gab mir Dispens von den Horas, da er bei meinem Kommen meine Schwachheit sah. Er hat den Dispens bis heute nicht zurückgezogen, obgleich ich fast hergestellt bin. Daher bin ich auch heute dem feierlichen Hochamt zu Ehren der Heiligen Jungfrau entgangen – kann auch nicht behaupten, daß es mich sonderlich dazu gezogen hätte! Gut, daß niemand dies hier liest. Es dürfte mir übel bekommen! Wer kann aber gegen seine Meinung!

Statt des Hochamts zu pflegen, habe ich begonnen, zur Kurzweil oder aus Langeweile – genau könnte ich's selber nicht sagen – diese »Chronik« zu schreiben. »Chronik« – das Wort klingt fein – ob's paßt für meine Aufzeichnungen? Es ist kaum anzunehmen, daß ich jemals Dinge darin zu vermelden haben werde, die des Aufbewahrens für die Nachwelt wert wären!

Wie dem auch sei – mir paßt solch ein Büchlein! Man kann da seine eigensten Gedanken und Ansichten hineinlegen, ohne Furcht vor Widerrede und Gegenbeweisen. Das ist viel wert! Man kann sich auch aussprechen ohne Angst, falsch verstanden zu werden. Das ist noch mehr wert. Und man ist sicher, daß diese Blätter verschwiegen sind. Das aber ist am wertvollsten und nicht hoch genug zu schätzen. Denn wenn man unter Menschen einen verschwiegenen Freund finden will, muß man es machen wie weiland der selige Diogenes – gegen Mittag eine Laterne anzünden und suchen gehen landauf, landab – so viel ich danach gesucht hab', ich fand bisher keinen!

Da hab' ich das Suchen satt bekommen!

Auch unter den Confratres hier ist keiner, dem ich mich anschließen möchte, auch wenn alle freundlich zu mir sind. Ich will lieber meinen Meinungen und

Obgleich es mir unwichtig ist, wer in dieser Fehde den Sieg erlangt hat, fragte ich doch danach. Ich mochte nicht unfreundlich gegenüber dem Prior scheinen. Auch nach der Ursache der Fehde fragte ich, die mir fremd war. Pater Bernhardus erzählte, daß die Markgrafen Otto und Johann von Brandenburg die Städte Köpenick und Mittelwalde, die Markgraf Dietrich von Meißen um 1210 mit der Lausitz an sich gebracht hatte, unserem Markgrafen abspenstig machen wollten. Der Markgraf hatte sich verbündet mit dem Erzbischof Willebrand von Magdeburg und Bischof Ludolf von Halberstadt, und sie rückten nun den Brandenburgern zu Leibe. Sie wurden aber geschlagen, der Erzbischof verwundet und der Bischof sogar gefangen. Alsdann hat sich unser Herr Heinrich genötigt gesehen, den Kampf aufzugeben und die streitigen Orte Köpenick und Mittelwalde den Brandenburgern zu lassen. Der Friedensvertrag hat sich noch um etliche Monde hingezogen, ist nun aber im Juni dieses Jahres endgültig geschlossen und besiegelt worden. Bis auf weiteres herrscht Friede.

Also erzählte Bernhardus.

Inzwischen hatte der Regen stärker eingesetzt. Der gute Prior war besorgt, die feuchte Luft könnte mir schaden. Darum geleitete er mich noch hinauf in meine Zelle und ging dann zum Abt.

Ich dachte dem Gehörten nach und bin baß verwundert, wieder einmal zu vernehmen, wie geistliche Herren sich in weltliche Fehde einmischen! Wie stimmt das zusammen mit den guten Lehren, die dieselben geistlichen Herren anderen Leuten erteilen, wie zum Beispiel Besitzlosigkeit, Armut, Entsagung, Demut und dergleichen mehr? Es ist gut, daß ich's nicht zu verantworten habe!

Eigentlich sollte es mir in diesem Fall nicht so einerlei sein, wer den Sieg erlangt hat. Ich sollte ihn vielmehr von Herzen dem Markgrafen wünschen. Er tut viel für die Kirche und hat eine freigiebige Hand für die Klöster, außerdem ist er unser Schirmvogt!

Am 21. August

Klosterleben ist ein behaglich Ding – zumal wenn man in einem solchen Kloster sitzt, wie Pforta eins ist! Es fehlt hier an nichts. Vom Guten ist das Beste vorhanden und noch dazu im Überfluß. Nur still ist's, schier zu still, und mich faßt des öfteren ein Sehnen, mehr vom Leben zu sehen und zu erfahren als nur weiße Mönchskutten und Messen! Manchmal strecke ich die Arme aus und möchte meine Kraft erproben – aber wozu? Es ist zum Lachen, wenn ein Mönch solche Gedanken hat! Aber dem Erzbischof von Magdeburg verdenk' ich's heut nicht, daß er in den Streit gezogen ist. Wäre ich Erzbischof und hätte die Macht und Gelegenheit, ich glaub', ich tät's auch! Bloß gute Lehren von Besitzlosigkeit gäb' ich dann keinem.

Ja, Klosterleben ist ein behaglich Ding – es ist aber auch ein langweilig Ding! Im Kloster Einsiedeln im Helvetischen haben sie eine Madonna, die völlig schwarz ist. Nimmt mich nicht wunder – Klosterleben ist zuweilen dazu angetan, schwarz zu machen, wenn man nicht selbst für Abwechslung Sorge trägt. Aber wo die Abwechslung herbekommen? Die Streitereien und Bissigkeiten unter den Confratres gehören im allgemeinen wohl mit dazu – bei uns in Clairvaux waren sie an der Tagesordnung. Hier herrscht mehr Ruhe und Frieden unter den zwanzig Mönchen, fehlt also auch diese Abwechslung hier! Was die Confratres hier sonst treiben, um sich Abwechslung zu verschaffen, weiß ich nicht, hab' mich bisher nicht darum gekümmert. Aber des Ovids verbotenes Büchlein »Von der Kunst zu lieben« werden sie wohl hier ebenso lesen und studieren wie bei uns!

Am 30. August

Meine Gedanken ziehen in den letzten Tagen immer wieder in die Vergangenheit. Solange ich denken kann, kenne ich nur Klosterleben, nichts anderes. Wer meine Eltern sind – ich weiß es nicht – woher ich stamme, ob aus niederen, ob aus Rittergeschlecht – ich weiß es nicht! Ich weiß nur, daß ich achtundzwanzig Sommer zähle und, seit ich zu denken anfing, mich im Kloster befand. Wenn ich in früheren Jahren manchmal die älteren Confratres befragte, auch einmal wagte, damit zum Abt zu kommen, wer und weshalb man mich dem Klosterleben geweiht hätte, erhielt ich immer die gleiche Antwort: »Du bist dem Herrn geweiht. Sei dankbar dafür, es gibt nichts Höheres.«

Damit mußte ich mich zufriedengeben, aber zufrieden bin ich deswegen noch lange nicht. Es rebelliert in mir zuweilen gewaltig! Es ist nach meiner Überzeugung, die ich im Laufe der Jahre im Kloster gewann, ein bitterschweres Unrecht, wenn man einen Menschen ohne seinen Willen dem Kloster bestimmt. Solch ein Leben muß sich von Rechts wegen ein jeder selbst wählen, zumal sich nicht ein jeder zum Mönch schickt!

Warum bin ich im Kloster? Könnte ich nicht der Welt mehr leisten, als hier als Pater mit Messelesen und Avesingen? Habe ich überhaupt schon etwas geleistet? Nichts, nichts – gar nichts! Mit dem Pinsel bin ich gut bewandert. Drüben in Clairvaux malte ich fein säuberlich die Anfänge in den Pergamenten und manches andere. Als ich krank wurde, tat's ein anderer. Ich war ganz entbehrlich! Und eine Arbeit, die Wert und Nutzen hatte für andere Menschen, war's auch nicht! Wenn ich denke, ich müßte solch ein beschauliches Leben im Kloster bis ins Alter hinein führen, möchte ich mit dem Kopf gegen meine Zellenwand rennen.

Am 4. September

Gut, daß der Abt nicht solche Herzensergüsse liest. Ich befürchte, er wäre davon nicht sonderlich erbaut. Hab' mich auch wieder innerlich beruhigt. Es nützt nichts, gegen Fesseln anzugehen, wenn man sie nicht lösen kann. Man reibt sich nur wund an ihnen!

Es ist auch nicht das allein, was mich innerlich oft um alle Ruhe bringt – ich fühl' zuweilen ein Sehnen, ein tief innerliches Sehnen nach – ja, wonach – ich weiß es selbst nicht! Es ist nicht nach dem Leben draußen, noch Tatendrang – es geht nach irgend etwas Hohem, Edlem. Alle Heiligen – wenn einer der frommen Brüder hier solches wüßte, würde er mich besorgt anschauen, ob ich wiederum fiebere, und Pater Franziskus käme mit einem guten Tropfen zur »Herzstärkung«. Solche Gedanken kommen vom Nichtstun.

Am 10. November

Meine »Chronik« hat lange geruht. Draußen stürmt und heult es in den Wäldern. Der Nordost treibt sein Spiel wild und ungestüm, gleich einem bösen Buben, mit den gelben Blättern, die den Waldboden hoch bedecken. Dazu platscht der Regen hernieder.

Mein Öllämplein verbreitet ein mattes Licht in der Zelle, doch genügend für mich und meine »Chronik«. Herzbewegendes hab' ich nicht zu vermelden – glaub' auch kaum, daß solches jemals der Fall sein wird! Weltbewegendes ist auch nicht geschehen.

Der Herbst war schön, den wir hatten. Obst und Trauben sind gut gediehen. Pater Franziskus ist zufrieden! Sein glattes Kellermeistergesicht strahlt voll Zufriedenheit – wohl ihm!

Ich machte an sonnigen Tagen weitere Wege, war einmal hinüber nach Kusne (das heutige Kösen) und auch nach Altenburg (oder Ulmrich, ein Dorf bei Naumburg), gegangen. Auf dem Berg über dem Dorf findet man noch Überreste der Burg, die dort einst gestanden hat. Es muß schön sein, auf solchen Höhen zu hausen – schade um die Feste! Aber vielleicht gut für Pforta, daß die Burg nicht da ist. Wer weiß, wär' vielleicht eine schlechte Nachbarschaft gewesen! Nach Naumburg kam ich noch nicht, hoffe aber, an einem klaren Tag auch dorthin zu gelangen.

Hab' begonnen, in der Bibliothek mit dem Pinsel ein wenig zu helfen, besuche auch die Messen wieder – Klosterleben ist ein schön' Ding!

Am 25. November

Der erste Schnee ist gefallen und deckt die Welt wie mit einem weißen Tuch.

Gesegnetes Fleckchen Erde, wie bist du doch so schön! Ich stieg heute zur Höhe hinauf und machte einen kleinen Weg. An einem Ausblick stand ich lange und ließ die Augen in die Ferne schweifen – da kam sie wieder über mich, jene brennende, heiße Sehnsucht, so daß mir die Augen naß wurden. Da hab' ich mich heimwärts gewandt, bin zum Kloster geflüchtet. Stöhnend habe ich mich vor dem Bild der Gebenedeiten niedergeworfen und um Ruhe gefleht, um Stille und Ergebung. So darf es nicht weitergehen. Ich bin ja gelehrt, daß die gnadenreiche Jungfrau in allen Nöten eine gar milde Trösterin ist! Also soll sie mir helfen – sie und alle die lieben Heiligen, denen ich bis jetzt gleichgültig gedient habe, weil ich Mönch bin!

Am 3. Advent

Es hat nichts genützt – im Gegenteil: Es ist schlimmer als je zuvor. Wo und wie soll es enden? Ich fange wieder an, blaß auszusehen, wie mir Antonius gestern mit Besorgnis erklärte. Kein Wunder – innere Unruhe, Sehnsucht, oder wie man es heißen mag, zehrt wie das Fieber am Körper.

Schier ketzerische Gedanken sind mir gekommen, als ich so gar keine Erhörung gefunden habe, weder bei den Heiligen noch bei der hochgelobten Jungfrau. Mit dem gleichen gütigen Lächeln schaut sie hernieder, ob ich flehend um innere Stille zu ihr aufblicke oder mich empörte gegen das, was ich mehr und mehr als Fesseln empfinde.

Hört sie denn überhaupt? Nein, o nein, ich darf solchen Gedanken nicht nachgeben – ich darf nicht. Heiliger Sebastian, erbarme dich mein! Du warst mein Schutzpatron, seit ich denken kann – o hilf du mir!

Am Tage vor dem 4. Advent

Den Heiligen sei Dank, mein ganzes Herz jubelt! Endlich, endlich etwas, das gleich einem Blitzstrahl in mein Leben hineingefahren ist! Aber nicht vernichtend, o nein, helfend und ändernd!

Heute früh, als wir nach dem Morgenimbiß das Refektorium verlassen wollten, klopfte mir der Abt freundlich auf die Schulter. »Nun, Hilarius, schaust gut aus. Wie wär's, wenn du mal einen Flug in die Welt machtest – was meinst du dazu?«

Muß den hochehrwürdigen Herrn wohl ein wenig verwundert angesehen haben. Der Sinn seiner Rede war mir dunkel. Einige der anderen blieben in der Nähe stehen – ob aus Teilnahme oder Neugier, will ich nicht entscheiden!

»Komm mit«, gebot er, und ich folgte ihm.

In seinem Wohngemach mußte ich mich ihm gegenüber niederlassen. Er lehnte sich behaglich in einen weichen Sessel zurück und fragte lächelnd: »Hättest Lust, Hilarius, wenn die Heiligen dich dazu beriefen, auf eine Burg als Kaplan zu ziehen?«

Ich fühlte, wie mir das Blut in die Wangen schoß. Es muß ein seltsames Leuchten über mein Gesicht gegangen sein, denn der hochwürdige Herr fuhr fort, indem das Lächeln in seinem Antlitz sich vertiefte: »Deine Antwort sehe ich dir an, mein Sohn – hab' auch gar keine andere erwartet! So höre denn –«

Und nun eröffnete er mir, daß der Burggraf von Werben, der seinen Sitz als Vasall des Thüringer Landgrafen auf der Neuenburg bei Freyburg hat, eines Kaplans begehre und zu ihm gesandt habe mit der Bitte, ihm einen Pater zu schicken.

»Meine Gedanken lenkte Prior Bernhardus auf dich«, schloß er, »wenn du dich stark genug fühlst, in der Welt und mit der Welt zu kämpfen –«

»Und wie«, entfuhr es mir höchst respektwidrig mitten in seine Rede hinein, die einen salbungsvollen Ton angenommen hatte.

Erschrocken beugte ich das Haupt. »Vergebt, hochwürdigster Herr.«

Er schwieg und sah mich minutenlang an. Aber sein Blick war nicht böse, nur ernst, sehr ernst.

Er nickte alsdann leicht mit dem Kopf: »Glaub's wohl – ihr jungen Mönche meint, nichts sei leichter als solches – bis ihr mit verbrannten Flügeln flüchtet vor der Welt, in der man nur eitel Herzeleid findet, zumal die Erde ein Jammertal ist! Geh denn, Hilarius! Sei ein rechter Streiter der lieben Heiligen. Beweise Ehre deinem Orden und vergiß nicht, auch für des Klosters Vorteil zu sorgen, wenn sich die Gelegenheit bietet.«

»Ich will tun, was ich kann«, entgegnete ich. Aber meine Gedanken waren zu unserem Abt nach Clairvaux gezogen – wenn der mich zurückforderte, da ich genesen bin?

Unser Abt hier ist ein scharfsinniger Herr! Das habe ich schon öfter gehört, heute erfuhr ich es selbst. »Mir scheint, Hilarius, bei all deiner Freude macht dir etwas Sorge – was ist es?«

»Hochwürdigster Herr«, entgegnete ich, »wenn nun mein würdiger Abt in Clairvaux –«

»Aha«, lächelte er, »nun, deine Bedenken kann ich zerstreuen. Ich will dir sagen, was du bisher noch nicht wußtest: Du bist an uns abgegeben – warum, laß dir gleichbleiben. Ich hoffe, du bist mit solchem Tausch zufrieden – oder?«

Er blickte mich fragend an.

»Ich kann der Heiligen Jungfrau dafür nur danken«, rief ich aus vollem Herzen – und das war echt, denn nie hätte sich mir sonst wohl Gelegenheit geboten zu einer solchen Wandlung meines Lebens!

Ein freundliches Lächeln ging über Herrn Cunradus' Gesicht, und er fuhr fort: »Es weiß dies bisher niemand außer dem Prior. Es soll auch keiner wissen, weil es bei manchem leicht böses Blut geben könnte, daß ich dich bevorzugte und für diesen Posten wählte. Ich meine aber, daß du dich besonders dafür eignen dürftest. Stell dich gut mit dem Grafen von Neuenburg. Er ist ein gar ernster Mann, hat aber ein tapferes Herz in der Brust – ich schätze ihn hoch. Du ziehst übermorgen, kannst den vierten Advent noch bei uns verleben. Bist auch immer willkommen, wenn du mal Zeit findest zu einer Andacht bei uns. Das heilige Christfest sollst du im Georgenkloster zu Naumburg verleben, um es kennenzulernen, desgleichen das Domherrenstift dort. Ich sende durch dich brieflich eine Botschaft an unseren hochwürdigsten Bischof, daß ich es für notwendig erachte, daß du Bescheid in Naumburg wissest, ehe du nach Freyburg ziehst. Die Grafen von Neuenburg waren von jeher gut Freund mit den Naumburger Bischöfen und Domherren. Nun kannst du gehen, mein Sohn.«

Ich stand auf und küßte ehrerbietig und dankbar seinen Ärmel. Mein Herz klopfte derart, daß ich nicht reden konnte.

Als ich draußen war, sah ich zu meinem Erstaunen bald hier, bald dort einen der frommen Patres auftauchen, die sonst um diese Zeit ihrer Beschäftigung nachgehen. Einer wie der andere nickte freundlich und fragte so im Vorbeigehen: »Na, Hilarius, was gibt's denn Neues?«

»Was wollte der Abt von dir?«

»Hast gute Botschaft?«

Mich rührte solche Teilnahme – und einer wie der andere erfuhr, daß ich weiterziehe und Pforta verlasse. Da hörte ich manchen Ausruf wie: »Der hat's gut!«

»Bist du zu beneiden!«

»Wer doch auch fort könnte, hinein in die Welt.«

Da ist in mein Herz bei all der Freude ein Schatten gefallen, weil ich merkte, daß noch manche andere so empfinden, wie ich empfunden habe, und daß in jedem Mönch immer noch der Mensch steckt.

Als ich in meiner Zelle war, kam der Prior herein und schaute mich lächelnd an. »O Pater Bernhardus«, rief ich ihm entgegen, »wie soll ich dir danken!«

Er wurde ernst. »Dank mir nicht, mein Sohn«, sagte er. »Geh erst und probier das Leben draußen! Wenn du mir nach fünf oder zehn Jahren, wenn wir dann noch leben, dafür danken willst, daß ich deine Sendung anbahnte, dann will ich den Dank annehmen! Geh erst und probier!«

»Das will ich«, rief ich ungestüm, »und will sehen, ob die Erde solch ein Jammertal ist, wie der hochwürdige Abt mir sagte, will selbst erfahren, ob die Welt nur Herzeleid gibt – o ihr Heiligen, ich kenne mich kaum vor Freude.«

Ehe der Prior antworten konnte, schob sich Pater Antonius sachte hinein, den es vor »Teilnahme« nicht in seiner Küche gelitten hatte. Ihm auf dem Fuß folgte Pater Franziskus. Erstaunt schauten die drei sich an. So komisch war der Anblick, daß ich in lautes Lachen ausbrach. Schließlich stimmten sie mit ein, wenn auch gedämpft, und da Antonius und Franziskus erfahren hatten, daß ich fortginge, versprach mir der erstere noch etwas extra Gutes zum Abschied, und Franziskus wollte einen besonders »guten Tropfen« dazu spenden, womit der Prior ganz einverstanden war!

Ich merkte an diesen drei, daß ihre Teilnahme wirklich echt war – das freute mich von Herzen.

Es ist längst Abend geworden, und still ist's im Kloster. Mich läßt die Freude nicht schlafen. Wie scheint mir die Welt so schön!

Am 4. Advent des Abends

Morgen vormittag ziehe ich fort. Meine wenigen Habseligkeiten sind zusammengepackt. Ein Mönch ist gar schnell reisefertig!

Heute war ein sonnig schöner Wintertag. Der Schnee liegt gleich einem weißen Seidentuch mit Silber bestreut auf der Erde. Wenn ich aus dem Fenster meiner Zelle schaue und sehe, wie der Vollmond seine Strahlen darüber wirft, sieht es aus wie im Märchen, so schön ist es draußen.

Oder erscheint *mir* nur alles so schön?

Am 23. Dezember
Im Sankt-Georgenkloster zu Naumburg

Mein Ausflug in das Leben hat begonnen. Seit etlichen Stunden weile ich als Gast der Benediktiner im Georgenkloster.

Der Abschied von Pforta heute vormittag wurde mir schwerer, als ich gedacht hatte.

Nach dem Morgenimbiß reichte mir im Vorübergehen bald der, bald jener die Hand und wünschte mir leis »Lebewohl«. Ich wurde aufs neue gewahr, wie bei so manchem ein sehnsüchtiger Zug übers Gesicht glitt! Antonius und Franziskus kamen noch zu mir in die Zelle. Den Prior suchte ich später auf, ihm »Behüt Gott« zu sagen. Mein letzter Weg galt dem Abt. Er segnete mich und gab mir für unseren hochwürdigen Bischof einen verschlossenen Brief mit, den er mir befahl, noch heute zu überbringen. Dann ging ich grüßend am Bruder Pförtner vorüber – das Tor fiel hinter mir zu – vor mir lag das Leben!

Mit gemischten Gefühlen wanderte ich in den Wald hinein und schaute mich noch des öfteren nach Pforta um – so still und friedlich lag es da im Tal. Wann und wie werde ich es wiedersehen?

Dann aber schritt ich rüstig aus durch den schweigenden Wald in seiner Winterpracht, Naumburg zu. In Altenburg rastete ich ein wenig, aber zur langen Ruhe fand ich keine Zeit. Auf guter Straße ging es fürbaß, und bald sah ich Naumburg vor mir liegen. Als die

Sonne Mittag wies, stand ich am Georgenkloster, Einlaß begehrend. Fand hier gute und liebevolle Aufnahme und freue mich, das heilige Christfest hier verleben zu dürfen.

Vom Kloster sah ich noch nicht viel, nur beim Durchschreiten, daß es ein schönes und reich begütertes Kloster sein muß. Nach dem Mittagsmahl hieß der Abt einen bleichen, hageren Bruder, den er Marcellus nannte, mich in die Gastzelle führen, damit ich nach der Wanderung der Ruhe pflege. Danach sollte ich dem hochwürdigsten Herrn Dietrich meinen Besuch machen, ihm selber Bericht über Pforta erstatten.

Marcellus ging mir schweigend voran, öffnete die Tür und hieß mich dann eintreten.

»Mag dir's hier wohl sein«, sagte er und wollte gehen. Er schien krank zu sein, mich faßte Mitleid mit ihm.

»Dank, Bruder Marcellus«, sagte ich, »aber gestatte mir die Frage: Bist du nicht gesund? Ich selbst war lange leidend und weiß, wie's tut.«

Er blickte mich ein wenig überrascht an. »Nein«, sagte er dann, »krank bin ich nicht – oder doch – wenn du willst – aber an der Seele.«

Er wollte fort.

Ich hielt ihn fest. »Bleib noch ein wenig, wenn du Zeit hast«, bat ich. »Schau, auch das kenn' ich! Mir haben's die Heiligen abgenommen, als sie mir den Weg hinaus ins Leben gewiesen haben. Sie werden auch dir helfen, Marcellus!«

Er sah mich tieftraurig an. Sein Blick ging mir durchs Herz.

»An solch einem Sehnen krankt mein Herz nicht«, entgegnete er kopfschüttelnd. »Es geht um höhere Dinge. Meine Seele empfindet gleich dem Psalmisten, als er klagt: ›Wie ein Hirsch nach frischem Wasser schreit, so schreit meine Seele, Gott, nach dir!‹«

»Du mußt nicht nachlassen, zu den lieben Heiligen zu beten, besonders zu eurem Klosterheiligen«, wollte ich ihn ermutigen. Aber er hob abwehrend die Hand. »Ich tat's bis zum Überdruß«, sagte er trostlos, »es nützt nichts.«

Darauf hätte ich ihm antworten müssen, daß es doch nützt – aber ich schwieg, weil ich selbst erfahren hatte: Es nützt nichts.

Aber haben mir die lieben Heiligen nicht mein Gebet erhört und mir den Weg aus dem Kloster fort und ins Burgleben gewiesen? Wohl – ich sollte es annehmen und kann mich doch nicht des sündhaften Gedankens erwehren: Das wäre auch ohne mein Gebet und ohne die Heiligen gekommen – sie können nichts dafür!

Ich schwieg und blickte ihn unsicher an.

Er lächelte trübe.

»Mach dir keine Sorge, Bruder Hilarius – so ist wohl dein Name. Dich hören die Heiligen vielleicht eher oder sogleich. Freue dich darüber! Ich habe jetzt angefangen, in den Pergamenten der Heiligen Schrift zu forschen ohne die Heiligen, aber das, was ich da aufgezeichnet finde, dient nur dazu, mein Elend zu vertiefen. Doch« – er strich sich mit der Hand über die hohe, eckige Stirn – »wie geht's zu, daß ich dir solches alles sage – dir, der soeben fremd zugereist ist. Kannst mich verraten, wenn du willst.«

»Seh ich so aus?« fuhr ich ihm heftig dazwischen.

Er legte besänftigend seine Hand auf meine Schulter. »Nein, Hilarius, du siehst nicht so aus, im Gegenteil. Deshalb ist mir auch solches alles über die Lippen gekommen, was bis jetzt verschwiegen in meiner Seele war. Doch nun ruhe!«

Damit ging er.

Wie hätte ich Ruhe finden können nach dem Gehörten! Ich wanderte auf und ab in meiner Zelle, und leise regte sich in mir der Gedanke: Du meinst, daß du jetzt in dem neuen Leben, das vor dir liegt, Befriedigung deiner Sehnsucht erlangst. Wie aber, wenn es nicht der Fall ist und dein Sehnen ungestillt bleibt? Aber nein, konnte und kann mir's nicht denken und hab' den Gedanken sogleich verworfen. Will auch jetzt nicht daran denken!

Später bin ich zum Bischof Dietrich gegangen, ihm den Brief zu bringen.

Der hohe Herr wohnt gar prächtig. Ich meine, daß er den Palast in Meißen und das höfische Leben dort gar nicht sehr vermißt. Er ist nämlich der Bruder des Markgrafen Heinrich, unseres Herrn, den sie den Erlauchten nennen, und steht als solcher in hohem Ansehen. Er sitzt auf dem bischöflichen Stuhl erst seit knapp einem Jahr. Bis dahin war derselbe unbesetzt.

Man hatte zwar nach dem Ableben des letzten Bischofs, Herrn Engelhard, den Magister Petrus, einen gar gelehrten Mann, zu seinem Nachfolger gewählt, aber seine Wahl wurde nicht bestätigt, obgleich er beinahe zwei Jahre darum kämpfte. Der Grund dafür lag in dem Widerstand Markgraf Heinrichs, der seinen Bruder auf dem Bischofssitz zu Naumburg sehen wollte. Er hatte sich dann auch noch den Erzbischof Willebrand zum Mithelfer gemacht, mit dem er im Streit gegen die Brandenburger Markgrafen verbunden war. Da ging die Sache!

Der hohe Herr war sehr freundlich und gönnerhaft zu mir, fragte nach dem und jenem, auch, wohin ich jetzt ginge. Da er hörte nach Neuenburg, wünschte er mir der Heiligen Segen und sagte: »Da werden wir des öfteren Gelegenheit haben, uns wiederzusehen, Pater Hilarius!«

Darauf entließ er mich in Gnaden.

Von der Stadt konnte ich nicht viel sehen, da es zu dunkel war und mich der Abt erwartete. Ich war über eine Stunde bei ihm.

Der hochwürdige Herr Johannes saß in seinem bequemen Lehnstuhl, über die Knie eine schöne Decke von Lammfell gebreitet: Die Füße hielten ein kostbares Bärenfell warm. Seine Leibesbeschaffenheit läßt darauf schließen, daß er mit unserem Pater Antonius in Pforta der gleichen Ansicht huldigt, nämlich, daß alles, was gut schmeckt, ebenso und noch mehr für die Gotteskinder sei, als für die Kinder der Welt!

Sein rundes Gesicht glänzte gleich dem Vollmond vor Behaglichkeit. Er erwies sich ganz brüderlich zu mir und fragte mich bis aufs kleinste über Pforta aus.

Ich sagte ihm aber nur, was ich wollte.

Er soll sehr gutmütig sein – das sieht man ihm an. Doch soll er auch recht hart sein können, wie mir einer hier sagte. Aber das soll selten vorkommen.

In die Unterredung des Herrn Johannes mit mir rief die Glocke zum Nachtmahl ins Refektorium. Ich beobachtete heimlich Bruder Marcellus, der am unteren Ende der Tafel saß. Er aß fast nichts und sah noch blasser aus als am Tage. Mich zieht es zu ihm, möcht' gern noch mehr mit ihm reden.

Am 25. Dezember

Christfest.

Erhebend und schön sind die Feiern gewesen, die ich hier bei den Benediktinern mitmachen konnte. Mein ganzes Herz hob sich in Andacht, als in der Frühmette am ersten Christtag die Kirche so hell erstrahlte im Schein der vielen Kerzen und das feierliche Tedeum erklang!

Hab' nun Gelegenheit gehabt, das Kloster genau zu besichtigen. Es ist eine stattliche Anlage! Eine starke Ringmauer umschließt es; gegen Abend, unserem Pforta zu, ist ein hohes Tor mit Eingang. Die Kirche ist hoch und hat zwei Türme, zeigt auch schöne Arbeit in Stein und Holz an Simsen und Türmen. Der Hochaltar ist gar prächtig, prächtiger als der Portaer, und davor ist der Markgrafen Begräbnis. Auch der Marien- und Georgenaltar sind herrlich. Dazu sind noch viele andere Altäre da, den lieben Heiligen geweiht. Gewölbte Kreuzgänge sind an der Kirche. Es fehlt auch nicht ein Friedhof für die Confratres. Das Kloster weist sehr gute Keller auf. Der Wein, den sie hier selbst anbauen und bereiten, liegt darin kühl und gut. Unten am Berg ist die Kelter, ebenfalls etliche Quellen. Auch einen schönen Garten hat das Kloster, von dem aus man ins Abthaus gelangt. Der würdige Herr hat den Blick hinaus auf die Kirche und die Christuskapelle, die noch extra im Garten erbaut ist. Alles in allem ist ersichtlich, daß das Kloster reiche und mächtige Schirmvögte in den Markgrafen von Meißen gehabt hat und noch hat – aber auch kluge Äbte, die seinen Vorteil zu wahren verstanden!

Auch in der Stadt habe ich mich umgeschaut. Ist ein liebliches Städtlein, eingerahmt von Hügeln und Wäldern, die sich bis fast an die Stadt erstrecken. Die Burg, die Ekkehard II. erbaut hat, thront gar stolz auf ihrer Höhe. Herr Dietrich kann es dort aushalten! Rechts liegt die Benediktinerabtei St. Georgen, und links sitzen die Augustinerinnen, die ein ebenso schönes und reiches Klosterwesen haben.

Gar wundersam aber ist der Dom, den der hochwürdigste Herr und Bischof Engelhard hat fast vollenden lassen. Ist schon um des Doms willen zu beklagen, daß der würdige Herr nicht länger am Leben bleiben und ihn ganz vollenden konnte, abgesehen davon, daß Herr Engelhard auch sonst ein vortrefflicher Mann gewesen sein soll. Magister Petrus, der Zwischenbischof, hatte nicht daran weiterbauen lassen – bleibt es Herrn Dietrich vorbehalten, sich mit dem Ruhm zu bekleiden, ihn vollendet zu haben. Um den Dom liegen die Kurien der Domherren, gar stattliche Gebäude.

Naumburg gefällt mir, und wenn mein Sinn nicht nach der Neuenburg stände, möchte ich wohl bei den Benediktinern in St. Georgen bleiben.

Am 31. Dezember

Des Jahres letzter Tag!

Mit Dank gegen die Heiligen blicke ich zurück – es war ein gesegnetes Jahr!

Wie froh bin ich, daß man mich nach Pforta sandte, wie froh, daß ich nach Neuenburg ziehen kann. Aber davon wollte ich jetzt nichts notieren, sondern von Pater Marcellus etliches sagen.

Er kam mir gestern abend im Kreuzgang entgegen, wo ich nach meiner Gewohnheit auf und ab wanderte.

Er wollte vorbei, ich hielt ihn an. »Wie geht's, Bruder? Hab' des öfteren gewünscht, mit dir ein wenig zu plaudern.«

Sein Blick ging über mich hin.

»Ich täuschte mich nicht in dir, Hilarius! Wenn du willst, komme ich heute, später am Abend.« Damit ging er weiter.

Ich wartete still in meiner Zelle, er kam nicht. Endlich – es mochte schon nach der zehnten Stunde sein – pochte es ganz leise, und Marcellus trat ein. Ich bot ihm den Schemel, er setzte sich schweigend. Endlich hob er an zu reden. Aber wie ein Märchen kam es mir vor, was er mir dann erzählte! Er forscht viel im Wort des Hochgelobten, und dort hat er von den Heiligen *wenig*, aber *viel* von Sünde und freier Gnade Gottes gefunden. Auch nichts von der Heiligen Jungfrau, sondern vielmehr davon, daß für alle durch den Erlöser ein freier Zugang zum Vater sei.

Ich muß ein Gesicht gemacht haben, das nicht sonderlich geistreich ausgesehen hat, denn Marcellus lächelte und sagte: »Laß dich durch meine Forschungen nicht anfechten, Hilarius. Sie sind mir selber noch zu unklar, als daß ich ihnen Form zu geben vermag. Eines nur weiß ich gewiß: Ich suche die Wahrheit, und ich werde sie finden.«

»Wahrheit! Ist sie denn nicht in unserer heiligen Kirche?« fragte ich erstaunt.

Er schaute mich eine Weile grübelnd an. »Ich sollte ja sagen und kann doch nicht«, entgegnete er endlich.

Da habe ich mich bekreuzigen müssen – gleich eiskalter Luft wehte es mich an aus seinen Worten – alle Heiligen, Grübeleien tun nicht gut!

Er sprach dann weiter und erzählte so allerlei aus dem Klosterleben. Aber es war kein rechtes Gespräch, das wir führten. Als er ging, schaute er mir tief in die Augen.

»Ich habe Vertrauen zu dir gefaßt, weiß nicht, woher es kommt«, sagte er, »und niemand weiß von meinen Kämpfen, als du jetzt.«

»Und sollst dich nicht täuschen in mir«, erwiderte ich eifrig. »Ich möchte öfter und mehr mit dir reden, Marcellus.«

Er ging. Seither hat mich das Wort von ihm nicht

losgelassen, daß in unserer Kirche nicht alles lautere Wahrheit sein soll. Ketzerisch ist solch ein Gedanke. Ich will – ich darf ihm nicht nachhängen! Mag es Marcellus tun – ich tue es nicht!

Aber auch das andere Wort will mich nicht verlassen: »Ich suche die Wahrheit und werde sie finden.« Heiß regte sich in mir ein Gefühl, das ich nicht benennen kann. Was ist's, und was suche ich?

1. Jänner Anno domini 1246

Das neue Jahr hat begonnen. Was wird es bringen? Ich hoffe auf lauter Gutes und sehe heiter in die Zukunft.

Morgen verlasse ich St. Georgen und richte zur Neuenburg die Schritte. Mögen mich die Heiligen geleiten – ich habe mir vorgenommen, achtsam auf mein Herz, meine Gedanken und meine Sinne zu sein. Die lieben Heiligen, der heilige Sebastian und die hochgelobte Jungfrau sollen einen eifrigen und treuen Diener an mir haben – ohne Grübeleien und anderweitige Ideen!

Es hätte nicht gut getan, wenn ich noch öfter mit Marcellus zusammengekommen wäre. Ich sah ihn seither nicht und will's auch nicht!

Auf der Neuenburg am 4. Jänner

Zwei Tage bin ich nun hier oben und habe mich so ein wenig umgeschaut und bekannt gemacht. Mein Einzug hier war aber etwas anders, als ich ihn mir gedacht hatte. Davon nachher.

Am Morgen des zweiten Tages im neuen Jahr verließ ich die Benediktiner und schlug meinen Weg nach Freyburg ein. Ich schritt hinab zur Saale und wanderte rüstig durch die in zartem Weiß glänzende Winterlandschaft. Die Bäume in den Wäldern, jedes Sträuchlein und Hälmchen hatten ein Schneekleid an. Das glitzerte und funkelte in der Sonne wie mit Diamanten besetzt. Dazu war die Luft frisch und nicht zu kalt. Eine Freude war's, zu wandern!

So kam ich zu der Stelle, wo sich die Unstrut in die Saale ergießt. Ist dem Anschein nach ein stilles Wässerlein, soll aber wild und reißend werden können. Jetzt war es zugefroren, und eine Eisdecke lag auch auf der Saale. Die Gegend wurde immer lieblicher. Wald, Wiesen, Hügel wechselten, und endlich tauchte vor mir, etwas seitlich gelegen, eine trutzige, feste Burg auf. Nun stieg der Weg mehr und mehr an. Mein Ziel trat immer deutlicher hervor. Mächtige Mauern, ein starker Bergfried, mehr sah ich aber vorläufig nicht. Der Burgberg ist steil. Ich stand öfter still, um Atem zu schöpfen, aber auch, um die wunderbare Aussicht zu genießen. So gelangte ich endlich nach oben. Daß kein Krieg oder Fehden irgendwelcher Art seien, sondern eitel Friede, bewies die herabgelassene Zugbrücke!

Der Torwart begrüßte mich ehrerbietig, und ich trat ein. Der Weg, den ich gekommen war, führte zwischen Mauer und Oberburg weiter zum Zwinger hin. Seitlich links war der Eingang in die Oberburg. Ein mächtiges, tiefes Tor schloß sie ab. Der Torwart öffnete mir. Ich kam auf den geräumigen Hof und schaute mich neugierig um.

Gerade wollte ich mich zu ihm wenden und nach dem Grafen fragen, als eine tiefe Stimme an mein Ohr schlug: »Was siehst um dich wie die Katz, die nach Mäusen fahndet? Hat mir doch der Kerl am Tor wieder einen von der zudringlichen Sorte 'reingelassen, die nichts tut als betteln und unseres Herrgotts Zeit stehlen.«

Wie der Blitz fuhr ich herum. Ein breitschultriger

Mann stand vor mir. Seine dunklen Augen funkelten mich unter buschigen Brauen an.

In mir siedete es, doch ich bezwang mich, blickte ihm fest ins Gesicht und sagte: »Spart Eure Reden, ehe Ihr wißt, wen Ihr vor Euch habt, und führt mich zum Grafen.«

»Der hat gerade Zeit für dich und deinesgleichen«, spottete er, »und im übrigen – was ist dein Begehr? Ich bin der Graf selbst. In der Unterburg ist der Haushofmeister. Geh zu ihm mit deinem Bettelsack, der wird ihn füllen, und dann raus aus der Burg.«

Nun kochte es in mir über. Ich richtete mich hoch auf, so daß ich ihn um ein halbes Haupt überragte.

»Warum habt Ihr Euch denn einen von der ›Sorte‹ als Burgkaplan in Pforta erbeten, Graf von Neuenburg? Wenn Ihr den geistlichen Stand gar so gering achtet, sorgt selbst für Euer und der Euren Seelenheil. Ich schüttle den Staub von meinen Füßen und gehe – werde aber nicht verfehlen, im Georgenkloster und auch dem hochwürdigen Bischof Bescheid zu geben, wie Ihr den empfingt, der als Kaplan zu Euch kam.«

»Den Teufel auch, seid Ihr das?« rief er betroffen, und seine Stirn rötete sich. »Das soll man nun ahnen! Meinte, man würde mir von Eurem Kloster Bescheid geben, wann ich Euch erwarten dürfte, und wollte Euch bis Naumburg Geleit entgegensenden. Statt dessen kommt Ihr schlicht und still daher wie jeder Mönch, der sein Kloster durch Betteln bereichert! Na, nichts für ungut, Herr Pater, und seid willkommen auf meinem Felsennest.«

Er bot mir die Hand, aber ich nahm sie nicht, sondern blieb stocksteif vor ihm stehen.

»Weiß nicht, ob ich Euren Worten glauben und Eure Hand nehmen soll! Eure erste Rede bewies mir die

Geringschätzung, die Ihr für meinen Stand habt, obgleich wohl niemand ihn nötiger braucht als der Ritterstand, Graf Neuenburg. Es ist nach Naumburg ein guter Spaziergang. Ich werde ihn zurückmachen und mir morgen erst aus Pforta Bescheid holen, ob Ihr einen Kaplan verdient oder nicht.«

Sein Gesicht wurde noch röter, schier unheimlich funkelten die Augen in zorniger Erregung. Ich begegnete seinem Blick mit kalter Ruhe, die bei mir an Stelle der Erregung getreten war. Jetzt mußte sich zeigen, wer den Sieg behalten würde, der Ritter oder der Mönch!

Einige Augenblicke wurzelten unsere Augen ineinander – da glättete sich sein Antlitz, ein Lächeln flog darüber hin, so daß das Gesicht schier ein anderes schien. Auch die zweite Hand streckte er mir entgegen und rief: »Herr Pater, Ihr gefallt mir! Nun erst recht willkommen auf Neuenburg! Teufel auch, Ihr steht Euren Mann – solches lob' ich! Habt Haare auf den Zähnen. Ich glaub', wir werden noch gute Freunde werden. Das Fragen in Eurem Kloster laßt für heut und morgen. Seht Euch erst mal hier oben um und kostet Burgleben.«

Da legte ich langsam meine Hand in die seine und sagte nur: »Will's also noch lassen, nach Pforta zurückzukehren.«

»Recht so.« Er schüttelte meine Hand, als sollte sie aus den Fugen gehen. »Und nun kommt, ich will Euch zu meiner Frau bringen, danach Euch Euer Gemach anweisen.«

»Vor allem die Kapelle«, entgegnete ich. Er nickte und schritt mir voran in die Burg.

Wir betraten den großen Flur und stiegen eine schmale, kleine Treppe zur Halle hinauf. Sie wies eine matte Helligkeit auf, so daß sich das Auge erst an alles gewöhnen mußte. Darum sah ich nicht gleich die hohe, schlanke Frau, die mir entgegenkam, bis sie vor mir stand.

»Hier, Jutta, unser neuer Kaplan.«

»Seid willkommen, Herr Pater! Möge Neuenburg Euch eine liebe Heimat werden.« Eine weiche Frauenstimme war es – mich beschlich es unangenehm.

»Mögen die Heiligen Euch und Euer Heim segnen« – dabei schlug ich das Zeichen des Kreuzes.

Wenig später hatte ich auch die Kapelle gesehen und war in meinem Gemach angelangt. Es liegt oben im ersten Stock, ist nur von der Kapelle durch den großen Vorsaal, in dem sich die Herrschaften vor der Messe sammeln, wenn großer Besuch ist – getrennt. Das ist mir lieb. Ich glaube, ich bedarf dort oft der Sammlung, wenn ich hier standhalten will.

Doch jetzt lockt's mich hinaus. Ich will einen kleinen Weg hinüber zu den Bergen machen.

Am 5. Jänner

In dichten Flocken wirbelt der Schnee hernieder, dazu pfeift der Wind, und im Kamin prasseln die Holzscheite. Ein Wetter zum Daheimbleiben und Studieren. Mein Gemach ist behaglich. Es hat außer dem Altar in der einen und der Bettlade in der anderen Ecke am schmalen Fensterlein einen Tisch, dazu eine Truhe für Pergamente und eine andere für allerlei übriges, sowie zwei Lehnstühle und ein Bärenfell am Boden. Meine Zelle in Pforta war anders – ich bin aber mit dem Tausch zufrieden!

Die Einrichtung der Burg ist kostbar, um nicht zu sagen prächtig. An allem ist sofort ersichtlich, daß die Neuenburg ein Fürstensitz und Lieblingsaufenthalt der Thüringer Landgrafen war und noch ist. Der Graf von Neuenburg ist als Freund der Herren und Burgverwalter sich seiner Stellung wohl bewußt. Er will im übrigen scheint's gutmachen, was er bei meinem Empfang verdarb. Gestern führte er mich auf seinem »Felsennest«, wie er sagte, herum.

Die Burg ist anders gebaut, als man es sonst wohl gewohnt ist und ich auch an mancher anderen wahrnahm auf meinem Weg von Clairvaux nach Pforta. Der Bergfried ist beispielsweise in die äußerste Ecke der Vorburg gebaut – diese selbst ist mit ihren vielen Dienstmannenwohnungen, dem Knappenhaus, den Stallungen und Scheunen sehr geräumig und groß angelegt. Platzmangel herrscht keiner. Die Burg selber weist eine Reihe von großen Gemächern, Sälen, Hallen und Treppenfluren auf, davon die Grafenfamilie aber nur die unten gelegenen benutzt. Nach Westen zu hat die Burg die Form einer stumpfen Hundenase – sehr unpassend, aber nicht unnatürlich als Vergleich! Denn so zieht sich in langgestrecktem Kreis vom Mittelbau an der Flügel herum, den Burghof einschließend. In diesem Flügel sind die weiteren Wohn- und Schlafräume der Familie. Ganz in der Spitze ist Frau Juttas Wohngemach mit einem kleinen Erker, von wo aus man einen wunderbaren Blick über Berg und Tal hat. Alle Gemächer münden auf einen Gang, der sich rings herumzieht. Wenn's regnet, kann man darin spazierengehen, sich an jedem der schmalen Fensterlein in den tiefen Nischen ausruhen und genau achthaben, was auf dem Hof passiert. Ist auch was wert!

Ob ich mich hier einleben werde? Ich weiß es nicht. Bis jetzt fühle ich mich hier fremd, viel fremder als in den ersten Tagen in Pforta. Frau Jutta ist die einzige, zu der ich mich ganz hingezogen fühle. Sie hat ein feines und liebliches Antlitz, in dem sich Milde und Güte paaren. Aber es ist auch noch ein Zug da, der mir von stillem Leid zu reden scheint. Das Regiment führt sie mit ernster Umsicht im Hause, ist wohl auch nötig bei so viel Gesinde!

Zwei Töchter sind dem Paare erblüht, bis jetzt kenne ich nur die eine, Luitgardis, die jüngere der beiden. Sie ist etwas älter als ich. Mich wundert's, daß sie nicht gefreit hat! Herr Thimo, der Haushofmeister, vertraute mir an, daß sie wie auch Mechthildis, ihre noch um einige Jahre ältere Schwester, hätten freien können, aber es nicht gewollt hätten.

Glaub's wohl, daß gar mancher nach ihnen schaut – wenigstens nach Luitgardis. Mechthildis sah ich noch nicht, sie weilt auf der Schönburg zu Besuch und kommt noch nicht so bald heim.

Wenn sie Luitgardis gleicht, muß es ein schönes Schwesternpaar sein. Das Mägdelein ist klein, das heißt, ich rechne nach meiner Größe: Sie ist kleiner als ich. Dunkelblondes Haar umrahmt in Zöpfen ein etwas blasses Antlitz mit freundlichen Blauaugen. Ihre Gestalt ist zierlich und anmutig. Sie hat eine weiche Stimme, strahlt Heiterkeit aus und lacht gerne. Wir sind schon ganz gute Freunde! Mit Graf Wiprecht, ihrem Vater, tut sie anscheinend, was sie will. Wenn er zuweilen zornig auffährt, oft über eine Kleinigkeit, lacht sie ihm vergnügt zu, und sein Zorn verraucht!

Ein Gast ist gegenwärtig noch hier: Graf Ulrich von Altmanns-Hofen aus Brabant. Da ich ihn an jenem ersten Mittagsmahl sah, stutzte ich. Ich meinte, ihn schon einmal gesehen zu haben. Aber vergeblich besinn' ich mich, wo es hätte sein können!

Auch er schaute mich forschend an, Graf Wiprecht aber rief: »Ihr Heiligen, selten sah ich zwei Menschen sich so gleichen wie ihr beide! Meine, wenn der Ulrich ohne Bart wäre und statt des Ritterwamses eine Kutte trüge, könnte man ihn für Pater Hilarius halten!« Auch die anderen meinten das gleiche. Darauf sah ich mir den jungen Ritter genauer an. Er hat meine Größe, sieht auch ein wenig bläßlich aus und hat ganz blondes Haar und krausen Bart. Wunderbar stimmen dazu braune Augen, die einen gar weichen Glanz haben. Die meinen sollen grau sein. Es ist also ein Unterschied trotz der gleichen, goldblonden Haare!

Als wir heute bei der Tafel saßen, rief mir Graf Ulrich neckend zu: »Laßt Euer Mönchskleid, Herr Pater! Tauscht es ein mit dem Ritterhemd, dann ziehen wir als Brüder durch die Welt!«

Drauf mit angenommenem Ernst Graf Wiprecht: »Kommt dem Mönchlein nimmer zu nah, Ulrich, ist schlecht Kirschenessen mit ihm, hab's erfahren müssen – leider« – und eh' ich's hindern konnte, gab er unser erstes Begegnen zum besten.

»Der weiß, was er will«, schloß er endlich. »Solche Leute habe ich allezeit geachtet und gern um mich gehabt. Nur eins war nicht ganz richtig, Herr Pater« – er zwinkerte lustig mit den Augen zu mir herüber – »Ihr wolltet den ›Staub‹ von Euren Füßen schütteln, das wäre aber nur im Hochsommer angängig, nicht jetzt, wo es Winter ist.«

Ich mußte wider Willen lachen. Doch dann sagte ich rasch: »Ist auch nur bildlich gemeint, Graf von Neuenburg, wie Ihr wohl wißt! Und selbst wenn ich etlichen Wegstaub hätte abschütteln wollen, hätt' Euch das nichts gemacht und Eurer Burg auch nicht – wird ohnehin Staub genug hier zu finden sein.«

Finsterer Ernst flog über des Grafen Gesicht: »Ihr mögt recht haben«, entgegnete er kurz. »Bringt ihn weg, wenn Ihr könnt. Ihr seid Priester – die sollen ja alles können!«

Aus dem Wortgeplänkel war urplötzlich Ernst geworden. Mir wollte es ungemütlich werden. Ich merkte, es war ein wunder Punkt hier oben!

Das Mahl war beendet. Ich stand auf und ging aus der Halle hinunter in den Hof. Plötzlich stand die Herrin neben mir. Ihre Augen blickten mich traurig an, und sie sagte leise: »Laßt Euch durch meines Mannes Stimmung und Wesen nicht bange machen, Herr Pater! Habt Geduld mit ihm. Das Leben ist oft so anders, als es scheint!« Ich nickte nur, sagen konnte ich nichts, weil ich nicht wußte, was. Und doch fühlte ich, sie erwartete etwas zu hören, ein Trostwort oder dergleichen, und ich – der Priester – hatte keins für sie! Da ging ich nach oben in mein Zimmer –

Am Abend des gleichen Tages

Woher kommt's, daß ich als Priester kein Trostwort für die Herrin fand? Diese Frage hat mich heute den ganzen Nachmittag über beschäftigt. Ich fand keines – ja, warum nicht? Und wenn ich selbst einmal des Trostes bedürftig sein sollte, wo nehme ich's dann her? Ich muß sagen: Ich weiß nicht! Ich sollte sagen: Bei den Heiligen und der hochgelobten Jungfrau findet man allezeit, was man braucht – und ich bin unglücklich, daß ich das nicht von Herzen glauben kann!

Was ist's nur – ich bin mir selbst ein Rätsel!

Noch ein anderes gibt mir zu denken – das sind des Grafen und der Herrin Worte. Was mag es hier oben sein?

Am 20. Jänner

Graf Ulrich rüstet zur Heimkehr. Er wird uns allen

recht fehlen, besonders vermutlich Luitgardis. Die beiden sind viel zusammen, reiten miteinander und treiben allerlei Kurzweil. Wie Geschwister sind sie.

Mir ist's ganz absonderlich mit dem jungen Ritter gegangen – er ist mir so lieb geworden, daß ich fast in die Versuchung kommen möchte, noch einmal nach Freundschaft auszuschauen! Was hat's aber für Wert? Er zieht fort, und ich weiß nicht, ob ich ihn je wiedersehe. Botschaften zu senden ist ein ziemlich Unding. Und doch meine ich, es müsse ein wunderbares Gefühl sein, zu wissen: Draußen in der Welt denkt deiner ein treues Freundesherz, und ob getrennt durch Stand und Entfernung, verbinden sie doch Liebe und Treue miteinander. Hilarius, Träumereien! Geh allein deinen Weg weiter wie bisher.

Neulich machte ich einen Ausflug auf den Heineberg. Graf Ulrich gesellte sich von ungefähr zu mir. Wir redeten allerlei von diesem und jenem, und er erzählte mir von seiner Heimat drüben in Brabant. Sein Vater ist ein bedeutender Mann am Hof der Herzogin Sophia von Brabant, einer Halbschwester unseres Herzogs in Thüringen, Herrn Heinrich mit dem Zunamen Raspe. Er schilderte ihn mir als einen freundlichen, verständigen Mann, erzählte von seiner Mutter, beschrieb mir die väterliche Burg, und ich hörte zu und meinte, ich müßte auch seine Eltern und die Burg kennen. Woher nur?

Zuletzt fanden wir noch heraus, daß Graf Ulrich und ich am gleichen Tag und im gleichen Jahr geboren seien. Wir mußten in Anbetracht unserer Ähnlichkeit herzlich darüber lachen. Der Graf von Altmanns-Hofen am Brabanter Hof und unser Graf sind Jugendfreunde. Der Graf von Altmanns-Hofen hat einmal unserem Herrn Wiprecht das Leben gerettet, als er auf einer Jagd von einem angeschossenen Eber verfolgt wurde. Später kamen die Freunde auseinander, doch senden sie sich von Zeit zu Zeit Kunde. Diesmal brachte sie der Sohn. Geschwister hat der junge Ritter keine. Er ist der alleinige Erbe der ganzen Herrschaft, die sich sein Vater dort in Brabant erworben hat.

Als wir schieden, bot Ulrich mir die Hand. »Weiß nicht, woher es kommt, Pater Hilarius, aber mich deucht, Euch könnt' ich meines Herzens tiefste Heimlichkeiten anvertrauen – das heißt, wenn ich welche hätte«, fügte er hinzu, und eine leichte Röte färbte sein schönes Gesicht.

»Vielleicht habt Ihr bald welche, Graf Ulrich«, neckte ich ihn. Da wandte er sich lachend ab und schritt tiefer in den Wald hinein.

Ich kehrte zum Schloß zurück, hatte aber über all dem Plaudern die Stunde des Gebetes verpaßt. Ich schämte mich darüber.

Am 30. Jänner

Nun weiß ich auch den Zug stillen Leides auf dem Gesicht der Herrin zu deuten! Herr Thimo besuchte mich gestern auf ein Viertelstündchen, der erzählte es mir. Es ist kein Erbe da, und mit Graf Wiprecht stirbt das Geschlecht »Derer von Werben auf Neuenburg« aus. Die Reichtümer erben die Töchter – schlimm für das edle Geschlecht. Aber mir ist, als sei noch ein anderes da, das ungesehen seinen Wohnsitz auf der Burg hat.

Graf Wiprecht sah ich selten in dieser Zeit. Er jagt viel in den weiten Wäldern. Wenn er nach Hause kommt, bringt er viel Unruhe mit, ist herrisch und rauh zu den Mannen, launenhaft zu der Herrin und Luitgardis. Nur zu Graf Ulrich und mir ist er immer freundlich

– und von meinem Fortgang ist keine Rede mehr. Ich selber denke nicht daran, fühle mich, wenn auch noch nicht heimisch, so doch wohl auf Graf Wiprechts »Felsennest«.

Am 3. Februar

Heute ist Graf Ulrich heimwärts gezogen, hat jedoch versprechen müssen, bald wiederzukommen. Er gab das Versprechen herzlich gern, wie mir schien, ist ja auch schon etliche Male hier gewesen.

Wir, das heißt Graf Wiprecht und ich, gaben ihm das Geleit bis zum unteren Schloßberg, und als er weiterritt und wir uns zurückwandten, sahen wir vom Bergfried Tüchlein wehen. Dort standen die Herrin und Luitgardis.

Wenig später war ich in der Halle allein. Ich saß auf der Bank, die eine Seite einnimmt, und hatte mich auf den Eichentisch davor gestützt. Mein Herz war schwer – die Gedanken zogen mit Graf Ulrich mit.

Da ging die Tür leise auf.

Luitgardis kam herein mit dem ihr eigenen anmutigen Gang. Sie trug das Köpfchen gesenkt, wie wenn die Flechtenkrone zu schwer geworden sei. Sie ging zum Kamin, warf ein Scheit in die Glut, daß diese aufprasselte, und rückte sich einen Stuhl ans Feuer. Die roten Flammen zuckten über sie hin. Ich sah, daß sie Tränen in den blauen Augen hatte.

Ich wußte nicht, was ich tun sollte. Mich ruhig verhalten mochte ich nicht, denn sie glaubte sicher, allein zu sein.

»Herrin«, sie fuhr erschreckt auf, »um Vergebung, aber –« Ich war verlegen und wußte nicht weiter, als ich auf sie zuschritt.

Ihr liebliches Lächeln erhellte das Antlitz. »Ich verstehe Euch, Pater Hilarius, Ihr wolltet mich nicht stören! Habt Dank!«

Sie deutete auf den anderen Stuhl am Kamin. »Bleibt, wenn Ihr mögt, 's ist kalt draußen und in Eurem Gemach gar einsam, meine ich.«

Ich setzte mich schweigend, und sie fuhr fort: »Wird jetzt noch einsamer hier oben werden, da Graf Ulrich fort ist.« Ihre Stimme senkte sich ein wenig. »Mein liebes Schwesterlein kommt auch erst in vier Wochen nach Hause.« Sie suchte nach Worten, das fühlte ich.

»Ich fand es bis jetzt nicht einsam hier oben«, sagte ich in Erwiderung ihrer Rede, »im Kloster ist's auch nicht gesellig. Jeder hat seine Arbeit, die er gewissenhaft zu tun hat –« Ich brach ab, weil mir in den Sinn kam, daß gar viel Geselligkeit zum Beispiel in unserem Kloster in Clairvaux geherrscht hatte – allerdings ohne des Abtes Wissen! Ob in Pforta auch, weiß ich nicht.

Sie sah gedankenvoll in die Glut, und mir fiel der wechselnde Ausdruck ihres feinen Gesichtes auf, der jede Regung der Seele wiederzugeben schien.

»Oft versuchte ich mir Klosterleben vorzustellen, Pater Hilarius, aber es geht nicht. Wenn Ihr mögt, erzählt mir davon. Gewiß herrscht gar viel Gelehrsamkeit und Gottesfurcht dort, und auch Ihr werdet kaum die Einsamkeit hier oben wahrnehmen, wenn Ihr so schönen Umgang mit der Heiligen Jungfrau und den anderen lieben Heiligen habt und gewiß viel lest und studiert in den heiligen Schriften. Anders ist es mit uns – und wenn dann ein lieber Gast fortzieht, fällt's schwer.«

Da merkte ich, Luitgardis war's weniger um Nachrichten über das Klosterleben zu tun, vielmehr wollte sie über Graf Ulrich sprechen. Mir lag auch herzlich wenig daran, von meinem Umgang mit den lieben

Heiligen zu berichten – ich schämte mich, als sie solches sagte, und wollte sie nicht näher darauf kommen lassen.

Also fragte ich: »Kennt Ihr die Eltern des jungen Ritters, Herrin?«

Sie schüttelte den Kopf: »Nein, aber ich liebe sie aus seinen Erzählungen! Seine Mutter, sagte er mir einmal, sei oft recht ernst und sogar traurig. Aber er konnte und wollte mir nicht den Grund sagen. Er war traurig darüber. Ich hab' ihn darin gut verstanden. Ist's doch bei uns ebenso, nur mit dem Unterschied, daß ich den Grund gar gut weiß.«

Ich sah sie erwartungsvoll an.

»Vergebt, Pater Hilarius«, fuhr sie fort, da sie meinen Blick feststellte, »ich möchte nicht mehr sagen. Aber ich weiß, daß meine Mutter zu Euch noch darüber reden wird. Ich glaube, sie hat großes Vertrauen zu Euch.«

»Solches wird sie nie bereuen«, erwiderte ich. Dann aber, einem plötzlichen Gedanken folgend, fragte ich: »Graf Ulrich und Ihr, Herrin, versteht Euch anscheinend recht gut?«

Eine lichte Röte überflutete ihr Antlitz. Sie senkte rasch den Blick, ich aber hatte den Glanz doch gesehen, und mir ist's dabei eigen zu Sinn geworden.

»Sehr gut«, nickte sie und schwieg alsdann.

Da fing ich an, von meinen Wegen mit ihm zu reden, davon, daß wir einander liebgewonnen haben, auch von unseren gleichen Geburtstagen und Jahren. Sie hatte sich in den Stuhl zurückgelehnt und lauschte meinen Worten, mich unverwandt anblickend. Ich sah gar wohl, das Thema interessierte sie mehr als das Klosterleben!

»Wirklich, Pater Hilarius«, rief sie aus, als ich geendet hatte, »man möchte Euch für Zwillingsbrüder halten, wenn dies nicht zu den Unmöglichkeiten gehören würde! Es will mir nur verwunderlich erscheinen –«

Ich sollte nicht erfahren was, denn die Tür sprang auf, und mit scharfem Ruck kam des Grafen brauner Jagdhund herein, und sein Herr folgte ihm mit schwerem Schritt.

»In drei Teufels Namen, Luitgardis, wo steckst du denn?« rief er ärgerlich. »Geh zur Mutter und kümmere dich um deinen Spinnrocken!«

Das Mädchen war emporgefahren. Die Farbe kam und ging auf seinem Antlitz. Sie öffnete den Mund anscheinend zur Gegenrede, besann sich dann aber und ging hinaus.

Graf Wiprecht setzte sich auf ihren Stuhl, streckte die Beine lang von sich und kniff den Hund, der sich neben ihn gelagert hatte, in den Schwanz, so daß das Tier laut aufheulte.

Mir wurde es unbehaglich, ich stand auf und wollte gehen.

»Nanu?« fragte Graf Wiprecht. »Wollt Ihr weg, weil ich komme? Ach so, Herr Kaplan, Weibergesellschaft sagt Euch besser zu – aha!«

Spöttisch klang seine Stimme aus.

Ich zuckte zusammen und richtete mich auf. Meinen Ärger bezwang ich, denn längst habe ich gemerkt, daß ihm nur mit kalter Ruhe und Festigkeit wirksam zu begegnen ist.

»Graf von Neuenburg, wagt noch einmal ein gleiches Wort, und ich verlasse in derselben Stunde Eure Burg! Verlangt Ihr, daß Eure Ritterehre geachtet wird, so verlange ich mit mehr Recht das gleiche für mich im geistlichen Stand.«

Er lachte dröhnend auf: »Mönchlein, 's macht mir Spaß, Euch in Harnisch zu sehen. Ihr mögt ja eine lobenswerte Ausnahme machen, aber leugnen könnt Ihr nicht, daß bei Euresgleichen, ob hoch oder niedrig, die Tugend und Sittsamkeit nicht an erster Stelle stehen!«

Mir schoß heiße Glut in den Kopf wegen der Wahrheit seiner Worte. Aber es gibt auch genügend bei uns, die unsern Stand heilig und hoch halten und ihn nie verunehren würden!

»Fangt bei Eurem Stand an, Herr Ritter, da habt Ihr so viel zu tun, wenn Ihr aufräumen wollt, daß Euch keine Zeit mehr für andere bleibt«, sagte ich kühl und abwehrend. »Den Heiligen sei Dank, daß ich in unserem Stande, zumal in Pforta, bei hoch und niedrig gar manchen kenne, der als leuchtendes Vorbild für jeden Ritter gereicht.«

»Laßt gut sein, Herr Pater«, lenkte er ein, »setzt euch hin und laßt uns in Frieden plaudern. Mir ist gerad' danach zu Sinn.«

»Das merkte ich, als Ihr hereinkamt«, sagte ich ironisch und setzte mich wieder.

»Scharf könnt Ihr sein wie Pfeffer«, rief er unmutig. »Als der Ulrich hier war, war't Ihr gemütlicher als jetzt, da er fort ist.«

»Sucht die Schuld nicht an anderen, zuallererst an Euch, Herr Graf!« gab ich gleichmütig zurück.

»So, meint Ihr, ich soll jeden mit Samtpfötchen anfassen!« rief er hitzig. »Möchte sehen, wie weit ich damit auf der Burg käme!«

»Ihr wollt mich nicht verstehen«, sagte ich ruhig. »Von Samtpfötchen sprach niemand, aber die Krallen braucht Ihr nur da zu zeigen, wo sie angebracht sind! Eurer Tochter gegenüber hattet Ihr sie nicht nötig.«

»Meiner Tochter gegenüber«, grollte er, »laß das Mädchen da sitzen, wo sie hingehört, in ihrer Kemenate!«

»Hoffentlich bringen sie Euch beide bald angesehene Freier«, versuchte ich nun das Gespräch auf anderes zu lenken.

»Das ist mir gleich«, knurrte er, »sie können tun, was sie wollen, besonders Mechthildis.«

»Aber sie ist doch Eure Älteste«, warf ich ein. »Gerade da dürfte es Euch nicht so gleichgültig sein, wie Ihr Euch den Anschein gebt.«

»Ich gebe mir keinen Anschein, Herr Pater, ich mein es, wie ich sage, und gerad' deshalb, weil sie die Älteste ist.«

Er mochte denken, ich verstehe den Sinn seiner Rede nicht, und es fuhr mir halb mit Absicht, halb unbewußt heraus: »Sie kann doch nichts dafür, daß sie kein Sohn ist und –« Ich kam nicht weiter. Entsetzt fuhr ich zusammen über dem lästerlichen Fluch, der die Halle durchzitterte!

Aufgesprungen war der Graf, krachend flog der Stuhl zur Erde, und er schrie: »Rührt nie wieder an den Punkt, Mönch, das will ich Euch geraten haben, oder –«

Die Stimme erstickte, mit zwei Schritten war er zur Tür und hinaus.

Da bin ich in mein stilles Gemach hier oben gegangen. Allmächtiger, hat der Mann eine Wut! Die Heiligen mögen jeden in Gnaden bewahren, mit dem im Bösen zusammenzufahren.

Bitter bereute ich meine Unbedachtsamkeit, habe doch nicht denken können, daß es dem Grafen gar so tief sitzt, keinen Erben zu haben. Fehlt mir noch viel Weisheit zum Leben in der Welt – das merke ich mit schwerem Herzen. Meine Stellung ist hier nicht ganz leicht, mögen mir die Heiligen helfen – mir ist heute bange geworden!

Ich habe mir mein Nachtessen heraufbringen lassen. So weiß ich nicht, wie's unten zugegangen ist.

Am 15. Februar

Schnee ist gefallen und liegt fußhoch überall. Die Bäume neigen sich unter der schweren Last, und die Vöglein kommen an die Fenster, weil sie sonst nirgends etwas finden. Jetzt ist noch Frost eingetreten, so daß der Schnee glitzert wie mit Diamanten bestreut. Herrlich ist der Blick über das liebliche Tal von meinem Gemach aus, noch schöner ist er von der anderen Seite aus dem Erkerlein am Wohngemach der Herrin. In wundervoller Ruhe liegt die Erde im Wintergewand. Deutlich sieht man das Nonnenkloster zu Tscheiplitz.

Auf der Burg herrscht auch mehr Ruhe. Die Herrin und Luitgardis sitzen meist still zusammen und spinnen.

Auf dem Antlitz der Jungfrau liegt zuweilen ein ernst-wehmütiger Zug. Ob ihn die anderen gewahr werden, weiß ich nicht, jedenfalls ich sehe ihn. Hab' seit jenem Tage nicht mit ihr geredet. Wir grüßen uns nur, wenn wir uns sehen. Ihr Gruß ist jetzt immer besonders warm. Woher mag es kommen? Ich ahne es!

Graf Wiprecht geht seiner Wege wie bisher. Er ist wortkarg und finster. Man freut sich nicht, wenn man ihn sieht. Die Herrin ist noch stiller als sonst, aber in ihrem Wesen gleich.

Und ich selbst?

Da möchte ich am liebsten schweigen – und doch will ich ehrlich sein, auch gegen mich selbst. Sechs Wochen bin ich hier, und die alte Unrast und Sehnsucht regen sich in mir von neuem – jene Sehnsucht, die ich befriedigt hoffte durch meinen Eintritt in das Leben der Welt. Ihr Heiligen – wenn die alte Unruhe wieder über mich käme.

Was ist's nur? Wollen mir die Heiligen nicht helfen, oder – können sie nicht?

Und die hochgelobte Jungfrau?

Allerbarmer, vergib mir diese Sünde, solchen Gedanken auch nur Raum zu gewähren.

Ich habe in der Stille der letzten Zeit angefangen, fleißig zu studieren – aber nicht, wie Luitgardis meinen würde, die heiligen Schriften, sondern den Horaz.

Doch tue ich eines jetzt mit großer Genauigkeit: Ich halte pünktlich die Stunden des Gebets ein, wie sie in Pforta gepflegt werden, und gebe noch etliches dazu – aber – o das Aber! – ich tue es mehr aus Pflichtgefühl als aus Neigung.

Am 15. März

Gräfin Mechthildis sollte heimkommen, statt dessen sandten ihre Gefreundeten von der Schönburg Kunde, die behielten sie gern noch dort, wenn der Vater es erlaube.

Ich war gerade zugegen in der Halle, als der Bote kam.

»Sie soll bleiben«, sagte Graf Wiprecht kurz. »Ich will sie nur zu Ostern daheim haben.«

Gräfin Jutta sagte nichts. Sie ging hinaus, doch schien mir ein schmerzliches Zucken über ihr Antlitz zu ziehen.

Etwas später ging ich zur Kapelle hinauf, um zu beten. Es war dämmrig in dem oberen Teil vor dem Altar, im unteren Teil herrschte bereits Dunkelheit. Als ich hereintrat und zum Altar gehen wollte, sah ich eine dunkle Gestalt an einem Betschemel knien. Ich wollte mich leise entfernen. Anbetung oder Flehen anderer soll man nie stören – da knirschte unter meinen Tritten der Sand auf den Steinfliesen, und die Herrin – denn sie war es – hob den Kopf. Als sie mich sah, erhob sie sich und kam auf mich zu.

»Pater Hilarius, wenn Ihr möchtet, kommt zu mir, wenn mein Gemahl zur Jagd fortreitet. Ich muß Euch mein Herz einmal ungestört ausschütten, damit Ihr mir mit Eurer Fürbitte helfen könnt, die wirksamer sein wird, als mein armseliges Gebet.«

»Gerne komme ich«, erwiderte ich, »wenn Ihr Vertrauen habt, edle Herrin. Redet Euch die Seele leicht. Laßt es mich nur wissen, wenn Ihr meiner begehrt.«

Sie drückte still meine Hand und ging – und ich hatte Muße zum Gebet. Aber meine Gedanken waren und sind bei dem, was ich erfahren werde.

Am 1. April

In drei Tagen feiern wir den Sterbetag unseres hochgelobten Erlösers, und dann kommt das Osterfest. Es ist also die Zeit heran, da Gräfin Mechthildis heimkehrt. Sie wird morgen nachmittag erwartet. Luitgardis freut sich sehr, anscheinend auch die Herrin.

Diese hat mich noch zu keiner Aussprache bitten lassen, obgleich Graf Wiprecht wiederholt fort war. Ist's ihr leid, mich in ihres Herzens Kummer hineinschauen zu lassen? Ich weiß nicht, aber ich kann warten. Wenigstens das habe ich im Kloster gelernt.

Am 2., abends

Heute vormittag kam des Grafen älteste Tochter heim. Ich hatte über den Pergamenten gesessen und ging erst zum Mittagsmahl in die Halle hinunter. Sie stand neben ihrer Mutter und trat mir mit freundlichem Gruß entgegen.

Ich bin schier erschrocken gewesen über so viel Lieblichkeit, die vor mir stand – mag daher kommen, daß ich bisher in meinem Leben mit nur wenig Frauen zu tun hatte. Ja, Mechthildis von Neuenburg ist schön – oder nicht schön, sondern holdselig. Wenn ich ein Maler wäre und die Heilige Jungfrau zu malen hätte – ich tät ihr Antlitz wählen! Anders ist sie, ganz anders als Luitgardis, und doch sieht man auf den ersten Blick, daß sie Schwestern sind. An Größe beide gleich, kleiner als ich – aber wenn ich Luitgardis mit drei Worten zeichnen kann: ziemlich klein, blond, zierlich – so möchte ich bei Mechthildis sagen: ebenso klein oder groß, wie man will, tief dunkelblond das wellige Haar, in ihren Bewegungen aber ruhig, sicher, gemessen. Nur über ihr Wesen kann ich noch nichts sagen.

Graf Wiprecht war noch wortkarger als sonst, aber nicht unfreundlich.

Draußen weht ein Frühlingswind, und es geht gleich einem Ahnen künftiger Freuden durch die Natur.

Ostern – Frühlingsfest – oder liegt solches mehr im Menschenherzen als draußen! Erst aber kommt Karfreitag, der dunkle Sterbetag!

Will für heute aufhören, hier zu plaudern, will meinen Predigten nachsinnen für Karfreitag und Ostern. Ich möchte gern mein Bestes geben!

Karfreitag, abends

Ganz voll war heute die kleine Kapelle. Im unteren Teil saßen die Mannen und Mägde, im oberen die Familie des Grafen.

Ich redete von dem verdienstvollen Leiden und Sterben unseres hochgelobten Erlösers und seiner Notwendigkeit für unserer Seelen Heil – aber mitten drin fiel mir's gleich einer Last auf die Seele, daß ich die Notwendigkeit dieses Opfers für meine Seele gar nicht einsehe – ich zwang aber alle diese Gedanken nieder und hatte genau acht auf meine Worte. Jetzt, in der Stille, muß ich mich fragen, weil ich ehrlich sein will: Was ist's – was, o ihr Heiligen, wird noch werden? Ich bin mir selbst ein Rätsel und kenne mich nicht aus!

Ostersonnabend

Voll Unrast bin ich bis lange nach Mitternacht in meinem Gemach auf und ab gewandert, als ich gestern aufhörte zu schreiben. Beten mocht' ich nicht, aber klar bin ich mir geworden, daß es mit meinen Grübeleien nicht so weitergehen kann! Fort damit!

Von jetzt an tue ich streng wie bisher, vielleicht noch strenger meine Pflicht als Priester, dann aber will ich genießen, was mir die lieben Heiligen geschenkt haben, ein freies, sorgloses Leben auf dieser schönen, stolzen Burg!

Heute, am heiligen Abend, kommen hohe Gäste, der Bischof, Herr Dietrich aus Naumburg, und etliche Domherren mit ihm, desgleichen die Grafen von der Schönburg, von Goseck und Saaleck und andere. Wird ein großes Gelage geben. Ich soll dabeisein, wünscht Graf Wiprecht, und ich freue mich darauf.

Am ersten Festtag

Mit prächtigem Gefolge kam der Bischof gestern abend, ich empfing ihn mit unserem Herrn zusammen im Hof.

Er erinnerte sich meiner sogleich und fragte lächelnd den Grafen: »Nun, edler Freund, wie seid Ihr mit Eurem Pfortaer Kaplan zufrieden?«

Graf Wiprecht lachte.

»Gut, Hochehrwürden, viel mehr als mit den anderen.«

»Freut mich zu hören«, erwiderte Herr Dietrich, »solch ein Lob klingt fein! Ja, ein sanftmütiger und demütiger Diener Christi –«

Graf Wiprecht lachte so laut auf, daß der würdige Herr ihn betroffen ansah.

»Sanftmütig und demütig, Herr Dietrich? Nein, ganz im Gegenteil – der hat mir schon mehr als einmal den Dienst aufgesagt. Aber wisset, so ist mir's lieber, als wenn er in Demut zerflösse.«

In dem Augenblick kam Mechthildis herzu, den hohen Herrn zu grüßen. Sie trug ein dunkelblaues Samtgewand mit Goldstreifen verziert, auf dem weißen Lätzlein am Hals funkelte an einer feinen goldenen Kette ein Rubin.

Herr Dietrich neigte sich ritterlich vor ihr. Über ihn hinweg traf mich von ungefähr ihr Blick. Wunderbare Augen von der Farbe der Veilchen schauten mich an, und darin ein unergründlicher Ausdruck – war's Stolz, war's Weh – ich weiß es nicht!

Ein seltsames Erschauern ging über mich, alles Blut strömte mir zum Herzen. Ich konnte den Blick nicht von ihr lassen!

Eine feine Röte stieg in ihr Antlitz. Sie wandte sich und schritt an der Seite eines der Domherren in die Halle.

Bei der Abendtafel saß ich neben dem Bischof. Er sprach den leckeren Speisen und dem edlen Trunk gut zu, führte daneben mehr witzige, als geistreiche Unterhaltung mit Graf Wiprecht und den anderen Gästen.

Ich konnte wenig essen. Mir war alles so neu, so fremd – und so schön, daß ich dabei war.

Ich war wie im Traum – des öfteren suchte mein Blick Mechthildis, die am unteren Ende der Tafel saß. Aber ihre Augen blieben gesenkt. Sie sprach wenig. Auf ihrem Antlitz lag fast ein abweisender Ausdruck.

Ob unter den edlen Grafen und Herren keiner ist, der sie freien möchte, fragte ich mich unwillkürlich und blickte mich im Kreise verstohlen um. Aber ich sah keinen, der mir im Äußeren neben ihr gleichwertig erschienen wäre.

Dafür aber entdeckte ich, daß Luitgardis, deren Platz dem meinen schräg gegenüber war, in Gedanken verloren den Erzählungen ihres Nachbarn lauschte – und mit weltfernem Blick zu mir hinsah. Daß solch ein Blick nicht mir galt, wußte ich. Eines leisen Lächelns konnte ich mich nicht erwehren. Das bemerkte sie plötzlich und brachte sie in die Gegenwart zurück. Groß und offen sahen mich ihre Augen an, ein sonniger Strahl glitt über ihr Antlitz. Fröhlich plauderte sie wieder – welchen Weg ihre Gedanken gewandert waren, erriet ich unschwer.

Als die Tafel beendet war, standen hier und da etliche zusammen in Gruppen. Eine fröhliche Unterhaltung war im Gange. Ich trat in eine Nische und wollte ungestört ein wenig beobachten.

»Pater Hilarius«, hörte ich da plötzlich Herrn Dietrichs Stimme gedämpft neben mir, »es ist mir lieb gewesen zu hören, daß du hier festen Fuß gefaßt hast. Ich war bange, als ich deine Jugend sah, wie's hier oben laufen würde. Hast aber anscheinend den rechten Ton gegenüber dem Grafen Wiprecht getroffen. Sieh nur zu, Eingang in sein Herz zu gewinnen. Unter der rauhen Haut verbirgt sich Leid. Sieh auch zu, das Vertrauen der Gräfin Jutta zu gewinnen, damit du von ihr erfährst, was es sei. Ich möchte nicht darüber reden, wenigstens heute nicht. Ich schätze sie beide sehr und wünschte nichts mehr, als daß noch einmal Sonnenschein hier oben einkehre. Aber ich kann dazu nichts tun. Vielleicht gelingt es dir, der du beständig hier oben bist, mit der Heiligen Hilfe.«

»Längst schon merkte ich es, was Euer Hochehrwürden andeuten«, entgegnete ich ebenso leise und teilte ihm alsdann mit, daß die Herrin bereits von einer Aussprache geredet habe, sagte ihm auch von jenem heftigen Ausbruch bei Graf Wiprecht, als ich eine Bemerkung darüber machte, daß er keinen Sohn habe.

»War unklug von dir, sehr unklug, mein Sohn«, entgegnete kopfschüttelnd Herr Dietrich. »Sei darin vorsichtiger. Zum Umgang mit den Hohen in der Welt gehört viel Weisheit. Nie darfst du zu viel von deinen Gedanken und Meinungen verraten, besonders aber nicht von dem, was du weißt. Sei verschwiegen und des Vertrauens eines jeden würdig.«

Ich nickte und sah dabei zu Mechthildis, die am Tisch stand mit dem Fräulein von der Schönburg, ihrer Freundin, und plauderte. Soeben zog ein Lächeln über ihr Antlitz. Sie war so lieblich anzusehen, daß ich auf sie wies und zu Herrn Dietrich sagte: »Schaut dorthin, hochehrwürdiger Herr, sollte nicht Graf Wiprecht sich glücklich schätzen, solche Töchter zu haben? Ist sie nicht schon eitel Sonnenschein hier oben, ebenso ihre Schwester Luitgardis?«

Ein tiefernster Zug glitt über Herrn Dietrichs Gesicht. »Gerad' um sie« – er brach kurz ab, lächelte dann schalkhaft und hob wie drohend den Finger: »Hüte dich, Hilarius! Schon mancher verbrannte sich die Flügel an Mechthildis' strahlenden Augen.«

Wie ein Hieb trafen mich solche Worte, die doch nur ein Scherz waren. Ich richtete mich hoch auf und sagte steif: »Um Vergebung, Hochehrwürden, aber ich bin ein Priester.«

Sein Blick ging über mich hin und wurde wieder ernst. »Schade, daß du kein Ritter bist«, sagte er dann sehr trocken.

Ich zuckte zusammen, hatte ich doch gerade dies vorhin auch gedacht.

»Und das sagt Ihr mir?« fragte ich vorwurfsvoll.

Er sah mich groß an. »Ja, ich, Hilarius! Ja, du bist ein Priester – aber ein Priester ist auch nur ein – Mensch!«

Jetzt schwieg ich. Er sprach aus, was ich bereits in Pforta nur zu deutlich empfunden hatte – also auch er!

»Wenn zwei Priester zusammen vertraulich reden, bedeutet es allemal nichts Gutes und hat ein jeder auf der Hut zu sein«, sagte plötzlich Graf Wiprechts tiefe Stimme neben uns. Aber er lachte dabei.

Ein rascher Blick auf Herrn Dietrich belehrte mich, daß ihm diese Unterbrechung fatal war. Eine kaum merkliche Röte stieg auf seinem Gesicht auf.

Eh er etwas sagen konnte, war aber meine Antwort schon heraus: »Doch nur für solchen nichts Gutes, Graf Wiprecht, der ein böses Gewissen hat. Außerdem: Schließt Ihr etwa von Euch auf andere?«

»Da habt Ihr eine Probe vom Herrn Kaplan«, lachte der Graf laut auf. »Der bringt's fertig, mir mal die Absolution zu verweigern!«

»Wenn es nötig wäre, freilich«, nickte ich ernsthaft mit unterdrücktem Lächeln.

»Wird aber wohl nie nötig werden«, mischte sich nun der Bischof ein.

Er schob seinen Arm in den des Grafen, winkte mir zu und sagte: »Wir sehen uns noch, Hilarius!« Damit zog er ihn mit sich fort.

Wenig später merkte ich, daß sich die edlen Frauen

alle zurückzogen und nur die Ritter und Herren bei den Wein- und Bierkrügen zusammenblieben.

Da kam mir der Gedanke, es sei für einen Priester auch Zeit zu gehen – und so ging ich, aber der Bischof blieb!

Als ich ihm eine gute Nacht wünschte, bot er mir freundlich die Hand und wünschte mir alles Gute – er befand sich in sehr vergnügter Stimmung, merkte ich.

Als ich allein in meinem Zimmer war, konnte ich nur den Kopf schütteln – ihr Heiligen – vom Bischof merkte man gar nichts an ihm. Er war Ritter mit den Rittern – stammte ja auch aus so hochedlem Geschlecht – aber jetzt ist er doch Bischof! Ich jedenfalls hätte mich anders benommen.

Heute morgen hielt er das Hochamt in der Kapelle, ich zelebrierte. So voll ist sie wohl noch niemals gewesen wie heute.

Oben in der großen Halle vor der Kapelle versammelten sich die Herrschaften. Es war kaum Platz für sie. Etliche Ritter mußten im Vorsaal zurückbleiben. Ich hörte Herrn Dietrich zum erstenmal predigen – aber ich meine, daß die Rede, die ich habe halten wollen, besser gewesen wäre!

Unter all den edlen Frauen fiel mir wieder Mechthildis auf durch ihre besondere Lieblichkeit. Ein rotbraunes Seidengewand über weißem Unterkleid mit Pelz verbrämt stand ihr prächtig. Ihre großen Augen hielt sie meist gesenkt, nur als der Bischof redete, hob sie den Blick zu ihm auf. Unergründlich sind diese Augen. Was birgt die Tiefe?

Mit Gewalt mußte ich meine Stimme aufs Amt lenken, dem ich diente. Aber ich war froh, als es zu Ende war. In wohlgeordnetem Zug schritten die Herrschaften aus der Kapelle. Im Vorsaal löste sich die

Ordnung, und Luitgardis stand plötzlich neben mir. Wie hätte sich wohl Graf Ulrich ihrer Anmut gefreut! Ein lichtblaues Gewand umschloß die feine Gestalt. Ihre Augen strahlten, und sie flüsterte mir zu: »Graf Ulrich entbietet Euch herzlichen Gruß, Pater Hilarius!«

Ich sah sie ganz erstaunt an. Da fuhr sie mit schelmischem Lächeln fort: »Heute früh kam ein Bote zu mir und brachte mir –« sie stockte und errötete tief.

»Weiter«, sagte ich leise, »Graf Ulrich würde Euer Vertrauen zu mir nur billigen, Herrin!«

»Verratet Ihr mich auch nicht, Pater Hilarius?«

Ich schüttelte den Kopf. »Wenn Ihr den Gedanken habt, dann schweigt, Gräfin Luitgardis.«

»Verzeiht«, bat sie, »ich weiß ja, er vertraut Euch. Oft sagte er mir, Ihr wäret ihm lieb wie ein Bruder. Er sandte mir einen Veilchenstrauß in einem silbernen Kästlein. Zwar sind die Blümlein verwelkt, aber –«

Wieder stockte sie, und ich half lächelnd nach: »Aber sie sind doch da – nicht wahr, Herrin?«

Sie nickte, und ich sagte aus vollem Herzen: »Habt Dank! Der Gruß, noch mehr aber Euer Vertrauen, freut mich herzlich! Wenn Ihr dem Boten Antwort gebt, sagt, auch ich denke an Graf Ulrich und hoffe, ihn bald wiederzusehen. Euch aber, Gräfin, Euch wünsche ich ein volles, reiches Glück, das Euch die Heilige Jungfrau gnadenreich geben wolle!«

Sie erglühte bis unter die Haare und drückte meine Hand. Dann mischte sie sich unter die Gäste.

Ich stand einen Augenblick in Sinnen – o der geheimnisvollen Macht, die mir hier in Luitgardis und Ulrich entgegentritt. Liebe heißen sie die Menschen – was aber ist sie, von wo kommt sie und – wohin führt sie?

Solche Gedanken glitten durch meinen Sinn, als ich

aufblickend gerade in Mechthildis' Augen schaute, die auf mir ruhten. Eine Sekunde tauchten unsere Blicke ineinander, dann sanken gleich einem Schleier ihre Lider. Sie sprach irgend etwas zu ihrem Begleiter, dem Herrn von Saaleck. Mir aber rann ein Schauer durch die Glieder wie am gestrigen Tage, und ich eilte in mein Gemach. Immer sah ich diesen unergründlichen Blick – sehe ihn auch jetzt noch, und ein unbezwingliches Verlangen hat mich gepackt, zu erforschen, was diese Tiefe birgt! Ich bin heute an der Tafel ein wortkarger Tischgenosse gewesen und war am Nachmittag froh, daß die Ritter und Herren einen weiten Ritt ins Tal machten.

Die Frauen hatten sich indes um Gräfin Jutta im Erkerzimmer gesammelt; mich brauchte und vermißte keiner. So ging ich hinab in den schmalen Burggarten, wo der Blick hinübergeht nach Tscheiplitz.

Als ich eintrat, stockte mein Fuß – Mechthildis stand allein, an die niedere Mauer gelehnt, und schaute ins Weite. Ihre schmalen Hände waren verschlungen, ein herber Zug, der es fast hart scheinen ließ, lag auf ihrem Antlitz. Beinahe erschrak ich darüber, denn er wirkte fast abstoßend. Ich wandte mich rasch um und ging wieder. Ob sie mich dabei bemerkt hat, weiß ich nicht. Dieser harte Zug und die unergründliche Tiefe ihrer Augen müssen in Verbindung stehen, das ist mir beim Sinnieren in meinem Gemach zur Gewißheit geworden. Dazu des Bischofs Andeutung – Mechthildis, welch ein Geheimnis umgibt dich? Ich werde es erforschen – ich will es.

Am 7. April

Die Gäste sind fort. Ruhe ist auf der Burg eingekehrt. Schon seit Stunden fällt ein warmer Frühlingsregen.

Die Wanderung, die ich zu unternehmen gedachte, mußte unterbleiben.

Ich bin dafür in meinem Gemach auf und ab gewandert – hätt's bequemer haben können im langen Hausgang –, aber da hätte ich leicht den Grafen oder eine der Frauen treffen können. Das wollte ich nicht! Mich verlangt allein zu sein – hab' mich genug in der Gewalt haben müssen heute morgen beim Abschied des Bischofs und der anderen, desgleichen beim Mittagsmahl in der Halle. Mußte mir schon des Grafen Bemerkung bei Tisch gefallen lassen: »Ihr schaut aus gleich der Katz, wenn sie das Donnern hört« – und gab nur kurz darauf die Antwort: »Hatte bis heute nicht Gelegenheit, solches zu beobachten. Vielleicht ist es mir hier vergönnt, dies zu erfahren, da auf der Burg etliche Katzen vorhanden sind. Dann werde ich wissen, wie ich heute ausgeschaut habe.«

Er brummte was Unverständliches und wußte anscheinend nicht, sollte er lachen oder sich ärgern!

Heiliger Antonius – wenn er gewußt, nein, nur geahnt hätte, welche Gedanken mich bewegten – ich hätte das Donnerwetter aus erster Hand gehabt und nie gewußt, wohin ich flüchten sollte.

Gestern war's, als der zweite Festtag vergangen war. Die edlen Herren blieben, wie gewohnt, in der Halle nach dem Nachtmahl. Ich wollte wieder gehen. Als ich dem Bischof eine geruhsame Nacht wünschte, stand er gerade mit etlichen Herren, dem von Goseck und von Kefernberg, zusammen. Er wandte sich rasch mir zu und flüsterte: »Warte auf meinen Diener« – dann sprach er mit den Herren weiter.

Ich stutzte, ging aber hinaus und wunderte mich über die Worte, zumal er sich den ganzen ersten und zweiten Festtag nicht um mich gekümmert hatte. Ich saß nun und wartete und wartete – und meinte schon, ich hätte seine Worte falsch verstanden – denn es ging auf Mitternacht zu. Meine Kerze war am Verlöschen, und der Schlaf wollte mich schier übermannen – da hörte ich die Herren die Halle verlassen und in ihre Gemächer gehen.

Still war's – und schon wollte ich mich, ärgerlich über die gekürzte Nachtruhe, hinlegen, als ich leise Tritte hörte. Ich fuhr auf und öffnete vorsichtig meine Tür. Des Bischofs Diener winkte mir schweigend. Lautlos schritten wir hinüber zu den Gastgemächern des hohen Herrn.

Gespenstisch flackerte das Licht der kleinen Kerze, die der Mann vorsichtig mit der Hand schützte – mir klopfte das Herz vor Erwartung, denn daß es etwas Besonderes sei, stand für mich fest.

Geräuschlos öffnete der Diener die Tür und ließ mich eintreten. Der Bischof saß im bequemen Hausgewand auf einem Ruhebett und lud mich mit gedämpfter Stimme neben sich.

Er sah ernst aus und sagte: »Du wunderst dich, Hilarius, wegen dieses nächtlichen Besuches, und das mit Recht. Ich hätte dir auch gern das, was ich dir sagen möchte, bei anderer Gelegenheit in diesen Tagen gesagt, doch du sahst Graf Wiprechts Argwohn bereits am ersten Abend hier, wenn er ihn auch hinter einem Scherz zu verbergen suchte. Was ich dir nun sagen will, ist eine Sache, die du mit aller Vorsicht und Klugheit anzufassen und zu vollbringen hast. Ich habe deshalb erst gehorcht, wie du mit dem Grafen ständest, um zu sehen, ob ich dir diesen Auftrag geben kann. Daß du verschwiegen bist gleich dem Grabe, setze ich voraus – du bist ein Mönch! Zudem nimm an, du stammtest vielleicht aus edlem Geschlecht, und es macht dir deine Ehre zur Pflicht, mein Vertrauen nicht zu täuschen!«

Ich schaute ihn erwartungsvoll an, die Frage, die mir auf den Lippen lag, vorläufig unterdrückend. Dafür sagte ich: »Redet, Herr, ob Ritter oder Mönch, Ihr täuscht Euch nicht in mir!«

Der Bischof fuhr fort: »So höre denn! Wie du weißt, ist mein erlauchter Bruder, Herr Heinrich, Markgraf zu Meißen, der Stiftsvogt unseres Bistums. Er tut uns sehr viel Gutes, und wir genießen unter seinem Schutz Frieden und Ruhe. Es ist also nur recht und billig, daß wir ihm treu ergeben sind. Im Thüringischen regiert zuzeiten der edle Landgraf Herr Heinrich Raspe, dem diese Neuenburg gehört, und dem Graf Wiprecht ein treu ergebener Untertan ist.«

Er machte eine Pause, ich nickte. Das habe ich bereits wahrgenommen – aber wo will der Bischof hinaus? Ich sollte es bald erfahren!

Er fuhr fort: »Mit Herrn Heinrich Raspes Ableben – die lieben Heiligen mögen es noch lange verhüten«, schob er ziemlich salbungsvoll dazwischen – »erlischt der Mannesstamm der Thüringer Landgrafen. Kaiser Friedrich II. hat vor nunmehr vier Jahren im Blick darauf, daß dies mit Gewißheit geschehen könnte, die Huld gehabt, die Anwartschaft auf die Landgrafschaft Thüringen, Pfalzgrafschaft Sachsen und alle übrigen Reichslehen des Herrn Heinrich Raspe meinem erlauchten Bruder zu erteilen.

Wenn nun der Thüringer Landgraf mit dem Tode abgeht, wird mein Bruder von Gottes und Rechts wegen Landgraf über Thüringen. Außerdem ist er der nächste Verwandte Heinrich Raspes, da er und ich die Söhne seiner Halbschwester Jutta sind. Allein es lebt noch von Herrn Heinrichs verstorbenem Bruder, der vor ihm Landgraf von Thüringen war, eine Tochter Sophia, die vermählt war mit dem Herzog Heinrich V. von Brabant. Obgleich sie weder Erb- noch andere Ansprüche auf Thüringen hat, ist es doch nicht unmöglich, daß sie solche erhebt. Ihr Sinn ist gar hochfahrend, und es wäre nicht zu verwundern, wenn sie nach Ausdehnung des Herzogtums ihres verstorbenen Gemahls zugunstes ihres Sohnes Gelüste trüge. Das würde freilich einen Streit im Gefolge haben. Doch was fragen die Fürsten dieser Welt danach? Für diesen Fall ist es nun meinem teuren Bruder von Wert und größter Wichtigkeit zu erfahren, wer von den Thüringischen Grafen und Herren zu ihm halten würde und wer zu der Herzogin. Besonders kommt es ihm auf die Stellung des Grafen Wiprecht von der Neuenburg an. Du weißt, Hilarius, daß außer der Wartburg die Neuenburg Thüringens stärkste Feste ist, fürtrefflich gelegen am Eingang zum Unstruttal und von hier aus die ganze Gegend beherrschend. Ihr Besitz ist von nicht zu unterschätzendem Wert im Falle eines Streites.

Von Rechts wegen müßte Graf Wiprecht zu meinem Bruder halten, wenn Fehdereien ausbrächen, aber – aber – Herzogin Sophia von Brabant ist die Nichte Heinrich Raspes, und Graf Wiprecht hat Beziehungen zu Brabant. Ich hörte davon, daß er in Freundschaft verbunden sei mit dem Grafen Ulrich von Altmanns-Hofen, dessen Sohn hier zu Gast gewesen ist. Dieser Graf aber steht in hohem Ansehen bei der Herzogin Sophia, ist ihr erster Rat und hat viel zu sagen. Es ist nicht unmöglich, ja sogar wahrscheinlich, daß Graf Wiprecht von dort her beeinflußt wird. Das zu erkunden, Hilarius, übergebe ich nunmehr dir. Sei klug und vorsichtig, mach' deinem Stande Ehre! Erforsche nach und nach, auf wessen Seite Herr Wiprecht sich schla-

Regung in mir und meine Gelüste, im Leben etwas zu schaffen und zu leisten, gut verstehen können. Wenn ich aus niederem Stand oder gar von der Straße her wäre – dann wüßte ich es längst, damit hätte wohl keiner hinter dem Berge gehalten.

Ich war viel in diesen Tagen allein, und wenn ich mal eine Stunde im Wohngemach der Herrin saß, geschah es meist, um Mechthildis zu sehen. Mehr und mehr komme ich zu dem Schluß, daß ein Druck auf ihrem Leben lastet. Sie ist nicht mehr ganz jung, um mehrere Jahre älter als ich, und trotz ihrer Schönheit unvermählt geblieben.

Freilich – ich muß gestehen, ihr Wesen ist nicht sehr gewinnend, sie kann stolz, herb, abweisend sein; sie kann aber auch lieb und reizend sein, und dann – ja dann meine ich, sie könnte verlangen, was sie wollte – jeder würde eilen, ihr zu dienen!

Manchmal ist mir zumute, als liege etwas in der Luft. Ein sonderbares Gefühl will mich öfter beschleichen – man soll auf Ahnungen nichts geben, und doch –

Im Schloß ist's heute still. Der Graf ist mit dem Gosecker Herrn zur Jagd geritten und wird in Goseck nächtigen. Er kommt erst morgen, vielleicht sogar erst am übernächsten Tag wieder.

Am Abend desselben Tages

Hier mußte ich abbrechen, Luitgardis kam und rief mich zur Herrin. Sie sah sehr ernst aus, und ich schaute sie fragend an. Sie schüttelte aber den Kopf und sagte halblaut: »Die Mutter will Euch allerlei sagen, Pater Hilarius, Ihr wißt, sie wollte es längst. Es geht Mechthildis an, mein armes Schwesterlein.«

Sie eilte davon. Rasch schritt ich klopfenden Herzens hinüber zu den Gemächern der Herrin.

Als ich eintrat, wollte Mechthildis gerade hinaus. Sie sah weiß aus wie ihr Brustlätzlein, ein harter Ausdruck lag auf ihren Zügen. Wieder fühlte ich mich abgestoßen, dennoch – ich weiß nicht warum – griff ich nach ihrer Hand.

»Bleibt, Herrin, geht nicht, wenn ich komme!« Der unergründliche Blick ihrer blauen Augen traf mich. Sie neigte den feinen Kopf – und schritt hinaus.

Ich ärgerte mich. Solch ein hochfahrendes Wesen steht dem Priester gegenüber nicht an – so dachte ich und trat ins Erkerzimmer. Jetzt in der stillen Nachtstunde denke ich anders.

Aber als gewissenhafter Chronist will ich der Reihe nach erzählen. Es ist mir auch eine große Erleichterung, wenn ich mein Herz in diesen stillen Blättern freireden kann!

Die Gräfin bot mir einen Platz ihr gegenüber an, ich setzte mich und wartete. Sie aber schwieg.

Im Dämmerlicht, das den Raum anfing zu durchweben, sah ich, daß sie mit sich kämpfte, sah den traurigen Zug auf ihrem Antlitz, den ich bereits kenne.

Draußen hatte sich der Wind aufgemacht und fuhr hin und her mit hartem Stoß ans Gemäuer.

Endlich begann Gräfin Jutta: »Längst schon wollte ich Euch sagen, was Ihr heute hören sollt, Herr Pater, konnte es aber nicht. Doch heute muß ich es tun, zu schwer lastet es wieder auf mir und – auf meinen Kindern, besonders Mechthildis. Wißt Ihr, warum mein Gemahl gerade heute zur Jagd ritt – und erst am übernächsten Tag heimkommt? Weil Mechthildis morgen ihren Namenstag feiert!«

Sie brach kurz ab, ich aber fuhr auf: »Herrin, was sagt Ihr da?«

Sie nickte und fuhr dann fort: »Ich will's kurz sagen.

Mechthildis ist nicht unser ältestes Kind. Zwei Knaben schenkte der Höchste uns vorher, und beide starben in einer Woche. Mein Gemahl hatte wieder einen Sohn erwartet, als Mechthildis geboren wurde. Seine Enttäuschung war groß und wurde noch größer, als zwei Jahre später noch ein Mägdelein, Luitgardis, geboren wurde. Damals versuchte er mich mit Bitten und Überreden zu bewegen, unsere älteste Tochter Mechthildis dem Kloster zu weihen samt ihrem Erbteil, damit die lieben Heiligen uns noch einen Erben schenken möchten. Ich widersetzte mich dem beharrlich – ich wollte nicht, daß wir in unserer Tochter Leben vielleicht zum Nachteil eingriffen!«

»Da tatet Ihr recht, sehr recht, Herrin«, rief ich dazwischen. »O warum denken nicht alle Eltern so, es wäre besser um manches Leben bestellt!«

»Pater Hilarius«, sprach Gräfin Jutta zitternd und faßte meine Hand. »Ihr gebt mir recht? O Dank Euch, Ihr nehmt mir eine Last von der Seele, wenn Ihr als Priester so redet! Wißt, daß ich mir bittere Vorwürfe in all den Jahren gemacht habe, der Vorwürfe meines Gemahls nicht zu gedenken, daß ich damals nicht darauf einging; denn uns wurden in den folgenden Jahren noch zwei Söhne geboren, aber beide starben, als sie ein Jahr alt waren. Mein Gemahl tobte am Sarge des letzten und nannte es eine Himmelsstrafe dafür, daß wir den Heiligen Mechthildis vorenthielten. Ich gab dann endlich so weit nach, daß ich erklärte, wenn das Kind die Unterscheidungsgabe habe und dann von selbst das Klosterleben liebgewönne, soll es den Schleier nehmen. Ein Jahr später schenkte Gott uns noch einen Knaben, der uns erhalten blieb bis zum dritten Lebensjahr. Da erkrankte er schwer, und der Arzt gab ihn verloren. Mein Gemahl lag vor mir auf den Knien, Mechthildis jetzt dem Kloster zu weihen. Ich gab so weit nach, daß ich sie mit einer vertrauten Dienerin nach Tscheiplitz zur Äbtissin sandte, sie solle dort das Klosterleben kennenlernen. Aber schon am zweiten Tag kam sie spät abends vor den Toren unserer Burg an. Sie war den frommen Frauen davongelaufen. Als sie zu mir ins Gemach stürmte, bat sie mich herzbrechend, sie nie dorthin zu lassen, sie würde sterben müssen, wenn sie dort für immer bleiben sollte!

Graf Wiprecht wollte sie mit aller Gewalt zurückführen. Ich warf mich dazwischen und schützte sie. Damals war sie vierzehn Jahre alt. In jener Nacht starb unser Knabe – die Heiligen schenkten mir keinen mehr!

Seit jener Zeit hat mein Gemahl einen förmlichen Haß gegen sein ältestes Kind. In den ersten Jahren durfte sie ihm kaum vor die Augen kommen. Nach und nach wurde es um etliches besser. Aber Ihr selbst seht, wie das Verhältnis zwischen beiden ist. Mechthildis leidet schwer darunter. Wenn ich sie aber frage, ob sie nicht doch lieber Klosterfrau geworden wäre, wenn sie alles geahnt hätte, schüttelt sie ernst den Kopf und sagt: ›Nie, im Kloster wäre ich gestorben.‹ Seht, Herr Pater, das ist der ›Staub‹, von dem Graf Wiprecht einmal zu Euch redete!«

Ich schwieg zuerst, weil ich auf solche Geschichte des Leides kaum eine Antwort wußte.

Dann aber sagte ich: »Und wenn Mechthildis zu leiden hatte, Herrin, noch zu leiden hat – im Kloster wäre sie vielleicht noch viel unglücklicher geworden. Auch steht ihr der Weg dorthin immer noch offen, wenn ihr das Leben einmal zu rauh und einsam wird. Ihr aber, Herrin, tatet recht, noch einmal sage ich's, daß Ihr sie nicht zwangt. Solch ein Zwang wäre eine Sünde gewesen!«

Ich schwieg – sie aber schaute mich an, als erwarte sie noch anderen Trost – aber den hatte ich nicht! Wieder fiel mir's schwer auf die Seele, daß ich als Priester nicht mehr zu sagen wußte.

Ich zwang mich endlich und sagte nach einer Weile: »Die lieben Heiligen haben es so gefügt, Herrin. Ihr müßt Euch beugen und stille sein – es hilft nichts. Eure Tochter Mechthildis aber verstehe ich jetzt in ihrem Wesen. Sagt mir einmal noch das eine« – ich stockte, und dennoch lag mir so viel daran, es zu wissen: »Warum hat sie nicht längst gefreit und ist so der Gewalt des Vaters entgangen?«

Ein flüchtiges Lächeln glitt über Gräfin Juttas Antlitz, und sie entgegnete: »Beide, Mechthildis und Luitgardis, hätten es des öfteren können, und manchmal schien es auch, als ob sie wollten. Doch wenn es Ernst werden sollte, weigerten sie sich. Sie fanden bis jetzt nicht den Rechten, Pater Hilarius, und ich zwinge sie darin zu nichts. Sie sollen frei entscheiden und wählen. Meinem Gemahl aber ist's gleich – es sind ja keine Söhne.« Wieder zitterte ihre Stimme.

Meine Gedanken aber gingen zu Graf Ulrich. Ich meine, Luitgardis habe jetzt den Rechten gefunden! Hoffentlich treibt sie kein falsches Spiel mit ihm, er wäre mir zu schade dazu! Ich sagte darüber aber nichts zur Herrin.

Wir sprachen noch vom Grafen Wiprecht und seinem Wesen. »So wurde er im Laufe der Jahre«, erzählte Gräfin Jutta. »Es ist im Grunde der Gram um unsere Knaben, der an ihm frißt und ihn mürrisch, verdrossen und hart gemacht hat. Dennoch steckt ein guter Kern in ihm, und ich hoffe – o ich hoffe, er wird noch einmal durchbrechen und den Sieg gewinnen.«

»Die Heilige Jungfrau möge es geben«, erwiderte ich halb gedankenlos, weil ich mich im Geist mit Mechthildis beschäftigte.

Es war im Gemach ganz dunkel geworden. Unser Gespräch stockte. Ich stand auf. »Habt Dank, Herrin, für Euer Vertrauen, Ihr sollt Euch niemals in mir täuschen! Ich will versuchen, auf Graf Wiprecht einzuwirken, soviel ich kann, daß des ›Staubes‹ hier oben weniger werde!«

»Tut es, Pater Hilarius«, rief sie, »o tut es! Nur seid vorsichtig und wägt Eure Worte genau ab. Laßt ihn auch nie merken, daß Ihr von mir Kenntnis der Dinge bekommen habt; bringt ihn vielmehr dazu, von sich aus mit Euch davon zu reden!«

Ich versprach es und wünschte der Herrin eine gute Nacht. Dann ging ich.

Draußen sah ich mich überall um. Mir war, als müßte ich in einer der tiefen Nischen im langen Gang Mechthildis entdecken. Ich sehnte mich danach, ihr ein gutes Wort zu sagen, aber sie war nicht da. Als ich zu meinem Gemach hinauf wollte, öffnete ich noch rasch die Tür zur Halle und schaute hinein. Mechthildis saß am Kaminfeuer, den Kopf gestützt, und blickte in die Glut. Notdürftig erhellten einige Kerzen den großen Raum. Beim Öffnen der Tür wandte sie sich um, und als sie mein gewahr wurde, sprang sie auf.

Ich trat rasch ein und zog die Tür hinter mir zu. Ein besonderes Gefühl durchzitterte mich, als ich ihre anmutige Gestalt sah. Voller Mitleid ging ich schnell auf sie zu. Da lag wieder jener herbe, stolze Zug, der mich so oft abgestoßen hatte, auf ihren Zügen, und ihre Stimme klang kalt zu mir hin: »Werdet Ihr mich jetzt auch verurteilen und den Stab über mich brechen,

Herr Pater, wie Euer Vorgänger, dem ich einmal mein Herz öffnete? Er verdammte mich und nannte mich eigensinnig, hart, voller Sünde, und empfahl mir, schnellstens den Schleier zu nehmen und für alles zu büßen, was ich ins Haus meines Vaters an Kummer und Gram gebracht habe. Ich weiß, daß meine Mutter Euch alles erzählt hat – nun sprecht Euer Urteil, Herr Pater, aber merkt, ins Kloster bringt Ihr mich nie!«

Sie lachte auf, daß es mir weh tat.

Ich streckte ihr beide Hände entgegen und rief: »Nie, Gräfin Mechthildis, verurteile ich Euch, nie werde ich versuchen, Euch fürs Kloster zu gewinnen! Eure Mutter tat recht, Euch nicht hinzugeben.«

Ich konnte nicht weiterreden, ein Zittern ging durch ihre Gestalt – sie schwankte und – wie es kam, weiß ich nicht genau, aber ich hatte den Arm um sie gelegt und führte sie zum nächsten Polster. Ich war tief erschrokken, so daß ich ebenso zitterte wie sie.

Dann schlug sie die Hände vors Gesicht und brach in Tränen aus. Ich wußte nicht, was beginnen, und bat nur immer: »Gräfin Mechthildis, nicht weinen!«

Endlich beruhigte sie sich, hob die Augen zu mir auf und sagte, noch unter Tränen lächelnd: »Pater Hilarius, die Heiligen mögen Euch lohnen, reichlich – reichlich, was Ihr mir heute gewesen seid! Eure Worte klangen so anders, als ich sie sonst gewohnt bin von meinem Vater und von den Priestern, wenn einmal die Rede auf meine Brüder kam, daß ich –«

Sie stockte, aber ich sagte: »Aus meiner eigenen Erfahrung heraus rede ich, Gräfin. Ich bin auch einer von denen, die man um ihr Leben betrog! Ich kenne nicht Vater, nicht Mutter, nur Klosterleben, und – das Leben, nach dem ich mich sehne, liegt für mich außer dem Bereich meiner Möglichkeiten. Gesegnet sei Eure

Mutter! Sie handelte recht, tausendmal recht, ihr Kind vor solch unfreiwilligem Klosterleben zu schützen.«

Ich hatte in Bitterkeit gesprochen und schaute finster zu Boden. Da drang Mechthildis' Stimme mit einem so süßen Klang an mein Ohr, daß ich betroffen aufsah, ob sie's wirklich war, die so reden konnte! Dabei wurde mir bewußt, daß ich noch immer den Arm stützend um sie gelegt hatte. Jetzt war es nicht nötig. Ich zog ihn hastig zurück. Ein dunkles Erröten überflutete ihr Antlitz und machte sie noch holder als sonst, so daß ich nicht den Blick von ihr wenden konnte.

Was sie alles an guten, tröstenden Worten sagte, weiß ich nicht, nur das eine ist haften geblieben: »Ich verstehe Euch, Pater Hilarius, nur zu gut! Ich will von heute an mit Euch tragen, zu der Heiligen Jungfrau für Euch flehen –«

Da habe ich ihre Hände in stummem Dank an meine Lippen gedrückt. Welch köstlich Ding ist es doch um das wahre, tiefe Mitleid, das eines mit dem anderen hat!

Mechthildis empfindet ebenso. Ich sah es mit inniger Freude an dem Leuchten ihrer wunderbaren Augen, an dem feuchtschimmernden Blick, mit dem sie mich anschaute. Ich bat sie zu schweigen von dem, was sie von mir gehört hatte, und sie versprach es als selbstverständlich. Dann stand ich auf, schlug über ihr das Zeichen des Kreuzes und ging – ich mußte allein sein!

Zur Kapelle stieg ich hinauf und lag lange vor dem Altar. Gebetet habe ich aber nicht, zu sehr stürmten die Gedanken durch meinen Sinn. Jetzt bin ich ruhiger, weil ich mir mein Herz hier freigesprochen habe.

Es geht auf Mitternacht zu, aber ich finde noch nicht Ruhe. Ich fange an zu fühlen, daß ich hier oben auf der Neuenburg Wurzel fasse. Wenn ich heute fort sollte, würde es mir recht schwer werden. Den Heiligen sei Dank, daß es nicht nötig ist!

Aber auf Graf Wiprecht will ich mehr Einfluß zu gewinnen versuchen – um Mechthildis willen.

Am 25. Mai

Wochen sind verstrichen, es ist Frühling geworden. Es grünt und blüht in Feld und Wald. Im Burggärtlein duftet der Flieder, und die Narzissen leuchten wie Sternlein.

O Welt, wie bist du schön! Es scheint, als habe der Allmächtige gerade hier in verschwenderischer Fülle Schönheiten ausgestreut! Die sanften Hügelreihen leuchten in sattem Grün. Die Unstrut zieht sich gleich einem schmalen Silberband durch die saftigen Wiesen hin, und in den dunklen Föhren des Schloßberges rauscht der milde Maienwind. Noch nie genoß ich einen Frühling so wie diesen!

Die Zeit ist wie im Fluge verstrichen. Ich weiß kaum, wo sie geblieben ist. Mit Graf Wiprecht stehe ich jetzt fast freundschaftlich. Er fängt an, mit mir Angelegenheiten der Burgverwaltung zu bereden, hat mich selbst überall einmal herumgeführt, und als er sah, welch Interesse ich an allem nahm, hat er mir gar viel erklärt. Ich kann also mit gutem Recht sagen: Ich bin hier oben zu Hause. Seine scharfen Reden kann er aber nicht lassen – jedoch ich pariere allemal. Das behagt ihm und stört nicht das gute Einvernehmen zwischen uns. Er hat mich sogar schon zweimal aufgefordert, mit ihm in den Wald zu wandern. Beim letztenmal sprach er von allerlei Ausbesserungen und dergleichen, die an den Mauern der Burg gemacht werden sollten.

»Man kann nie wissen, wie rasch Fehdereien losbrechen«, sagte er dabei. Ich dachte blitzschnell an den

Bischof und erwiderte: »Von wo sollten solche kommen, Graf Wiprecht? Ihr sitzt doch hier so sicher, daß die Neuenburg wohl nichts zu befürchten hat. Ist sie nicht nächst der Wartburg die mächtigste Feste der Thüringer Landgrafen?«

Er nickte: »Das ist sie!«

»Warum eigentlich kommt Herr Heinrich Raspe so wenig hierher?« fragte ich. »Nach allem, was ich im Kloster von ihm und besonders seinen Vorgängern gehört habe, meinte ich, ihn hier oft zu sehen.«

»Ihr habt Euch darin geirrt«, lächelte er. »Sein verstorbener Bruder und dessen Gemahlin waren gar oft hier oben, ebenso dessen Nachfolger Hermann II., Heinrich Raspes Neffe. Es mag der Grund sein, daß Herr Heinrich nicht gern hier ist – ich weiß es nicht.«

Er brach kurz ab. Ich wollte aber weiterreden und sprach: »Er hat nicht schön an seiner Schwägerin gehandelt, sagt man.«

Graf Wiprechts Gesicht wurde ernst. »Weiß nicht«, entgegnete er kurz, »man sagt allerlei. Jedoch hatte er sich ganz mit ihr ausgesöhnt und ihr auch ihre reichliche Mitgift zurückgegeben.«

»Sie ist heilig gesprochen«, sagte ich. »Es mag ihm nicht recht gewesen sein. Aber noch eins möcht ich Euch fragen, Graf Wiprecht: Man munkelte im Kloster bei uns, daß Landgraf Hermann durch Gift aus der Welt gebracht worden sei – und daß die Hofdame Berta von Seebach von Herrn Heinrich Raspe dazu angestiftet und –«

»Schweigt«, fuhr der Graf dazwischen, »macht's wie ich: Stopft Euch die Ohren zu, wenn Ihr so was hört! Ich weiß nichts, will nichts wissen – er ist mein Landsherr. Ich diene ihm in Treue, solange er nichts Unbilliges von mir verlangt!«

»Freilich«, beeilte ich mich zu erwidern, »für sein Tun und Lassen ist jeder Fürst selbst verantwortlich. Er hat keine Kinder. Wer wird sein Nachfolger, wenn er stirbt?«

Ein scharfer Blick des Grafen flog von der Seite her über mich hin. Ich bemühte mich, vollständig gleichgültig auszusehen.

»Das wird die Zeit lehren«, entgegnete er.

Da merkte ich, ich durfte jetzt nicht weiterfragen.

Recht viel bin ich mit den Frauen zusammen. Fast jeden Tag verbringe ich eine Stunde und mehr im Gemach der Herrin, und in anregendem Geplauder verstreicht die Zeit.

Gräfin Jutta und Luitgardis fertigen zur Zeit eine schöne Altardecke, die sie der Kirche der heiligen Anna drunten in Freyburg stiften wollen. Es ist eine kunstvolle Arbeit und sehr zu bewundern, wie sie so zierlich und geschickt dabei zu Werke gehen.

Mechthildis fehlt gleichfalls nie im Kreise, aber sie sitzt meist am Spinnrocken. Wie ihre schlanken weißen Finger den Faden führen und sie so anmutig in jeder Bewegung ist, erregt jeden Tag aufs neue meine Bewunderung.

Sie spricht wenig mit, hört aber gut zu, wenn ich rede. Oft hebt sie dabei den Blick zu mir auf, und ich sehe hinein in die wunderbare Tiefe ihrer Augen. Ein weicher Ausdruck ruht dann auf ihrem Antlitz – wenn ich doch ein Maler wäre – kein schöneres Muttergottesantlitz könnte ich mir denken zu einem Altarbildnis als das ihre! Oft habe ich sie in der letzten Zeit, als die Luft so milde war, im Burggärtlein getroffen. Wir sind ein wenig spazierengegangen.

Sie ist ein wundervolles Weib – beneidenswert derjenige, der sie einst heimführen darf!

Am 5. Juni

Heiliger Nepomuk, die Welt ist ein Theater!

Wenn die Sache nicht so ernst wäre, müßte man laut lachen!

Herr Heinrich Raspe, unser allergnädigster Landgraf, Fürst und Herr, hat ein gar erbaulich Stücklein deutscher Treue geliefert. Er, der sich für einen der treuesten Anhänger und Fürsten des Kaisers Friedrich II. ausgab und auch so stellte, daß der Kaiser ihn zum Reichsverweser ernannte, als er vor neun Jahren nach Italien zog, ist abgefallen und selbst König von Deutschland geworden.

Gott bewahre uns in Gnaden!

Gleich einem Blitzstrahl traf die Kunde darüber heute morgen hier ein. Die Ursache davon ist unser allerhochehrwürdigster Papst Innozenz IV., und da er bekanntlich als Papst keine Fehler haben will (ob auch als Mensch, will ich nicht wagen festzustellen), hat er den Kaiser, dessen Todfeind er ist, wegen allerlei Händeln und Unternehmungen in der Lombardei vor nunmehr einem Jahr in den Bann getan. Darauf hat er die deutschen Fürsten sehr dringend ermahnt, »zur Ehre Gottes und zum Besten der Kirche« einen neuen Kaiser zu wählen, und sich dazu den getreuen Herrn Heinrich Raspe ausersehen. Der soll erst nicht recht gewollt haben, weil er dazu zu arm sei – päpstliches Geld hat diesem Übelstand abgeholfen –, und so haben die Erzbischöfe von Mainz und Köln nebst etlichen anderen Fürsten ihn am 22. Mai dieses Jahres in Würzburg zum deutschen König gewählt – Amen!

So man bedenkt, was über den Tod seines Vorgängers geflüstert wird, kann man nicht behaupten, daß dem deutschen Volk Glück zu einem solchen König zu wünschen sei.

Der Gesandte, den der neue König mit Gefolge extra an die Grafen und Herren seines Ländchens Thüringen mit solcher Kunde geschickt hat, berichtet weiter, daß etliche Fürsten, nämlich der König von Böhmen, die Herzöge von Bayern, Braunschweig und Sachsen sowie die Markgrafen von Meißen und Brandenburg, nichts mit der Sache zu tun haben wollten und also auch nicht mitgewählt haben.

Dafür will ich dem Markgrafen Heinrich, dem Erlauchten von Meißen, jeden Tag ein extra Paternoster widmen, damit ihm seine Treue belohnt und er nach Heinrich Raspes Tod Landgraf von Thüringen wird, ohne daß ihm die Brabanter Herzogin dazwischenfahren darf.

Ob's ihm nützen wird, weiß ich nicht, hoffe es aber – schaden tut's ihm keinesfalls.

O Hilarius, deine Hochachtung vor den lieben Heiligen ist nicht im Wachsen begriffen. Wer kann aber gegen seine Überzeugung!

Um Graf Wiprechts Mund zuckte es sonderbar, als er die Kunde vernahm. Ich beobachtete ihn scharf, denn ich war gerade bei ihm in seinem Gemach. Als er hörte, daß der Meißner Landgraf nicht mitgemacht hätte, flog blitzartig ein heller Schein über sein Antlitz. Das war aber so rasch, daß niemand es gewahr wurde, der ihn nicht wie ich kennt.

»Entbietet Seiner Majestät meinen ehrerbietigen Gruß«, sagte er, als der Gesandte schwieg, »und versichert ihn meiner Treue wie bisher. Euch aber bitte ich, mir in die Halle zu folgen, wo ein Mahl zu Eurer Erquickung wartet. Stärkt Euch, ehe Ihr weiterreist.«

Denn die Herren wollten heute noch nach Merseburg ziehen, hatten sie gesagt.

»Komm mit, Pater«, sagte Graf Wiprecht leise.

Bei der Tafel war er ein aufmerksamer Wirt, der es an nichts fehlen ließ, besonders nicht am Wein.

Der löst bekanntlich die Zunge. Der Gesandte wurde gesprächiger, und schließlich erzählte er Graf Wiprecht im Vertrauen, daß der Papst Herrn Heinrich 25 000 Mark Silbers zugesichert hätte, wenn er die Wahl annehmen würde. Aber dann schwieg der ritterliche Herr. Er mochte wohl einsehen, daß er nicht auffallend klug gehandelt hatte. Auch als Graf Wiprecht nach diesem und jenem fragte (ich bewunderte dabei seine Klugheit und Vorsicht und nahm mir daraus eine gute Lehre für mich ihm selbst gegenüber), der Herr schwieg hartnäckig.

Endlich zogen sie ab.

Der Graf geleitete sie hinaus zum Tor. Ich aber blieb im Hofe und ging langsam in Gedanken über alles Gehörte zum Burggärtlein.

Graf Wiprecht holte mich ein.

»Worüber denkt Ihr so tiefsinnig nach?« fragte er.

Ich wandte den Kopf und sah ihn an. »Über die deutsche Treue«, sagte ich rasch.

Da lachte er kurz und hart auf. Nach einigen Minuten sagte er: »Die Treue gerät zuweilen auf Moorboden, dann sinkt sie unter. Zuweilen steht sie am Scheidewege und weiß nicht wohin – Landgraf Raspe ist mein Fürst, der mich belehnt hat mit der zweitstärksten Feste seines Landes – und der Kaiser ist mein oberster Herr. Nun geraten die beiden in Fehde, so daß der eine sich wider den anderen erhebt und selbst König wird. Wem von beiden halte ich nun die Treue?«

Verblüfft schaute ich ihn an.

»Nicht wahr, Mönchlein«, schloß er, »da versagt Eure Weisheit!«

»Nein, Graf Wiprecht«, entgegnete ich. »Ihr müßt

die Treue halten dem, dem Ihr sie gelobt habt, in diesem Falle also Herrn Heinrich Raspe. Seine Untreue gegen den Kaiser darf Euch nicht zur Untreue verleiten. Doch merket, Eure Treue gilt dem *Landgrafen*, nicht dem deutschen *König* Heinrich Raspe!«

»Echte Mönchsweisheit«, sagte er achselzuckend, »trennt mir Landgraf und König! Froh bin ich, daß er mich nicht zu sich entboten hat. Er wird sich jetzt hoffentlich nicht um ein armselig Gräflein kümmern, wie ich es bin – hat nun hohe Herren um sich. Der Kaiser wird dem Ding wohl kaum stillschweigend zusehen. Wer weiß, wie's kommt – wollen abwarten.«

»Und wenn es zu offenen Feindseligkeiten kommt, Graf Wiprecht?« fragte ich kurz.

Er sann ein wenig nach und – lächelte schlau. »Ich bin zu sehr hier auf einer seiner stärksten Burgen nötig, da kann ich nicht ins Feld – also brauche ich nicht gegen des Kaisers Majestät zu ziehen.«

Ich mußte lachen. »Redet Ihr noch über Mönchsweisheit – Ihr könnt damit ebenso aufwarten.«

»Lernte ich von Euch«, sagte er, zum Himmel aufblickend. »Es ist etwas im Anzug, Pater. Seht dort dunkles Gewölk, das gegen Wind aufkommt –«

»Kommt manchmal was gegen Wind«, entgegnete ich trocken, »Beweis: die Königswahl! Mich freut's nur, daß der Markgraf nicht mitgetan hat – Euch nicht auch?«

Die Frage war gewagt – aber ich tat sie!

Als Antwort brummte Graf Wiprecht etwas in den Bart, fuhr sich mit der Hand durch das graue Haar und sagte: »Will einen Ritt in den Wald machen, Pater, da könnt Ihr doch nicht mitkommen. Schade! Ihr müßtet das Reiten noch lernen!« Er drehte sich kurz um und ging mit langen Schritten davon.

Ich setzte mich auf eine Bank und schaute hinaus ins Weite.

Mir kann es im Grunde gleich sein, wer König, Kaiser oder sonst was wird. Ich sehe doch nur von weitem zu. Mir kann's auch gleich sein, ob Fehdereien ausbrechen oder nicht. Ich kann nicht mittun, hab' meine Kräfte und Zeit auf Messelesen und Avesingen zu verwenden – voll Bitterkeit dachte ich so. Ein leiser Schritt erklang, und als ich mich unwandte, stand Mechthildis lächelnd vor mir. Luitgardis folgte ihr. Schade, daß Graf Ulrich nicht hier war!

In Lichtweiß gekleidet waren sie beide. Sie setzten sich zu mir, und wir sprachen von der heutigen Neuigkeit. Gar nichts Bedeutsames war es, und doch hatte ich darüber die Stunde des Gebets versäumt!

Am 19. Juni

Graf Ulrich ist unerwartet gekommen! Große Freude bei allen.

Ich war gerade im Begriff, nach Freyburg hinabzuwandern und wollte eben zum Tor hinaus, als der Turmwart ein frohes Willkommen blies. Mein Herz schlug vor Freude schneller, als ich ihn erkannte. Er sprang vom Pferd, warf seinem Leibknappen die Zügel zu und umfaßte mich gleich einem Bruder.

»Gottwillkommen, edler Graf!« rief ich froh. »Gut, daß Ihr wieder da seid, besonders wird sich eine freuen«, fügte ich leise hinzu.

»Ich hoffe es«, entgegnete er mit strahlendem Blick ebenso leise und drückte meine Hand. »O Pater Hilarius, wie sehnte ich mich her! Wäre aber nicht jetzt gekommen, frühestens erst im Obstmond, wenn mich nicht unsere durchlauchtigste Herzogin mit einem Auftrag an den Meißner Hof entsandt hätte.«

»Wohl ihr, daß sie's tat«, lächelte ich, »da haben wir Euch wieder.« Unter solchem Reden waren wir durchs Tor der Oberburg gekommen, wo Graf Wiprecht dem vom Turmwächter gemeldeten Gast entgegensah. Ein heller Freudenschein flog über sein Antlitz, als er ihn sah. Wie einen Sohn grüßte er ihn herzlich. Aber den schönsten Gruß hat Graf Ulrich hoffentlich in Luitgardis' Augen gelesen, obgleich er nur für eine Sekunde drin stand und sich dann rasch verbarg! Tief neigte er sich über ihre Hand – so konnte ich sein Antlitz nicht recht sehen. Auch Gräfin Jutta und Mechthildis kamen herbei. Wie Mutter und Schwester waren sie zu ihm.

Das hat mich sehr gefreut. Ich muß offen gestehen, daß ich mit ein wenig Bangen darauf wartete, da sie ihn so unerwartet sehen würde. Mir war nämlich blitzschnell der Gedanke gekommen: Wenn Graf Ulrich auch bei ihr »der Rechte« wäre, wie ich's bei ihrer Schwester zu sehen meine? Heiß und kalt ward mir bei solchen Gedanken – jetzt bin ich ganz ruhig darüber, weil ich sie bei der Begrüßung sah.

Herrliche Tage liegen hinter uns, Tage voll Sonnenglanz, Licht, Wärme und Frohsinn. Wie Minuten sind sie enteilt und brachten mir etwas, worauf ich nie mehr zu hoffen gewagt hätte: einen Freund und eine Schwester! Doch will ich der Reihe nach erzählen. Jeden Tag sind wir, das heißt die Schwestern, Ulrich und ich, zum Wald hinausgezogen, meist in den Nachmittagsstunden. Gleich am ersten Tag bat mich der Graf mitzukommen und sagte dabei: »Ich weiß nicht, wie's kommt, Pater Hilarius, Ihr habt mein Herz gewonnen! Laßt uns Freunde sein – mir ist, als gehören wir zusammen.«

Beide Hände streckte ich ihm hin – ist mir's doch ebenso zumute!

So schenkten mir die Heiligen einen Freund, als ich nicht danach suchte.

Als wir am Abend jenes ersten Tages von Ulrichs Wiederkehr beieinander im Gärtlein saßen, sagte Mechthildis leise zu mir: »Wisset, Pater Hilarius, daß ich schier erschrocken gewesen bin über die Ähnlichkeit, als ich Euch heute das erstemal neben dem Ritter stehen sah? Mein Schwesterlein hat mir zwar davon erzählt, auch sah ich selbst, daß Ihr einander gleicht, weil ich Graf Ulrich ja kenne. Aber daß es so stark der Fall sein könnte, habe ich nicht für möglich gehalten. Trüget Ihr ein Ritterkleid wie er und einen Bart – die eigene Mutter von Ulrich würde Euch verwechseln müssen!«

Ich lachte. »So sagen alle«, nickte ich, »und auch im Inneren stimmen wir so überein, Herrin –«

Darauf teilte ich ihr unseren Freundschaftsbund mit, und sie drückte mir warm und erfreut die Hand. Doch dann ging ein leichter Schatten über ihr Antlitz. Als ich sie fragen wollte, was sei, rief mich Ulrich an.

Ich wandte mich zu ihm, um zu antworten. Als ich mich umsah, war Mechthildis fortgegangen. Sie kam auch nicht wieder. Das machte mich unruhig – kein Wunder, wenn man sich bisher so gut verstand!

Am nächsten Nachmittag gingen die Schwestern mit Ulrich hinab in den Wald, ich sah es von meinem Gemach aus. Mechthildis sah ein wenig bleich aus. Ich hatte es erst nicht gewollt, nun aber eilte ich ihnen doch nach.

Von ungefähr machte es sich, wie ich gerechnet hatte, daß Ulrich und Luitgardis sich zusammenfanden. So trat ich still an Mechthildis' Seite. Sie begann sofort freundlich zu reden, aber von irgend etwas Gleichgültigem.

»Nein, Gräfin«, sagte ich dazwischen, »laßt uns von anderem reden. Nennt mir bitte die Ursache des Schattens auf Eurem Antlitz und Eures Weggangs gestern abend – ich machte mir darüber Sorge.«

Sie erglühte, wandte den Kopf zur Seite und schüttelte ihn abwehrend. »Laßt, Pater Hilarius!«

»Nein, Herrin«, bat ich, »Ihr habt mir Euer Vertrauen geschenkt, sagtet Ihr mir oft. Nun beweist es.«

Wieder schüttelte sie den Kopf, aber ich sah es dabei seltsam um ihren Mund zucken.

Rasch faßte ich ihre Hand. »Mechthildis, ich bitte Euch!«

Sie senkte das Gesicht, und nun sagte sie leise: »Dann will ich's Euch sagen, aber Ihr dürft nicht denken, ich sei mißgünstig. Seht, ich freue mich über Eure Freundschaft mit Graf Ulrich. Ihr versteht einander so gut, und er kann Euch und wird Euch natürlich mehr, viel mehr sein und geben, als – als ich Euch je hätte geben können in meiner Freundschaft –« Immer leiser war ihre Stimme geworden, nun brach sie ab.

Heiß wallte es in mir auf. Noch hielt ich ihre Hand und drückte sie herzlich.

»Mechthildis, ist es dieses? Und darüber macht Ihr Euch Gedanken?« entgegnete ich leise. »Wie konntet Ihr? Der Umgang mit Euch ist so ganz anderer Art als der mit Ulrich, und – was Ihr mir geworden seid, kann er mir nie werden.«

Fast stieß ich das letzte Wort heraus. Ich hatte es nicht sagen wollen, aber – warum sollte ich nicht einmal zu ihr und mit ihr ehrlich reden über unsere schöne Freundschaft, die uns verbindet?

»Pater Hilarius, wirklich?« rief sie froh. »Darf ich Euch in Wahrheit eine Schwester sein?«

»Ja, in Wahrheit«, erwiderte ich und preßte ihre

Hand an meine Lippen, »seid mir in Wahrheit eine Schwester, Mechthildis!«

Just in dem Augenblick kamen Ulrich und Luitgardis auf uns zu, so daß wir nicht weiterreden konnte. Ist auch nicht nötig, wußten wir doch, wie wir zueinander stehen.

Des öfteren ist Ulrich in diesen Tagen allein bei mir gewesen. Da hat er mir sein Herz geöffnet, mich auch hineinschauen lassen in seine tiefe Liebe zu Luitgardis. Aber noch will er nichts sagen, denn ihm bangt vor der Zukunft. Die Königswahl hat allem Ding ein anderes Gesicht gegeben. Dazu kommt auch bei ihm die Frage: Auf wessen Seite steht Graf Wiprecht, wenn Heinrich Raspe die Augen schließt? Er möchte gern so schnell als möglich mit Luitgardis vermählt sein, ehe gewichtige Fragen eintreten können. Aber da will er auch zuerst mit seinen Eltern reden, von denen er Andeutungen hat, daß sie ihm eine andere zufreien wollen, die besonders seiner Mutter gefällt. Gräfin Sabina, Ulrichs Mutter, kennt Luitgardis nur flüchtig. Alle diese Dinge halten ihn ab, zu Luitgardis von seiner großen Liebe zu reden – und ich kann ihm nur beistimmen, wenngleich schweren Herzens.

Hier tut viel Gebet not – oh, wenn die Heiligen hören möchten!

Am Abend des gleichen Tages

Hätte eigentlich schreiben müssen: in der Nacht, die diesem Tag folgt – weil es auf Mitternacht zugeht. Ich bin aber zu erregt, um Ruhe finden zu können und – ich sag's noch einmal: es liegt viel in der Luft. Wer weiß, was die Zukunft bringt.

Es war heute ein regenwarmer Tag, das heißt, es regnete nicht ausgesprochen, war aber eine nebelige, feuchtwarme Luft. Vom Spaziergang war heute nicht geredet worden. Darum schlug ich am Spätnachmittag allein einen Weg ein, der nach Möncherode führt. Schwer und schwül hing die Luft im Tann, schier drückte sie aufs Atmen, und feucht wurde meine Kutte. Es zog in Nebelschleiern durch den Forst. Langsam ging ich dahin, weit und breit kein Mensch, wie ich meinte.

Meine Gedanken waren bei Ulrich und dem, was er mir gesagt hatte, und sie schweiften zu Luitgardis und zu Mechthildis.

Da schlugen dicht bei mir Stimmen an mein Ohr. Ich erkannte Ulrich, und natürlich wußte ich, mit wem er redete. Nun sah ich sie auch. Aber sie sahen mich nicht. Er hielt ihre Hand. Sein schönes Antlitz zeigte tiefen Ernst, und auf Luitgardis' feinen Zügen lag ein Ausdruck von Entschlossenheit, wie ich ihn bisher nicht wahrgenommen habe.

»Also auf feste, wahre Freundschaft, edle Herrin«, sagte er und senkte seinen Blick in den ihren.

Sie wandte kein Auge von ihm. »Ja, mein Freund, feste und wahre Freundschaft, was auch kommen mag. Mir ist zumute, als hätte unsere Freundschaft noch manche harte Probe zu bestehen.« Hand in Hand gingen sie schweigend weiter.

Mir schlug das Herz. Ihr Heiligen, warum wollte mir so bange werden?

Mich litt's nimmer in der feuchtschwülen Luft. Ich eilte zur Burg zurück.

Im Hofe traf ich auf Ulrich. »Ich suchte dich, Hilarius«, redete er mich an, »komm, ich muß dir etwas sagen.«

Er schob seinen Arm in den meinen, wir wandelten langsam auf und ab. Ich ließ ihn aber nicht reden, sondern sagte ihm leise, was ich im Wald gesehen und gehört hatte.

»Tatest du recht, Ulrich?« fragte ich.

Finster zog er die Stirn kraus. »Ich mußte, Hilarius! Wenn ich sie selbst mir nicht sichern kann, dann jetzt wenigstens ihre Freundschaft. Dabei will ich dir sagen, daß ich am übernächsten Tage weiterziehe – kann nicht länger hier bleiben zum Vergnügen. Die Pflicht ruft, und zudem – Hilarius, treibt mich auch die Pflicht fort – du verstehst.«

Erschrocken sah ich ihn an: »So bald soll ich meinen Freund wieder hergeben? Das wäre also am Samstag, heute ist Donnerstag. Ulrich, bleibe noch hier den Sonntag über!«

»Nein«, wehrte er hastig, »du weißt nicht, was es heißt, hier sein und schweigen zu müssen.«

Graf Wiprecht trat herzu, und sofort teilte Ulrich ihm seinen Entschluß mit.

»Schade«, sagte der, »doch tut Ihr recht, junger Freund. Auf dem Rückweg bleibt Ihr aber länger hier, wenn Ihr nichts Besonderes Eurer Herzogin auszurichten habt.«

Beim Nachtmahl erfuhren es die Frauen. Luitgardis wechselte die Farbe, sonst merkte man es ihr nicht an. Als die Mahlzeit beendet war, fragte Graf Wiprecht unvermittelt: »Sagt, Ulrich, welches ist eigentlich Euer Auftrag an den Markgrafen? Wenn Ihr nicht in geheimer Sendung seid, könnt Ihr es uns doch kundtun!«

»Mir ist nicht besonders befohlen worden zu schweigen«, entgegnete Ulrich, »wenngleich ich meine, es wäre der Herzogin unlieb, würde ich darüber sprechen. Euch aber, Graf Wiprecht, meines Vaters treustem Freund, kann ich es sagen, wenn Ihr es gern wissen möchtet. Ich soll mit dem Markgrafen darüber reden, ob im Falle von Herrn Heinrich Raspes Tod Graf Siegfried von Anhalt Ansprüche auf Thüringen erheben könnte, weil er der Sohn von des Landgrafen dritter Schwester Irmengard ist. Markgraf Heinrich soll, wenn er kann, seiner Halbbase Sophia Nachricht darüber geben.«

»Was kümmert das Eure Herzogin Sophia?« rief Graf Wiprecht erstaunt. »Ist es doch eine Angelegenheit, die den Markgrafen allein angeht! Nachricht geben, wenn er kann? Wird schon können, aber hoffentlich nicht wollen! Die Anfrage klingt ja fast so, als ob die Herzogin selbst Gelüste auf Thüringen hätte!«

Ich verfolgte mit gespannten Erwartungen das Gespräch – jetzt konnte ich der Erfüllung meines bischöflichen Auftrages um vieles näher kommen.

Ulrich schwieg.

»Habt Ihr gar nichts davon bei ihr wahrgenommen?« fragte Graf Wiprecht.

»Nichts«, entgegnete mein Freund. »Ich kümmere mich auch nicht besonders darum, weil Heinrich Raspe lebt, gesund ist und König geworden ist. Er kann noch alle anderen überdauern, meint Ihr nicht auch, Graf Wiprecht?«

Der lachte. »Wohl schon, zäh ist er!«

»Also«, lachte nun auch Ulrich. Doch merkte ich ihm an, daß sein Lachen erzwungen war.

»Und um Regierungsgeschäfte kümmere ich mich nicht«, fuhr er fort. »Bei meinem Vater hättet Ihr mehr Glück. Er ist der vertraute Rat der Herzogin geworden.«

Frau Jutta mischte sich mit einer Frage an Ulrich ein. So überhörte er die Antwort, die der Graf in den Bart brummte: »Wollt's ihr nicht raten, sich gelüsten zu lassen.«

Ich aber hatte es gehört – heiliger Anton, nun weiß ich genug und kann den längst erwarteten Besuch beim Bischof machen. Müßte ich nicht aber Ulrich von allem Kenntnis geben, bin ich's ihm als Freund nicht schuldig? Solche Gedanken marterten mich den ganzen Abend hindurch, so daß ich einsilbig und wortkarg dasaß. Etlichemal begegnete ich Mechthildis' fragendem Blick. Aber ihr, gerade ihr, darf ich meine Gedanken nicht anvertrauen. Ihr Heiligen, wer doch einen Ausweg wüßte!

Am 20. Juni abends

Barmherziger, nun ist es doch geschehen! Was wird jetzt weiter werden! Ulrich, hättest du doch geschwiegen! Wie Ahnung von schwerem Unheil will es sich bange auf meine Seele legen.

Luitgardis hat heute vormittag die letzten Stiche an der Altardecke für die heilige Anna fertig genäht. Ulrich saß neben ihr wie immer in den letzten Tagen. Sie hatten ihren Platz in einer Fliederlaube im Burggärtlein. Mechthildis war sonst dabei, ich öfter auch. Aber wie es so geht, zuweilen wanderte ich auf und ab in den Wegen und genoß den Blick ins Tal – dann gesellte sich Mechthildis zu mir, und manchmal war es umgekehrt der Fall.

So auch heute.

Als ich nachher Luitgardis sah, lag ein träumerisch süßes Lächeln auf ihrem feinen Antlitz. Ulrichs Augen aber blitzten, und um seinen Mund lag ein harter Zug von Entschlossenheit. Von dem, was sie miteinander geredet haben, hat er mir nichts gesagt, nur soviel, daß es noch nicht von seiner Liebe war. Das kam am Nachmittag. Im Wohngemach haben sie allein zusammengesessen. Sie hat fein säuberlich die Decke zusammengelegt und eingehüllt, weil sie sie selbst zum Magister von Sankt Annen nach Freyburg hat bringen wollen, und Ulrich hat geholfen. Dabei ist's geschehen. Er hat sich nimmer halten können. Herz und Liebe sind mit ihm durchgegangen und haben alle Erwägungen überrumpelt.

Ich schüttelte nur immer wieder erschrocken und traurig zugleich den Kopf, als er's mir heute gegen Abend gestand. Wir waren dabei allein in meinem Gemach. »Wenn es gut geht, Ulrich, keiner könnte sich mehr freuen als ich«, sagte ich, »aber – aber –«

»Ich weiß«, rief er ungeduldig und beinahe finster dazwischen, »ich hätt's nicht sollen! Aber, Hilarius, du kennst die Liebe nicht – ich konnte nicht anders! Zu einer anderen Ehe zwingen kann und wird mich niemand. Unsere Väter sind Freunde, und wenn Heinrich Raspe stirbt, ist auch noch nicht zu ersehen, ob unsere Herzogin dem Markgrafen dazwischenfährt in seinen Ansprüchen. Noch lebt der Landgraf, und wenn ich heimkomme, will ich zuerst mit meinen Eltern reden und alsdann so schnell als möglich die Vermählung mit meinem Lieb betreiben. O Hilarius, wenn die Zeit erst da wäre!«

Sehnsüchtig breitete er die Arme aus!

»Und Graf Wiprecht?« fragte ich.

»Er darf noch nichts wissen«, sagte Ulrich bestimmt. »Erst will ich mit den Meinen reden.«

»Du hättest noch so lange schweigen müssen«, beharrte ich.

Er sprang auf, so daß der Stuhl umflog.

»Verschone mich mit deinen Vorwürfen, Hilarius! Wahrlich, wenn ich nicht wüßte, daß du es nicht verstehst, weil du die Liebe nicht kennst, ich könnte böse auf dich werden.«

Er trat ans Fenster und blickte unmutig hinaus.

Einen Augenblick sah ich schweigend zu ihm hin. Ein Gefühl durchschauerte mich. Ich weiß nicht, was es war, aber es war süß, wonnig und weh zugleich. Ulrich hat recht, ich kenne die Liebe nicht und werde sie nie kennenlernen. Mich schützen das Priesterkleid und mein heiliger Stand! Deshalb kann und darf ich auch nicht urteilen oder vielleicht gar einmal verurteilen.

Rasch trat ich zu ihm und legte den Arm um seine Schultern. »Ulrich, dein und Luitgardis' Glück soll von heute an mein Gebet sein, das täglich nicht einmal, sondern des öfteren zu den lieben Heiligen und der Heiligen Jungfrau aufsteigt. Liegt mir's doch am Herzen, als wär's mein eigenes!«

Er wandte sich zu mir und drückte mich heftig an sich. »Ja, bete für uns, Hilarius! Nun aber muß ich fort, mein Lieb wartet auf mich. Bis ich morgen reite, wollen wir noch soviel als möglich beisammensein.«

Mit einem Leuchten in seinen schönen, braunen Augen stürmte er hinaus. Ich aber setzte mich an den Tisch, legte den Kopf auf den Arm und dachte – dachte – ich weiß nicht woran – weiß nur, daß mir das Herz weh tat, sehr weh! Ich stand schließlich auf und warf mich vor dem Altar in meinem Gemach nieder in heißem Flehen für die beiden teuren Menschen.

Beim Nachtmahl und später, als wir alle beisammen waren, beobachtete ich heimlich die beiden. Sie hatten sich sehr gut in der Gewalt, das muß ich sagen.

Am 21. Juni

Heute mittag zog Ulrich fort mit seinen Knappen. Luitgardis bot ihm mit uns allen das Lebewohl. Ich wußte aber, daß sie vorher allein Abschied genommen hatten. Sie sah ein wenig blaß aus, aber ein seltsames Leuchten stand in den blauen Augen.

Als er fort war, bin ich hinauf zur Kapelle, ich mußte allein sein. Gebetet habe ich nicht, ich konnte nicht. Immer wieder höre ich Ulrich sagen: »Du kennst die Liebe nicht!«

Nein, solches ist wahr, und ich wiederhole, mein Stand, meine Ehre als Priester sollen und werden mich schützen, sie kennenzulernen! Ich will nicht sein wie andere, die mir Graf Wiprecht einst mit Recht vorhielt! Ich fühle mich auch gefeit dagegen, weil ich selbst genau weiß, was ich mir schuldig bin.

Nein, Ulrich, das wird mir nie begegnen, hätte mir auch nicht begegnen können. Ich wäre anders auf der Hut gewesen!

Nun, da Ulrich fort ist, ist mir's doch schwer aufs Herz gefallen, daß ich nicht mit ihm über seine Sendung an den Meißener Hof und unseres Grafen Stellung geredet habe. Wann hätte ich's sollen? Außerdem hatte er jetzt nur einen Gedanken: Luitgardis.

Aber zum Bischof muß ich hin. Ich will jedoch erst acht bis zehn Tage verstreichen lassen, damit Graf Wiprecht keinen Argwohn faßt. Obwohl er sicher zum Markgrafen stehen würde, dürfte mir's übel bekommen, wenn er um meinen Auftrag vom Bischof wüßte!

Am 22. Sonntag

Draußen ist lichtblauer Himmel. Aber mir ist zu Sinne, als steigen überall schwarze Wetterwolken auf. Gleich Bergeslast liegt's auf mir.

Heute nach der Messe blieb ich allein in der Kapelle zurück und setzte mich auf eine niedere Bank. Mich verlangte nach Stille und Einsamkeit. Da huschte Luitgardis herein und kam auf mich zu.

»Vergebt, wenn ich Euch störe, Pater Hilarius«, sagte sie verwirrt, »aber ich wollte Euch so gerne allein sprechen«, sie stockte.

Ich rückte zur Seite, so daß wir beide Platz hatten auf dem Bänklein, und entgegnete: »Meine zu wissen, Herrin, was Ihr mir sagen wollt – Ulrich ist mein Herzensfreund.«

»Er sagte mir's«, nickte sie, »und ich bin froh darüber. Wenn mir nun das Herz zu schwer werden will – und, o Pater Hilarius – es ist gar schwer – darf ich dann zu Euch kommen, und Ihr helft mir beten?«

»Gern, sehr gern«, sagte ich, »wie sehr ich Euch beiden Glück wünsche, wissen die Heiligen.«

»Es ist mir so schwer, schweigen zu müssen«, sprach sie weiter. »Aber ich sehe selbst, daß mein Vater und die Mutter noch nichts wissen dürfen. Ich kenne Ulrichs Gründe und weiß, daß er damit recht hat.«

Ich sagte darauf nichts.

Nach einer Weile sprach sie weiter, und heiße Angst lag in ihrem Blick: »Pater Hilarius, wenn sie ihn zwängen oder ihm so lange zuredeten, bis er doch, trotz unserer Liebe, die freite, die seine Eltern wünschen?«

Mich wandelte ein Lächeln an. »Unnütze Sorge, Herrin«, erwiderte ich nach meiner Überzeugung, »das tut Ulrich nicht. Ich weiß, und Ihr müßt es doch noch besser wissen, wie er Euch in Liebe zugetan ist. Und wenn es die echte Liebe ist, Luitgardis, so ist auch die Treue dabei – oder zweifelt Ihr daran?«

Ihre Augen leuchteten auf: »Nie – ich weiß, er ist treu.«

Doch dann sprang sie, über und über erglühend, auf: »O Pater Hilarius, was denkt Ihr wohl von mir! Zumal ich kein Mägdlein von zwanzig Jahren mehr bin.«

Auch ich stand auf: »Eben darum ist mir Eure Liebe doppelt heilig«, sagte ich sehr ernst. »Ich weiß, es ist kein Kinderspiel bei Euch!«

»Bei Gott, nein«, kam es leise über ihre Lippen, und sie war blaß vor innerer Bewegung. Mit seltsamem Glanz in den Augen schaute sie aufwärts. »Eher sterben, als diese Liebe verlieren!«

Eine Angst überkam mich. Hilfesuchend blickte ich zur Heiligen Jungfrau auf – sie lächelte gleichmütig wie immer! Ein Zorn faßte mich gegen sie, ich drehte mich ab.

»Kommt, Luitgardis«, sagte ich beinahe rauh, »laßt uns gehen. Seid versichert, und wenn Euch die Heiligen nicht schützen sollten, ich stehe Euch in Not und Tod, in Glück und Leid unentwegt zur Seite als Euer und Ulrichs Freund und Bruder.«

Ich schritt hastig voran, im Vorsaal blieb ich stehen.

»Weiß Eure Schwester davon?« fragte ich.

Sie schüttelte den Kopf. »Niemand, nur Ihr.«

»Es ist gut so«, nickte ich.

Just in dem Augenblick kam Mechthildis von der anderen Seite herein. Erstaunt sah sie uns an, erwiderte flüchtig meinen Gruß, drehte sich kurz ab und verschwand wieder.

Was war nun das? Fast wollte ich ärgerlich werden. Aber nein, sie war sehr bleich geworden, als unsere Blicke sich trafen. Ich will sie fragen, sobald ich sie allein sehe.

Am 28. Juni

Gestern war ich in Naumburg. Bei guter Zeit brach ich auf und wanderte in der Morgenfrühe zwischen den Weinbergen und Wäldern dahin. Es war ein schöner Weg. Wenn es nicht fortgesetzt auf mir lasten würde wie Ahnung von kommendem, schwerem Unheil, hätte ich ihn ganz anders genossen.

Ich brachte mein Ansinnen, dem Bischof einen Besuch machen zu wollen, am Freitagnachmittag vor, als Graf Wiprecht und ich einen kleinen Weg zum Edelacker unternommen hatten.

Er blickte gleichmütig und lachte dann: »Freilich, geht nur. Glaub' schon, daß es Euch verlangt, mal ungestört mit Euresgleichen zusammenzusein. Tut Euch auch gut, Pater Hilarius, weil Ihr sonst zu sehr ins weltliche Leben hineingeratet.«

»Graf Wiprecht«, fuhr ich auf, »Eure Worte sind scharfer Essig! Was meint Ihr damit?«

»Gemach, gemach, Mönchlein«, wehrte er ab, »braucht Euch nicht zu erregen! Würde mich wundern, wenn es anders mit Euch gewesen wäre. Es war noch mit jedem so. Ist ja auch ganz natürlich. Warum sollt Ihr nicht das Leben genießen und Euch seiner freuen? Ein Priester will auch einmal etwas anderes haben als Avesingen und Messelesen. Mir ist's lieb, daß ich mit Euch über allerlei reden kann und Ihr dafür Verständnis habt. Es ist mir lieber als das fromme Gerede, wovon ihr alle selbst nicht viel glaubt. Seht einmal dort drüben –«

Er lenkte das Gespräch auf andere Dinge. Aber mir ist der Pfeil in der Seele sitzen geblieben.

So also schätzt Graf Wiprecht mich ein. Nicht anders als die anderen Priester, die vorher hier waren!

Nun, ich muß gestehen, um etliches anders bin ich doch, sonst hätten Luitgardis und Mechthildis nicht solch ein Vertrauen zu mir gefaßt, desgleichen Gräfin Jutta. Da fällt mir ein, sie sieht mich zuweilen so sonderbar an – und vertraulich zu mir geredet hat sie seit dem Tag, als es das erstemal geschah, auch nicht mehr.

Graf Wiprechts Worte erregten und ärgerten mich zugleich. Etliche Körnlein Wahrheit sind eben doch drin – die beißen! Habe mir vorgenommen, ihm mehr den Priester zu zeigen. Doch genug davon, weil ich sonst wieder ärgerlich werde.

Beim Bischof fand ich die freundlichste Aufnahme. Der hohe Herr war zu Hause. Ich traf es gut. Er ließ mich sogleich in sein Arbeitsgemach führen und rief mir entgegen: »Gottwillkommen, Hilarius, die Heiligen segnen deinen Eingang! Habe des öfteren deiner gedacht, wußt aber auch: Gut Ding will Weile haben. Sitz daher zu mir, und dann erzähle.«

Ich berichtete, was ich wußte. Er hörte gespannt zu.

Ein befriedigtes Lächeln lag auf seinem Antlitz, als ich geendet hatte.

»Gut gemacht, mein Sohn«, lobte er. »Über den Brabanter Hof weißt du also sonst nichts?«

Ich verneinte. »Hätte Euch nicht dies alles gekündet, Hochehrwürden«, sagte ich dazu, »wenn mir mein Freund Schweigen geboten hätte. Aber er tat's nicht, auch war's ihm nicht befohlen.«

»Macht dir alle Ehre, Hilarius! Aber wenn dir noch ein Skrupel ankommen sollte, so höre, daß ich von solcher Sendung bereits Kunde hatte. Ja, ich weiß sogar noch mehr. Ich weiß, daß die Herzogin so unklug ist und mit etlichen Grafen und Herren in Thüringen Verhandlungen anknüpfen will, daß sie zu ihr stehen sollen, falls der neue König« – dabei zuckte es ihm um den Mund – »das Zeitliche segnet.«

Erschreckt blickte ich ihn an – heiliger Antonius, wenn die Herzogin jetzt schon damit beginnt, was wird daraus für Ulrich und Luitgardis entstehen?

Der Bischof deutete mein Erschrecken anders. Freundlich klopfte er mir auf die Schulter.

»Wenn sich der Streit hierher zieht, Hilarius, kommst du mit den Frauen nach Naumburg in Sicherheit.«

Mir stieg das Blut ins Gesicht.

»An mich dachte ich nicht, hochedelster Herr. Wenn Fehdereien losbrechen würden, schlüge ich am liebsten mit drein.«

Wieder traf mich, wie schon einmal, ein sonderbarer Blick – er nickte.

»Glaub's wohl, würde dir auch gut anstehen! Wer weiß aber, auf wessen Seite du dann ständest. Doch nun komm, eine Erfrischung wartet auf dich. Und wenn du nichts anderes vor hast, bist du für heute mein Gast. Wir gehen nachher zur Messe in den Dom hinüber. Es soll mir eine Freude sein, dir das herrliche Bauwerk zu zeigen.«

»Ich habe hier nichts weiter zu tun«, sagte ich hastig – schier hätt' ich ihm gesagt, daß meine Gedanken ins Georgenkloster und zu Pater Marcellus gezogen waren – aber nein, nein – was geht er mich an!

Ich will Marcellus nicht wiedersehen – nein, ich will nicht!

Was sollt' ich auch bei ihm! Unsere Gedanken und Empfindungen gehen zu weit auseinander.

Einige angenehme Stunden verlebte ich bei dem Bischof. Viele Kunstschätze seines Palastes zeigte er mir und führte mich auch im Dom herum. Er ist ein herrliches Bauwerk und Denkmal deutscher Baukunst! Wie seinesgleichen behandelte mich der hohe Herr, so daß ich beinahe vergaß, daß er der Bischof und ich ein einfacher Mönch bin.

Am Spätnachmittag machte ich mich auf den Heimweg. Als ich ins Tal hinabkam, sah ich auf der Landstraße einen Benediktiner, der mir mit rüstigem Schritt entgegenkam. Beim Näherkommen schien es mir, als wär's Marcellus – doch nein, das dünkte mich unmöglich.

Da rief aber jener schon: »Grüß Gott, Hilarius, ist mir eine rechte Herzensfreude, dich wiederzusehen!«

Schier sprachlos schaute ich ihn an – wahrlich, wenn er grüßend an mir vorübergegangen wäre, ich hätte mich der großen Ähnlichkeit gewundert, ihn aber nicht erkannt.

Er lachte, als er mein erstauntes Antlitz sah, und sagte: »Gelt, du wunderst dich, mich verändert zu finden! Ja, Hilarius, schau, der Herr hat mich gesund gemacht an der Seele, da ward auch der Leib besser.«

Bewegt nahm er dann meine Hand und fuhr fort: »Du hattest Mitleid mit mir und, wie mir scheinen wollte, Verständnis für meiner Seele Sehnen. Darum gab ich dir Einblick in mein Inneres. Deshalb will ich dir jetzt sagen: Der Allmächtige hat meiner Seele Sehnen gestillt und mir geholfen.«

»Das freut mich herzlich für dich«, entgegnete ich, nur um etwas zu sagen; dann aber fragte ich: »Und wie kam's, Marcellus?«

»Es wäre zu weitläufig, es dir auf der Landstraße zu erzählen«, sagte er. »Vielleicht findet sich ein andermal Zeit dazu. Aber soviel sollst du heute schon wissen: Wer von ganzem Herzen Gott sucht, der findet ihn! Und Hilarius« – er wurde sehr ernst –, »wenn du einmal in deinem Leben nicht aus noch ein wissen solltest, komm zu mir. In solchen Zeiten wirst du mich besser verstehen, als es heute der Fall sein würde.«

Er fragte noch etliches nach meinem Leben, das ich führe. Dann sagten wir uns Lebewohl, und jeder zog seine Straße. Aber ich kann die Gedanken an sein verändertes Wesen nicht los werden.

Heiter, fröhlich – ja mehr noch, glücklich sah er aus, volle innere Zufriedenheit sprach aus seinem Wesen. Ich erwog ernstlich die Absicht, ihn einmal im Kloster zu besuchen.

Doch nun bewegt mich etwas ganz anderes: Es war doch mein Vorhaben, dem Bischof das, was ich wußte, nur zu künden, wenn er mir meine Herkunft verraten wollte. Nun habe ich über all den Geschehnissen der letzten Zeit daran nicht mehr gedacht, und nun ist's zu spät.

Ihr Heiligen, welch ein Tor bin ich gewesen! Und doch will und muß ich es einmal erfahren.

Am 3. Juli

Was ist mit Mechthildis? Seit jenem Tag, als ich mit Luitgardis allein in der Kapelle geredet habe, konnte ich noch keine zehn Worte mit ihr wechseln. Dabei schaute sie tiefernst aus, gleichsam, als drücke sie ein Leid.

Im Gemach der Herrin, wo wir uns sonst des öfteren am Abend zusammenfanden, sitzen wir gar nicht, weil die Abende dazu zu schön sind. Und wenn wir im Burghof oder im Gärtlein beieinander sind, kann ich sie nie ungestört sprechen. Ich freute mich eines Schwesterherzens – sollte ich mich in ihr geirrt haben?

Nein, Mechthildis, ich glaube an dich!

Am 5. Juli

Heute vormittag habe ich Mechthildis endlich allein gesprochen. Wie bin ich froh – ich irrte mich nicht in ihr.

Zur ungewohnten Zeit ging ich zur Kapelle hinauf. Mein Herz war schwer, und ich wollte probieren, ob's heute im Gebet leichter würde.

Als ich hineintrat, wollte ich sogleich wieder umkehren. Mechthildis kniete im Gebet vor dem Altar. Aber der Sand knirschte unter meinen Füßen – sie schrak zusammen, und als sie meiner ansichtig wurde, stand sie schnell auf.

»Ich gehe, Pater Hilarius, bleibt Ihr.« Dabei wollte sie an mir vorüber.

Aber ich war froh, sie allein sprechen zu können, und vertrat ihr den Weg.

»Nein, Mechthildis, ich störte Euch, und da werde ich gehen. Aber vorher laßt mich nur eine Frage an Euch richten.«

Sie hob den Blick nicht auf und versuchte ihre Hand aus der meinen zu ziehen. Ich hielt sie aber fest und führte sie so aus der Kapelle in den Vorsaal.

»Sagt, Mechthildis«, fragte ich ganz leise, »seid Ihr noch mein Schwesterlein, oder habe ich Euch verloren? Und wenn – dann wodurch? Wisset, daß diese Frage mir bereits bange Stunden gemacht hat, zumal ich merken muß, daß Ihr mir ausweicht. Mechthildis, was ist's?«

Nun hob sie den Blick. Einen Gedanken lang sah ich in die wundervollen Veilchenaugen, aber ihr Ausdruck erschreckte mich, so traurig und weh war er.

Dann senkten sich die Lider. Sie sagte fast unhörbar: »Wie könnte ich anders, als Euch eine treue Schwester bleiben, Pater Hilarius. Nur meine ich, Luitgardis mit ihrem sonnigen, lieblichen Wesen paßt mehr dazu als ich, und – und –«

»Meint Ihr wirklich?« fragte ich dazwischen. »Sind solche Gedanken recht, Mechthildis? Wißt Ihr nicht mehr, was ich Euch vor nicht langer Zeit sagte?«

Sie nickte. Eine Träne löste sich und rollte langsam die Wange herab. »Es ist auch nicht das allein«, sprach sie weiter, »und, Pater Hilarius, niemals kann ich Euch jetzt sagen, was mich beschwert. Betet für mich zur Heiligen Jungfrau, und wenn ich wieder klar sehe und meinen Weg wissen werde, dann sollt Ihr der erste sein, dem ich's sage – Ihr allein!«

»Und ich darf Euch nicht helfen, Klarheit zu finden?« fragte ich bittend.

»Niemals!« entgegnete sie so bestimmt, wie ich sie schon etliche Male früher reden hörte.

»Gut«, sagte ich, »Euer Wille geschehe. Nur, sollen wir noch länger so fremd nebeneinander gehen wie jetzt?«

Sie wurde blaß und holte tief Atem. »Nein, es soll sein wie immer, Pater Hilarius, und soll so bleiben.«

Dankend drückte ich ihre Hand. Sie nickte mir zu und ging. Ich aber versuchte zu beten – versuchte es – doch meine Gedanken weilten bei ihr und dem, was sie zu bewegen scheint.

Am 8. Juli

In der Welt sieht's böse aus. Wie zu erwarten, hat Kaiser Friedrich es sich nicht bieten lassen, daß man ihm einen Gegenkönig in Deutschland gestellt hat. Vielmehr ist sein Sohn Konrad mit einem beträchtlichen Heer auf dem Weg, Herrn Heinrich Raspe zu begegnen. Dieser will seinen ersten Reichstag in Frankfurt am Main abhalten und hat zu diesem löblichen Zweck seine Getreuen dorthin entboten.

Auch der Markgraf von Meißen wird daran teilnehmen und den neuen König mit all seinen Mannen begleiten. Ulrich sandte heute einen Boten mit dieser Kunde an den Grafen Wiprecht. Zugleich ließ er melden, daß er nun früher zurückkehre, als er beabsichtigt habe – eben wegen dieses Reichstages. Es soll mich wundern, ob der Reichstag zustandekommt, weil der Kaisersohn auf dem Wege ist, dazwischenzufahren!

Ich bin neugierig, ob Graf Wiprecht auch zu Herrn Heinrich Raspe stoßen muß, wenn ein Kampf in Aussicht kommt. So ist die Welt voll von Kriegsgeschrei, und dunkel liegt die Zukunft vor unseren Augen, wenigstens vor den meinen.

Luitgardis, die dabei war, als der Bote von Ulrich kam, vernahm nur eins: Er kommt eher als gedacht! Sie strahlte mich über den Tisch an – heiliger Joseph, sieht sie denn nicht die Gewitterwolken, die drohend aufsteigen – oder bin nur ich ein Schwarzseher geworden?

Den 12. Juli

Allmächtiger, wenn das wahr wäre! Alle meine Pulse fliegen, das Blut hämmert in meinen Adern, und die Gedanken stürmen dahin wie in wilder Jagd! Aber nein, es kann ja nicht möglich sein – zu kühn ist solch ein Gedankengang von mir – und dennoch – dennoch! Ihr Heiligen, es ist ja nicht unmöglich – doch will ich versuchen, mich zu beruhigen.

Ich bin heute bald nach dem Mittagsmahl nach Freyburg hinunter und besuchte den Kaplan von St. Annen. Er ist ein gelehrter und frommer Mann. Ich liebe die Unterhaltung mit ihm und gewinne stets dabei. Auf dem Heimweg schlug ich einen kürzeren Weg ein, der durch den Wald führt, und ging langsam in Gedanken dahin. Ein helles Lachen ließ mich aufsehen. Luitgardis stand vor mir mit strahlenden Augen.

»Man sollte meinen, Ihr dächtet zum mindesten über die Bewohner der Sonne nach«, spottete sie lustig, »so versonnen kommt Ihr daher.«

Ich schaute sie an und sagte neckend dagegen: »Und welche Botschaft hat Ulrich mir sagen lassen?«

»Heilige Barbara«, rief sie, und hohe Röte färbte ihr Antlitz, »mir scheint, Priesteraugen sind gefährlicher als andrer Leute Augen! Aber recht habt Ihr. Ich erhielt Kunde durch einen vertrauten Boten« – sie dämpfte die Stimme und blickte sich vorsichtig um. »Er hofft, in acht Tagen hier zu sein; und Euch soll ich sagen, daß er mit dem Ausgang seiner Sendung nicht zufrieden sei, dazu soll ich Euch herzlich grüßen.«

Ich sagte nichts, mußte nur seufzen.

»Laßt uns ein wenig hinsitzen, wenn Ihr Zeit habt, Pater«, bat Luitgardis. »Ich ahnte nicht, Euch hier zu treffen, doch freut's mich, daß es geschehen ist.«

Wir setzten uns auf den schwellenden Moosboden, und ich fragte, ob Ulrich über seinen Aufenthalt in Meißen noch irgend etwas hatte sagen lassen.

»Nichts«, entgegnete sie und fuhr dann nach etlichen Minuten fort: »Wie sich die Herzogin Sophia zum Markgrafen von Meißen stellt, ist mir höchst gleichgültig, Pater Hilarius. Noch lebt Heinrich Raspe, der neue König, und seine Leibesbeschaffenheit läßt auf noch manches Lebensjahr schließen. Ganz anderen Kummer bereitet mir der Gedanke an Ulrichs Mutter, Gräfin Sabina. Er liebt sie sehr, sie hat einen starken Willen und weiß ihn, wie mein Vater, der sie kennt, des öfteren sagte, auch durchzuführen. Ulrich sagte dasselbe. Nebenbei fürchtet er sie ein wenig, doch ist die Liebe ungleich größer. Wenn nun diese Frau mit ihren Wünschen zwischen uns träte!«

»Wartet's ab, Herrin«, entgegnete ich ruhig, »ich weiß, Ulrich ist treu!«

»Ich auch«, nickte sie eifrig, »aber seht, er käme dann in schreckliche Kämpfe, und –«

»Macht Euch nicht unnütz Sorgen«, unterbrach ich, »es kommt doch alles anders, als Ihr meint.«

Sie nickte gedankenverloren. Wir schwiegen beide. Plötzlich griff sie nach einer Efeuranke, die wohl der letzte Sturm von ihrem Halt, einer jungen Eiche, abgerissen hatte. Das Pflänzlein wurzelte zwar im Boden neben dem Baum, aber es lag hilflos da, halb vertrocknet seine Blättlein. Sie blickte lange darauf, tiefen Ernst auf dem Antlitz. Dann wandte sie sich zu mir.

»Seht, Pater, die abgerissene Ranke! Kennt Ihr auch das Sprichwort, das ich einmal vernahm von einem Fahrenden, der aus Frankenland gekommen war: Je mors, ou je m'attache? Die Ranke hatte sich an die Eiche gebunden, und sie wird sterben, weil sie losgerissen ist. Wenn sie aber nicht erstirbt, dann muß sie verkümmern und vertrocknen. Ihr sind die Lebensbedingungen geraubt – also ich, wenn ich mich von Ulrich trennen müßte!«

Ich kannte das Sprichwort gut, hatte es öfter in Clairvaux gehört. Daß sie es so anwandte, erschreckte mich.

»Redet nicht derart, Herrin«, verwies ich. »Ihr seht die Zukunft gar zu schwarz. Malt sie lieber lichtblau! Und laßt jetzt alles Sinnieren – erzählt mir lieber mehr von seinen Eltern. Ihr deutetet einmal an, daß auch in jener Familie nicht alles sei, wie es sein sollte. Wißt Ihr Näheres?«

»Wohl«, sagte sie aufatmend, »mein Vater sprach manchmal davon, aber Genaues erfuhr ich jetzt durch Ulrich selbst.«

Und sie begann zu erzählen: »Auf der Altmannsburg drüben im Brabantischen lebte der junge Graf Ulrich mit seiner Gemahlin Sabina sehr glücklich. Die Burg ist eine der stattlichsten, wohlbewahrt und stark. Der Graf verfügte damals schon über viel Geld und Gut. Es fehlte ihm an nichts. Ein Töchterlein von fünf Jahren, Swanhilde, bereitete ihnen große Freude, aber ihr ganzer Stolz waren die beiden Zwillingsbrüder Ulrich und Siegfried, die damals sechs Jahre alt waren.

Nicht weit von der Burg lag ein kleines Zisterzienserkloster, dessen Abt öfter Gast in der Burg war. Wiederholt hatte er darauf hingewiesen, wie gut und nützlich es für das Geschlecht wäre, wenn einer der Brüder dem geistlichen Stand geweiht würde, obwohl er auch zu hohen Ehren in der Welt gelangen könnte. Aber die Gräfin wie ihr Gemahl hatten ihn immer lächelnd abgewiesen.

Da brach eine böse Krankheit unter den Kindern aus, die viele dahinraffte. Ängstlich hütete man auf der Burg die drei Kinder, mit irgend jemandem aus dem Dorf zusammenzukommen. Die Heiligen wollten es anders. Eines Tages klagte Swanhilde über Schmerzen im Hals, und schon am anderen Tag rang sie in heftigen Erstickungsanfällen mit dem Tod. In ihrer Herzensangst sandte die Mutter ihren Gemahl zu jenem Abt, ihn um Fürbitte für des Kindes Leben anzugehen. Er sagte es bereitwillig zu, und der Graf stiftete fürs Kloster eine beträchtliche Schenkung an Wald und Wiesenland.

Der Abt dankte, sagte dann aber bedeutungsvoll: ›Ich meine, einer Eurer Söhne wäre mehr wert zum Dienst der Heiligen als alle Güter.‹ Doch der Graf schüttelte bestimmt den Kopf.

›Und wenn die Heiligen Euch dann alle Kinder nehmen?‹ sagte er warnend. Da schwang sich der Graf hastig aufs Pferd und ritt heim.

Aber es wurde mit dem Kind von Stunde zu Stunde schlimmer. In qualvoller Angst hielt die Gräfin das sterbende Mägdlein im Arm. Die beiden Knaben spielten ahnungslos draußen im Hof. Mit zusammengepreßten Lippen schaute ihnen vom Fenster aus der Vater zu. Unablässig verfolgten ihn des Abtes letzte Worte. Als die Not aufs höchste gestiegen war und die Gräfin bei jedem Atemzug meinte, es sei der letzte, gelobte der Vater in seinem Innern, wenn die Heiligen helfen würden, Siegfried als den Erstgeborenen ins Zisterzienserkloster zu geben und dem geistlichen Stand zu weihen.

Lange blieb es still in dem hohen Gemach. Der Graf scheute, sich umzudrehen, weil er zu sehen fürchtete, seine Gemahlin halte eine Leiche im Arm. Als er es endlich doch wagte, winkte Sabina ihn leise näher, mit zitternder Hoffnung im Blick auf das Kind deutend. Schlummernd lag es da, der Atem ging ruhiger. Etliche Stunden später sahen sie, daß es gerettet war.

Nun mußte der Graf seiner Gemahlin sagen, was er gelobt hatte. Er tat es mit großer Schonung. Sie aber nahm es ruhiger auf, als er gefürchtet hatte. Zwar weinte sie heftig, aber sie sagte doch: ›So bleiben uns mit der Heiligen Willen unsere drei Kinder erhalten.‹

Am nächsten Tag ritt der Graf wieder zum Kloster und sagte es dem Abt. Dieser war hoch erfreut, lobte die Eltern sehr, bestand aber darauf, daß der Knabe sogleich dem Kloster zur weiteren Erziehung übergeben werde, desgleichen auch sein Erbteil sofort zu verschreiben sei. Er begründete es damit, daß der Knabe dann nicht am Heimweh leiden, auch die Eltern und Geschwister ihn jetzt leichter missen würden als später, wenn sie noch mehr aneinander gewöhnt wären. Das Erbteil, meinte er aber, sei auch besser sofort zu übergeben, da später mancherlei Unglücksfälle eintreten könnten, die es schmälern würden, was dem Kloster zum Nachteil gereichen würde.

Der Graf fügte sich schweigend, obgleich er, wie er selbst öfter Ulrich gesagt hat, sich seine Gedanken über den Abt machte. Schon nach etlichen Tagen wurde der weinende und sich heftig sträubende Knabe abgeholt und ins Kloster gebracht. Ulrich erzählte mir, daß seine Mutter dieser Stunde bis heute nicht ohne Tränen gedenken könne!

Vierzehn Tage waren seitdem vergangen. Swanhilde spielte fröhlich und munter, und die Eltern ertrugen standhaft die Hingabe Siegfrieds. An einem Nachmittag, als sie zusammen im Wohngemach der Gräfin waren, saß der Vater neben seinem Töchterchen, jauchzend griff sie immer wieder in seinen blonden Bart. Eben wollte sie es wieder tun und streckte die Händchen aus. Da schrie sie auf, griff zuckend nach dem Herzen und sank den entsetzten Eltern tot in die Arme.

Die Aufregung und der Schmerz waren unbeschreiblich. Als die so jäh gebrochene Menschenknospe im Sarg lag, kam der Graf ins Kloster und forderte: ›Die Heiligen ließen uns unser Kind nicht, so bleibt ihnen auch nicht unser Sohn. Gebt ihn wieder, Herr Abt, ich fordere ihn zurück.‹

Aber der sagte entschieden: ›Niemals! Was die Kirche hat, hält sie! Wollt Ihr den ganzen Unsegen, sogar Fluch auf Euch und Euer Geschlecht herabziehen, das solch ein Ansinnen im Gefolge hat? Außerdem ist Euer Sohn nicht bei uns. Er ist nur zwei Tage im Kloster gewesen, dann unter gutem Geleit ins Frankenland gesandt worden, wo unseres Ordens erste Klöster und bewährteste Erziehungshäuser sind.‹

Außer sich, wollte der Graf wissen, in welches Kloster. Aber der Abt schwieg beharrlich, und sie haben es bis heute nicht erfahren. Seitdem ist die

Gräfin eine stille, ernste Frau geworden. Alle Hoffnung der Eltern ist Ulrich, all ihre Freude und ihr Glück, und seht, Pater Hilarius – doch was ist Euch?« brach sie erschrocken ab.

Ich aber war aufgesprungen und sagte mit heiserer Stimme, so daß ich mich selbst darüber wunderte: »Laßt uns heimgehen. Stark hat mich das Gehörte bewegt – mir ist nicht wohl.«

»Ihr seht auch ganz weiß aus«, sagte sie besorgt, neben mir herschreitend.

Ich konnte nicht antworten, konnte beinahe nicht atmen. Oben in der Burg angekommen, wollte sie mir allerlei Erfrischendes senden. Ich wehrte aber ab und sagte, mich verlange nur nach Ruhe.

Als ich endlich allein war, bin ich in meinem Gemach auf und ab gelaufen. Luitgardis ahnte ja nicht, was es ist, das mich so erschüttert hat. Sie ahnt nicht, daß ich aus dem Frankenland von Clairvaux gekommen bin. Sie hält mich für einen Pfortaer Mönch.

Sollte ich gar – Allmächtiger, sollte ich Ulrichs Bruder sein? Wir gleichen einander zum Verwechseln – sind am gleichen Tag geboren – hatten einander vom ersten Tag ins Herz geschlossen – dazu des Bischofs Bemerkung: »Nimm an, du wärst aus edlem Stand« – sein Benehmen zu mir –

Um Mitternacht

Bin jetzt etwas ruhiger – aber fest steht mein Vorsatz: Ich *muß* erfahren, von wo ich stamme! Und wenn es wahr wäre, was ich nicht zu hoffen wagen will, dann will ich erforschen, ob ich Dispens vom Papst erlangen und in die Welt zurückkehren kann!

Als ich zur Abendtafel hinabkam, sagte Graf Wiprecht: »Nun, Pater, Ihr gefallt mir nicht. Was ist mit

Euch? Werdet nicht krank, könnt's nimmer brauchen hier oben. Wer sollte Euch pflegen?«

Trotz der unmutigen Worte merkte ich einen Unterton von Sorge. Ich drückte ihm leicht die Hand und entgegnete: »Ich hoffe nicht! Denkt nicht daran, Graf Wiprecht, ehe nichts Besonderes ist.«

Dabei begegnete ich Mechthildis' Augen, die mit Angst auf mich gerichtet waren. Heiß stieg es in mir auf. Sie, ja sie sollte meine Vertraute sein!

Als das Nachtmahl beendet war, stand ich auf und sagte: »Ich will noch ein wenig in den Garten gehen, ich erwarte von der Abendkühle Besserung.«

Wieder trafen sich Mechthildis' und meine Augen – sie verstand, ich fühlte es – und hatte mich nicht getäuscht. Ich saß kaum zehn Minuten im Garten, als sie rasch daherkam und sich zu mir setzte.

»Was ist, Pater Hilarius?« fragte sie erregt. »Teilt es mir mit.«

»Deshalb ging ich hierher, Mechthildis«, entgegnete ich. In Kürze erfuhr sie alles.

Schneebleich lehnte sie neben mir und fragte nur: »Luitgardis erzählte Euch das – ja, woher weiß sie –«

»Von Ulrich«, sagte ich rasch, und als ich sah, daß das Geheimnis vor Mechthildis kaum zu wahren war, fügte ich nur hinzu: »Fragt Eure Schwester selbst, warum Ulrich ihr das alles gesagt hat und dann bewahrt's in Eurem Herzen, Mechthildis, wie ich es tue, und betet für Luitgardis' Glück.«

Sie nickte und rief strahlend: »Ihr – Ihr wollt wirklich versuchen, Euch dann Dispens zu verschaffen, Hilarius?«

Und nun erwog sie mit mir eifrig alles, was geschehen könne, damit ich zur Klarheit käme. Endlich riet sie mir, nach Pforta zu gehen und den Abt auf den

Kopf zu zu fragen. Das will ich auch tun. Er muß mir antworten.

Am 17. Juli

Ich bin in Pforta gewesen – vergeblich! Das muß ich zuerst in tiefster Niedergeschlagenheit sagen. Jetzt erst habe ich gesehen, wie ich mich in diesen Tagen an den Gedanken geklammert hatte, es könne – müsse so sein, wie ich wünschte – und ich könnte dann in die Welt zurück.

Ich bat den Grafen um drei Tage Urlaub und erhielt ihn sofort. Ich zog den Weg zurück, den ich vor einem halben Jahr gekommen war. Es geschah mit unterschiedlichen Gefühlen!

In Pforta staunte man, mich zu sehen, dann aber lief alles zusammen, und es gab des Begrüßens und Fragens, wie's draußen sei, kein Ende.

In Pforta weilen mehr Menschen als Mönche!

Endlich war ich soweit, daß ich zum Abt konnte. Er schien sehr erfreut, mich zu sehen, und auch er fragte und fragte, als wisse er nichts von der Welt draußen – obwohl unser Abt ebenso bekannt ist wie der Bischof von Naumburg.

Ich erzählte, was ich wollte, und es ergötzte mich beinahe, zu merken, wie der Abt vorsichtig und klug den Mönch auszufragen versuchte, und der Mönch ebenso vorsichtig und klug umging, was er nicht sagen wollte, zum Beispiel alles, was auf den neuen König Bezug hat.

Wie mir scheint, hofft unser hochwürdiger Abt als echter Vater seines Klosters aus dem allem einen Vorteil für Pforta herauszuschlagen.

Endlich kam die Frage, auf die ich lange gewartet hatte – was mein Kommen auf sich habe.

Mit trockenen Worten sagte ich ihm darauf: »Ich habe allen Grund zu glauben, daß ich einem vornehmen Geschlecht entstamme, Hochehrwürden, meine auch zu wissen, welchem.«

Mit Erregung sah ich, daß er die Farbe änderte, und sprach weiter: »Frage bei Euch an, ob Ihr nicht Erbarmen mit mir haben und mir endlich sagen wollt, wer meine Eltern sind?«

Ruhig sah er mich an. »Nein, mein Sohn; denn zum ersten ist es nicht von Bedeutung für dich, und zum andern bindet mein Wort meine Zunge. Nur soviel will ich verraten: Du bist von Anfang an in Clairvaux gewesen, wo du erzogen wurdest.«

»Ja, nachdem mich der Abt eines anderen Klosters dorthin gebracht hat«, sagte ich hitzig.

Ein überlegenes Lächeln zog über seine Züge.

Mit leichtem Spott erwiderte er: »Scheinst geträumt zu haben, mein Sohn! Du mußt dir zur Ader lassen, hast anscheinend dickes Blut, das ist zumeist die Ursache derartiger Träume. Scheinst dich auch viel damit beschäftigt zu haben, statt dankbar zu sein, daß du im warmen Nest sitzt. Arbeitest und betest anscheinend zu wenig. Sei treu, Hilarius, ich rate dir's allen Ernstes! Aber zu deiner Beruhigung will ich dir auch noch das mitteilen, daß nicht ein Abt von irgendwoher, sondern eine Magd zusammen mit ihrem Vater dich ins Kloster brachten und das Mägdelein so bitter weinte, als seist du ihr Söhnlein, der Alte aber grimmig dreingeschaut und sie hart angefahren hat.«

Ich fragte nichts mehr. Er sagte nichts mehr. Unsere Unterredung war zu Ende – ich ging. Den Abend verbrachte ich mit den Confratres im Garten, mußte mich aber entsetzlich zusammennehmen, um mein Inneres zur Ruhe zu zwingen.

Am anderen Tage zog ich zurück zur Neuenburg. Leuchtend schien die Sonne auf meinen Weg, aber in mir war's dunkel. Mönch muß ich sein und bleiben – obgleich der Mensch in mir gewaltsam sein Recht verlangt! Abwerfen möchte ich mein Gewand – Freiheit – Freiheit. Die Fesseln töten mich – morden mir Leib und Seele!

Als ich hier oben ankam, begegnete mir Mechthildis. Sie sah mich an – dann wurde sie blaß: »Ich sehe alles«, sagte sie nur leise.

Gepreßt teilte ich ihr in kurzen Worten meine Unterredung mit dem Abt mit.

»Mögen die Heiligen Euch helfen«, entgegnete sie mit mühsam unterdrückten Tränen.

Da floh ich wie gejagt in mein Gemach!

Die Heiligen – ich habe verlernt, an ihre Hilfe zu glauben! Und die hochgelobte Jungfrau? Sie lächelt milde! Es ist, um den Verstand zu verlieren!

Den 20. Juli

Ulrich ist wieder hier, gestern kam er. Ich kann nicht viel mit ihm zusammen sein. Ich habe noch nicht verwunden, welche Hoffnungen mich etliche Tage lang beseelten.

Am 23. Juli

Ich halte mich viel in meinem Gemach auf trotz der lockenden Sonne draußen. Ulrich hat nicht viel Zeit für mich, weil er mit Luitgardis jede nur mögliche Zeit zusammensein will. Ist mir lieb so.

Dennoch kommt er alle Tage gegen Abend zu mir und macht mich zum Vertrauten seiner Liebe und Sorgen. Sie bangen beide vor der Zukunft, Ulrich am meisten davor, daß seine Mutter ihm eine andere bestimmt hat. »Dann sagst du bestimmt ›nein‹«, sagte ich gestern unmutig zu ihm.

Er schüttelte den Kopf: »Du kennst meine Mutter nicht, Hilarius. Sie leidet seit Jahren so schwer; ich weiß nicht, ob ich ihr neues Leid zufügen darf! Eine andere als Luitgardis heiraten – niemals, aber vielleicht ihr entsagen müssen!«

Er fuhr sich mit der Hand durchs Haar. »Ihr Heiligen, wer doch die Zukunft wüßte! Treu bleibe ich Luitgardis, komme, was wolle –«, dies ungefähr höre ich alle Tage.

Seine verunglückte Sendung nach Meißen macht ihm viel weniger aus als sein Verhältnis mit Luitgardis. So sind verliebte Leute!

Der Markgraf von Meißen hat ihn nämlich sehr höflich empfangen und auf die Frage seiner Base Sophia geantwortet, daß man abwarten müsse, wie lange Herr Heinrich Raspe noch zu leben gedenke, zum andern dann sehen, was Graf Siegfried von Anhalt in einem solchen Fall tun werde. Das ist alles gewesen. Mehr hat Ulrich nicht feststellen können. Der Markgraf hat ihm zu Ehren etliche kleine Feste veranstaltet, aber die Sache nicht mehr berührt.

Dann ist er aufgebrochen, zu Heinrich Raspe zu ziehen, und Ulrich hat Abschied nehmen müssen. Dabei hat der Markgraf mit feinem Lächeln gesagt: »Sprecht meiner hochedlen Base, der Herzogin Sophia von Brabant, meinen Dank aus, daß sie so besorgt ist um meine Anwartschaft auf Thüringen. Ich lege ihr meine Hochachtung dafür zu Füßen. Im übrigen werde ich dem zu begegnen wissen, der mir dazwischenfahren will!«

Als Ulrich das erzählte, beobachtete ich heimlich Graf Wiprecht. Er schmunzelte und machte ein derart verschmitztes Gesicht, daß ich am liebsten gelacht hätte, wenn mir danach zumute gewesen wäre.

Der neue König hat an Graf Wiprecht Kunde gesendet, er wünsche, dieser möge auf der Neuenburg bleiben und sie gut hüten. Er hätte Mannschaft genug, dem Konrad zu begegnen, wenn es soweit käme.

Graf Wiprecht tat einen mächtigen Fluch und wetterte dann im Zwinger und in der Burg herum – er wäre lieber zu Felde gezogen, als hiergeblieben! Aber er hat zu gehorchen.

Im übrigen bin ich ein schlechter Gesellschafter geworden. Eine Unrast ist in mir, die ich nicht schildern kann! Hinzu kommt, daß Mechthildis bleich aussieht, still ist und die schönen Augen nach vergossenen Tränen aussehen!

Am 6. August

Ich bin viel draußen in Flur und Feld, aber meist allein. Das war auch so, als Ulrich noch hier war. Er ist vor acht Tagen fortgezogen, und ich sage dazu: Gott sei Dank! Ich habe nicht zur inneren Ruhe kommen können, solange er hier war. Nun hoffe ich, es wird anders werden.

Er hat seine Wege zumeist mit Luitgardis allein gemacht – ob Mechthildis immer dabei war, weiß ich nicht.

Sie weiß alles und bangt sehr um Luitgardis' Zukunft. Ich stehe jetzt beinahe auf dem Standpunkt: Laß alles gehen, wie es will, ich kann's nicht ändern, und Gebete helfen ja doch nicht! Mir wenigstens scheint der Himmel zugeschlossen zu sein, Gott und die Heiligen fern. Gräfin Jutta schaut mich zuweilen von der Seite her an. Graf Wiprecht sagte mir neulich, ich gefiele ihm nicht – ist mir alles gleichgültig – nur eines nicht: Mechthildis' bleicher werdendes Antlitz.

Luitgardis geht umher mit leuchtenden Augen trotz des Abschiedsschmerzes. Sie ist wie getragen von einer sieghaften Macht – und ich habe ein Gefühl, als warte das Unwetter nur auf den Ausbruch, um daherzufegen und alles zu vernichten!

Am 10. August

Der erste Schlag ist gefallen. Am 5. August hat ein blutiges Treffen stattgefunden zwischen dem König und Landgraf Heinrich Raspe auf der einen Seite und Konrad, den sein Vater Kaiser Friedrich gleicherweise zum König von Deutschland ernannt hat, auf der anderen. Der neue König hat anscheinend Glück gehabt und den Konrad abgeschlagen und einen Sieg errungen. Ob dieser nun so groß ist, wie geschrieen wird, kann ich nicht beurteilen. Auch ist mit diesem einen Treffen nicht die ganze Geschichte beendet. Graf Wiprecht scheint gleiches zu hoffen. Es wurmt ihn gewaltig, hier untätig zuschauen zu müssen! Er fährt und wettert in der Burg herum, daß es zuweilen grauslich anzuhören ist. Doch glaube ich, man kennt seine Art und daß sie nicht so schrecklich ernst zu nehmen ist. Die Knappen und Mannen springen, wenn er dabei ist, und nachher lachen sie, treiben Kurzweil und tun alle ihre Aufträge, die der Graf ihnen mit Donnerstimme erteilt hat, in Ruhe und Muße. Jetzt sind die Tore Tag und Nacht geschlossen, zur Nachtzeit wird die Zugbrücke aufgezogen.

Bei Frankfurt am Main hat der Kampf stattgefunden, berichtete der Bote, der uns vom Graf Kefernberg gesandt war, und weil der Konrad hat abziehen müssen, hat König Heinrich Raspe seinen ersten Reichstag zu Frankfurt abgehalten. Ob dabei Sonderliches fürs

Reich herausgekommen sei, wußte der Bote nicht. Er hätte es vielleicht gewußt, wenn es der Fall gewesen wäre!

Mit Mechthildis zu reden, ist mir bisher unmöglich gewesen. Sie weicht mir wieder aus.

Im übrigen ist es schwül, drückend – innerlich wie äußerlich.

Am 13. Oktober

Das Unwetter ist hereingebrochen und hat vernichtend – mich selber getroffen! Ich kann es nicht fassen.

O ihr Heiligen – nein, sie bleiben aus dem Spiel – für mich sind sie nicht da – ich bin verworfen!

Eine entsetzliche Stille ist in mir, eine Stille, vor der mir zu grauen anfängt. Ist sie bereits die Verzweiflung, oder geht sie erst vor ihr her? Ich weiß es nicht.

Es ist Mitternacht und der Himmel schwarz bezogen, kein Stern strahlt. So ist mein Leben dunkle Nacht geworden, ohne jeden Stern!

Am 14. Oktober

Ich habe den Kiel gestern fortgeworfen und noch einmal versucht, zur Mutter Gottes zu flehen, vergeblich! Möchte am liebsten diese Blätter in den Kamin stecken und dann gehen – dorthin, wo ewige Ruhe ist.

Ewige Ruhe? Für mich? Hohnvoller Gedanke – Nein, ich will beides nicht tun, sondern versuchen, mein Herz hier auszuschütten, sind doch diese Blätter meine einzigen Vertrauten! Ob ich zusammenhängend schreiben kann, weiß ich nicht, ist ja auch gleichgültig.

Was es eigentlich ist?

Ich will's mit einem Wort sagen, ob sich gleich der Kiel sträubt, es aufs Papier zu bringen: Es ist meine Liebe, meine unsinnige Liebe zu Mechthildis!

Ich Narr, der ich meinte, Freundschaft, Geschwisterliebe verbinde uns! Wahrlich, ich hab's ehrlich geglaubt, es sei so, habe mich ja so sicher gegen alles andere gefühlt in meinem Mönchsgewand, habe felsenfest gemeint, allen anderen ja, aber nie mir könnte diese Macht nahen!

Und doch war sie von Anfang an da!

Ja, Mechthildis, ich habe dich geliebt vom ersten Augenblick an, als ich dich sah. Herr Gott, laß mir nur den Verstand!

Und sie? Ja, nun muß ich wohl versuchen, meine Gedanken zu ordnen. Ich will alles berichten. Was dann weiter wird – ich weiß nicht!

Vorgestern war's. Sie fehlte bei Tisch. Als ich Gräfin Jutta nach ihrem Fernbleiben fragte, sagte sie mir, sie litte in der letzten Zeit bös an Kopfweh. Graf Wiprecht sagte nichts. Wie ein Reifen legte sich's mir ums Herz, und ich nahm mir vor, bei erster Gelegenheit Mechthildis offen zu fragen, was sei. Unruhevoll wanderte ich in meinem Gemach auf und nieder, dann trieb's mich zur Kapelle. Langsam ging ich durch den Vorsaal hinüber. Als ich zum Hochaltar gehen wollte, blieb ich erschreckt stehen. Dort, wo ich beten wollte, lag Mechthildis auf dem Boden und rührte sich nicht. Mit wenigen Schritten war ich bei ihr und hob sie auf.

»Mechthildis!« rief ich angstvoll.

Sie war weiß wie Marmor und zitterte so, daß ich sie halten mußte. Eiskalt waren ihre Hände. Ich führte sie zur nächsten Bank, ließ sie sanft nieder und bat: »Habt Vertrauen, Mechthildis, sagt mir euer Leid! Ihr wißt ja, wie ich zu Euch stehe, wie ich mich um Euch sorge und bange –« Ich konnte nicht weiterreden, so bebte auch ich in Erregung.

Sie hob langsam den Blick. Bitteres Weh lag darin.

Sie machte ihre Hand sanft los, die ich hielt, und barg dann ihr liebes Antlitz in beiden Händen. Und nun kam's stoßweise von ihren Lippen: »Pater Hilarius, ich habe mich doch entschlossen, ins Kloster zu gehen – ich muß – ich muß –«

Wie ein Aufschrei klangen ihre letzten Worte!

Mich aber faßte ein jähes Entsetzen. Mechthildis im Kloster, Barmherziger – nie durfte es sein! Ich fragte mich nicht, warum nicht – ich, der Priester, hätte ihr ja zustimmen müssen. Ich fühlte nur eines: Dann ist sie für mich unerreichbar!

Heftig faßte ich ihren Arm: »Ihr dürft nicht solche Gedanken haben, Mechthildis, hört Ihr? Ihr dürft nicht fort!«

»Ich muß«, hauchte sie tonlos.

»Warum?« fragte ich rauh.

Sie schüttelte den Kopf und schwieg.

Ich sprang auf, nur beherrscht von dem einen Gedanken, den Grund zu erfahren, beherrscht von unsinniger Angst, sie zu verlieren. Ich beugte mich über sie und zog beide Hände von dem todblassen, süßen Gesicht. Aber als ich den Ausdruck der Seelenqual darauf sah, kam's über mich, so stark, daß ich Priesterstand und -gewand, den geweihten Ort, alles, alles vergaß und ihr in überstürzender Hast zuraunte: »Mechthildis, du darfst nicht gehen und mich verlassen. Mit dir geht die Sonne aus meinem Leben!« Ich weiß nicht, was ich sonst noch sagte. Sie lehnte unter meinen Worten wie betäubt den Kopf an die Wand, die Farbe kam und ging auf dem holden Antlitz, und dann traf mich ein Blick aus ihren Augen, daß ich schier meinte, der Himmel öffne sich über mir, und die Seligkeit ergösse sich auf mich.

Sinnlos riß ich sie an mich und preßte einen heißen

Kuß auf ihre Lippen. Aber schon hatte sie sich mit fast übermenschlicher Kraft losgerissen und stand vor mir, hochaufgerichtet, mit fliegendem Atem.

»Hilarius, was tatest du – ich – und hier!«

Das gab mir die Besinnung wieder, aber auch wilde Empörung gegen die Fesseln, in denen mich mein Stand hielt, flammte in mir auf.

»Was ich tat, Mechthildis? Nichts, was ich nicht vor Gott und Menschen verantworten kann«, rief ich heftig. »Oder habe ich etwa kein Herz in der Brust? Bin ich ausgeschlossen von dem, was der Höchste als Bestes den Menschen gab? Und der Ort? Schau die Heilige Jungfrau an – sie lächelt genauso wie sonst« – spottend wies ich zu ihr hin!

Ein Zittern durchlief Mechthildis' Gestalt. Ich wollte sie stützen. Ich sah, daß sie sich nur mit aller Kraft hielt. Aber sie hob abwehrend die Hand. Ich wagte nicht, sie zu umfassen. Wie eine Heilige stand sie vor mir. »Hilarius«, leise fielen die Worte von ihren Lippen, »unser beider Leben muß eine Sühne werden für diese Stunde – für mich, daß ich nicht floh, als ich dich sah – für dich, daß du –«, ihre Stimme erstarb.

»Mechthildis«, flüsterte ich heiser, »vergib mir, daß ich mich nicht mehr in der Gewalt hatte. Ich gehe – nur versprich mir eines: Tritt nicht ins Kloster ein!«

Sie schüttelte den Kopf: »Ich habe nichts zu vergeben, Hilarius, ich kann auch nichts versprechen! Und nun laß mich gehen.«

Ich sah, sie war am Ende ihrer Kraft. Ich wagte nicht mehr, mich ihr zu nähern. Sie wandte sich um ohne einen Blick auf mich und ging schleppend hinaus. Ich stand regungslos, bis der Klang ihrer Schritte verhallt war, dann bin auch ich gegangen wie unter einem Bann.

Über die Stunden, die nun folgten, ist nicht viel zu sagen – denken konnte ich nicht und empfand nichts als einen brennenden Schmerz im ganzen Körper. Ich konnte auch nur wenig bei der Abendtafel essen und hörte, als ob's mich nichts anginge, daß Mechthildis heute nachmittag ohnmächtig in ihrem Zimmer gelegen habe, als Luitgardis hereinkam, und jetzt am Abend fiebernd auf ihrem Lager ruhe. Die Mutter war bei ihr. Traurig sah Luitgardis mich an, als sie es erzählte. Ich sagte nichts dazu, ging aber bald hinauf.

Aber die Nacht, die nun folgte!

Herr Gott, daß ich noch lebe, ist mir fast ein Wunder!

In den stillen Nachtstunden ist mir's wie eine Binde von den Augen gefallen, so daß mein ganzes Leben plötzlich in erschrecklicher Klarheit vor mir stand.

Wohin bin ich, der Priester, der Gottgeweihte, gekommen! Voller Unglauben gegenüber den Heiligen, voller Zweifel, ja Spott gegen die Mutter Gottes, voller Zweifel gegen die Existenz des Hochgelobten! Dazu voll Hochmut – über alles und jeden erhob ich mich, über den Bischof, den Grafen, über Ulrich und über meinesgleichen.

Und was ist geblieben? Nichts als ein erbärmlicher Wicht, der seinem Stand und seinem Orden Schaden bereitet.

Bischof Dietrich, wenn du das wüßtest! Vielleicht hättest du Entschuldigungen für mich – bist auch in der Welt und ein Mensch wie ich – aber ich hab' keine! Graf Wiprecht, und du? Du hast recht, wenn du höhnend sagst: Nicht besser als die anderen – o nein, aber schlechter als sie! Und du, mein Ulrich? Du wärst der einzige, der mich vielleicht in dem einen, in meiner Liebe, verstünde. Aber auch du würdest auf mein Priesterkleid weisen und fragen: »Und deine Priesterehre?« Gräfin Jutta, du hättest recht, mir kein Vertrauen mehr zu erweisen nach jener einen Aussprache – ich rechtfertigte solch ein Vertrauen nicht.

O jene Nacht – als mir die Selbsterkenntnis kam – die Nacht ist geblieben, obgleich die Sonne seither zweimal neu aufging.

Könnte ich der entsetzlichen Gedanken nur auf Minuten ledig werden – aber nein, auch der Schlummer flieht mein Lager. Nicht eine Minute finde ich Ruhe. Nacht, nur Nacht, und kein Licht, keinen Ausweg! Gott, wenn du bist, so erbarme dich mein.

Am 18. Oktober

Langsam streichen die Tage dahin. In mir ist ein wilder Trotz – nur nichts merken lassen, der ehrenhafte Priester bleiben, der ich bisher schien!

Ich schwatze mit dem Grafen, necke Luitgardis, laufe in Hof und Wald herum wie sonst – und wenn ich allein bin, möchte ich mir schier die Haare raufen in wilder Verzweiflung. Von Ulrich erhalte ich jede Woche einen heimlichen Gruß – weil jede Woche ein geheimer Bote von ihm zu Luitgardis kommt, ihr Brieflein, getrocknete Blumen und anderes bringt. Und ich – wage nicht einmal zu fragen, wie es der geht, die ich liebe – o Mechthildis!

Ich weiß nur von Luitgardis, daß sie noch immer fiebert und ihr Gemach hüten muß – ich schweige dazu. Wenn ich aber in Luitgardis strahlendes Antlitz schaue, wenn sie mir Ulrichs Grüße ausrichtet, dreht sich mir schier das Herz im Leibe um vor Jammer und Weh. Ulrich, Ulrich, wie glücklich bist du, daß du ihr, die du liebst, Botschaften senden darfst! Ach, und die Hindernisse zwischen euch wird eure Liebe überwinden – eure Väter sind ja doch Freunde – aber ich – ich?

Am 22. Oktober

Mitternacht – die Kerze flackert, draußen klatscht der Regen hernieder. So geht's nicht weiter, nein! Ich erliege! Ist nirgends Hilfe, nirgends?

Den Kiel warf ich vorhin fort – legte den Kopf auf den Tisch und stöhnte zum tausendsten Male: »Gott, wenn du bist, dann sende mir Hilfe!« Plötzlich hat ein Gedanke mein Hirn durchzuckt – Marcellus! Er, der so gänzlich umgewandelt vor mir stand, sagte mir doch: »Wenn du einmal nicht mehr weiter weißt und bist noch in meiner Nähe, dann komm!« Damals lachte ich darüber, heute habe ich's als Strohhalm erfaßt! Ich will zu ihm, morgen schon.

War der Gedanke von Gott? Ich will's probieren; zu glauben habe ich schier verlernt.

Am 24. Oktober. Im Georgenkloster

Klosterstille um mich – mir ist zumute, als läge die letzte Zeit wie ein böser, böser Traum hinter mir. Nur der dumpfe Druck in der Brust, der quälende Schmerz in der Seele zeigen mir, daß die vergangenen Tage kein Traum sind.

Ob ich hier Genesung – nein, nur Linderung finden werde? Ich weiß nicht – mir will scheinen, diese drei Worte »Ich weiß nicht!« sind die, die ich am besten zu schreiben, zu denken, zu empfinden verstehe!

Das, was mir Marcellus bis jetzt sagte, ist mir zu neu, zu unfaßbar – ich bin auch zu müde zum Denken, aber seine Milde und Güte tun mir gut.

Gestern morgen sagte ich kurz zum Grafen, ich müßte nach Naumburg und zum Georgenkloster. Er sah mich von der Seite her an und brummte etwas.

Als ich die Halle verließ und die schmale Treppe zum Hof hinunterstieg, kam er mir nach.

»Mönchlein, Euer Aussehen gefällt mir nicht! Ihr schaut aus wie ein schwarzer Kater, der in die Sahne gefallen ist.«

Zu jeder anderen Zeit hätte ich darauf eine Antwort gehabt, diesmal nicht! Ich nickte nur trübsinnig und sagte: »Unmöglich ist's nicht. Laßt daher den Kater zu seinesgleichen, Graf Wiprecht.«

»Damit sie ihn ablecken und blank putzen«, knurrte er. »Na, denn zu! Aber kommt bald wieder, Pater. Ich möchte keinen anderen als Euch hier haben.« Damit ging er rasch zum Tor hinaus.

Ich aber hatte wieder den Unterton der Sorge bei ihm herausgehört. Es tat mir einerseits wohl und schnitt mir doch in die Seele.

Langsam ging ich die Straße hinab, bis der Weg in den Tann hineinführt. Da mußte ich mich zur Burg umwenden – es zwang mich dazu. Ich wußte auch sofort, was mich gezwungen hat: Oben an der niederen Mauer angelehnt stand sie, die ich seit jener Stunde nicht gesehen hatte.

Wohl von dem warmen Sonnenschein gelockt, war sie ins Gärtlein hinabgegangen.

Ich stand und blickte unverwandt zu ihr auf – bewegte mich nicht, grüßte auch nicht. Sie stand dort oben ebenso unbeweglich – unsere Augen trafen sich einen Gedanken lang, dann kehrte sie langsam das Gesicht ab und ging.

Schneidendes Weh in der Seele ging auch ich – wie schmal und blaß war ihr Antlitz geworden, wie müde sah sie aus – und ich bin schuld!

Ich biß die Zähne zusammen und sah nicht rechts, nicht links auf meinem Weg. So kam ich nach Naumburg und ans Kloster.

»Heiliger Georg«, empfing mich der Pförtner, »bist

du nicht der Pater Hilarius von der Neuenburg? Wie schaust du aus, Bruder? Ist dir ungut?«

»Sehr«, nickte ich, »deshalb komme ich zu euch; ruf Marcellus!«

Wenig später stand dieser vor mir. »Komm«, sagte er nur, nahm mich am Arm und brachte mich in seine Zelle. Ohne etwas zu sagen oder zu fragen, bettete er mich auf sein Lager und sorgte für mich wie eine Mutter.

Wie wohl tat mir das!

»Ich komme gleich wieder«, nickte er mir zu und ging hinaus.

Die Klosterstille umfing mich so wohltuend. Todmüde war ich an Leib und Seele – ich schloß die Augen.

Als ich sie wieder öffnete, saß Marcellus neben mir. Schräg fielen die Sonnenstrahlen durchs kleine Fenster. Er lächelte mich an und bot mir einen erquickenden Trunk.

»So war's recht«, sagte er dabei. »Erst einmal ein paar Stunden sanfte Ruhe, dann redet es sich leichter.«

Erstaunt sah ich ihn an: »Schlief ich, Marcellus?«

»Wie ein Murmeltier«, nickte er, »und ich habe dich bewacht. Der Abt hat gestattet, daß du hier bei mir bleibst und ich dich pflege. Fühlst du dich jetzt besser, Hilarius?«

Ach, da kam der ganze Jammer wieder über mich. Aufstöhnend barg ich das Gesicht in die Kutte, während er mir mild und lind zusprach.

Und nun sagte ich ihm alles, alles!

Als ich geendet hatte, sah ich zu ihm auf. »Sag's nur, einem solchen ist nicht mehr zu helfen, Marcellus, und es ist das beste, wenn er in die Einsamkeit flüchtet und seine Schuld als Einsiedler zu sühnen sucht – noch besser aber, wenn ihn die Erde bedeckte!«

»Wo wolltest du dann mit deinen Sünden bleiben, Hilarius?« fragte er freundlich und eindringlich. »Meinst du wirklich, du könntest sie sühnen durch ein Einsiedlerleben? Und wenn du dein Leben von dir würfest, deine Sünde bliebe dir doch.«

»Ich hoffte Trost bei dir zu finden, hast du keinen?« fragte ich müde. »Mußt du von meinen Schulden reden?«

»Das muß ich«, sagte er ruhig, »weil du einsehen sollst und mußt, daß dir nicht zu helfen ist, daß du sie nie los werden kannst, weder durch deine Sühne noch durch die Heiligen – noch durch die Mutter Gottes.« Er sprach immer langsamer. Nun brach er ab – mich aber überfiel dumpfe Gleichgültigkeit.

»Dann laß mich«, sagte ich nur.

»Nein«, fuhr er fort, »denn es bleibt dir noch einer, Hilarius; einer, der mich geheilt hat; einer, der deine Schulden gesühnt und Vergebung für dich hat; einer, der auch das bittere Weh deiner Liebe heilen will –«

Ich fuhr auf: »Und wer?«

»Der Erlöser selbst, Jesus, der Sohn Gottes – er, nur er allein, Hilarius!«

Ich faßte den Sinn seiner Worte nicht, zu ungeheuerlich war's mir, zu groß! Aber in den Stunden, die nun folgten, hat mich Marcellus tief hineinsehen lassen in seine eigenen Kämpfe. Als er begann, die heiligen Schriften der Bibel im geheimen zu lesen und darin Trost und Hilfe zu finden, hat er immer eifriger geforscht. Er machte mir nach und nach klar, daß die Heiligen ebenso sündhafte Menschen gewesen sind wie wir und nur durch die Gnade des Hochgelobten selig werden konnten.

Nun, solches gefiel mir und war mir nicht schwer zu fassen. Ich habe ja nie viel von ihnen gehalten. Mich wundert nur eines, daß Marcellus trotz dieser Erkenntnis ihrer in Ehrfurcht gedenkt.

»Wirst es auch noch verstehen lernen«, lächelte er, als ich ihm das sagte – aber ich glaub's nicht.

Daß wir in den heiligen Schriften aber nichts davon finden, daß wir nur durch Vermittlung der Heiligen Jungfrau zu unserem Erlöser kommen können, das will mir nicht in den Sinn. Ich kann auch nicht viel denken, bin zu müde von allem – und du, Mechthildis, wie magst du wohl empfinden?

Am 26. Oktober

Marcellus ließ mir etliche Rollen in der Zelle, und ich habe viel darin gelesen. Eins ist die Abschrift des Evangeliums des heiligen Apostels Johannes. Danach hätte Marcellus in allem recht, was er mir gesagt hat, dann dürfte auch ich noch auf Hilfe hoffen bei ihm, dem Erlöser.

Ich fragte heut Marcellus, warum Gott solch ein bitteres Leid über mich kommen ließ.

Er lächelte leicht. »Wenn's nicht gekommen wäre, hättest du dich dann selbst erkannt auf dem bösen Weg, den du eingeschlagen hattest?« fragte er zurück.

Ich mußte den Kopf schütteln.

»Nun also«, antwortete er nur.

Ja, er hat recht: Wäre es nicht so gekommen, ich hätte ruhig in meinem stolzen Leben weitergemacht. Aber noch ist mir's zu hoch, daß ich mit allem Elend, die Schuld und Schmerz mir machen, direkt zum Erlöser gehen soll.

Am 27. Oktober

Und doch hab' ich's getan, ich konnte nicht weiter! Alle meine Schuld, mein bisherig so unnützes Leben brachte ich ihm, auch meine Liebe und mein Leid – mit Zittern und Zagen – und bin befreit worden!

Soli Deo gloria!

Marcellus hat recht, die heiligen Schriften haben recht: Er allein kann helfen und erlösen! Ich hab's erfahren, und Frieden ist bei mir eingekehrt. Mein Herz ist erfüllt mit Dankbarkeit gegen ihn, meinen Erlöser, der meine Schuld getragen und vergeben hat. Fortan soll mein Leben ihm ein treuer Dienst sein – anders, o ganz anders als bisher!

Und das Leid meiner Seele? »Auch das hilft er tragen«, tröstet mich Marcellus – ja, und wenn ich lese, wie er mit Martha und Maria das Leid um ihren Bruder getragen hat, dann glaube ich, daß er auch mein Leid tragen hilft!

Am 28. Oktober

Mir ist zu Sinne wie einem, der eine Krankheit überwunden hat. Ist's aber nicht auch so?

Mit Dankbarkeit gegen den Hochgelobten darf ich sagen, daß die Dunkelheit gewichen ist und mir nun sein Licht leuchtet! Seine Hand war's auch, die mich hierher geführt hat. Er war es, der mir den Gedanken an Marcellus eingab.

Am liebsten bliebe ich hier in des Klosters Stille und Frieden – aber ich darf nicht. Heute früh sandte Graf Wiprecht und ließ fragen, ob ich krank sei oder wann ich wiederkäme. Mein Gott, wie soll es werden, wenn ich Mechthildis gegenüberstehen muß? Damit, daß ein Neues zwischen mir und meinem Gott wurde, ist meine Liebe zu ihr nicht geschwunden. Ich weiß auch, daß solch eine Liebe keine Sünde ist, ist sie doch rein und heilig. Aber werde ich stark genug sein, Mechthildis fortan als Bruder zu begegnen?

Und sie? Darf ich sie solcher Qual aussetzen, täglich mit mir zusammenzusein, ohne daß wir, wie bis zu jener dunklen Stunde, so traulich verkehren?

Und die anderen, die nur warme Freundschaft an uns gesehen haben und es gewohnt sind? Barmherziger, hilf mir – wie soll es werden?

Am 30. Oktober. Auf der Burg

Dank sei dem Hochgelobten – er hat geholfen! Anders als ich es ahnen konnte – aber so ist es wohl am besten!

Gestern in der Mittagsstunde machte ich mich auf den Weg zur Neuenburg zurück, nachdem ich mich zuvor beim Abt bedankt und gebeten hatte, wiederkommen zu dürfen, wenn ich Ruhe brauche. Gern gewährte er es. Marcellus gab mir ein Stück Wegs Geleit und sagte mir noch manch gutes Trostwort, das ich wohl brauchen konnte – denn, als ich die Neuenburg vor mir auftauchen sah und ihr mit jedem Schritt näher kam, wurde mein Herz schwer und schwerer.

Als ich um die letzte Wegecke bog, sah ich zu meinem Erstaunen das Tor weit geöffnet. Als ich eintrat, fand ich auch das zweite weit offen stehen, und im großen Hof hielt ein Reisewagen. Auch etliche Knechte und Knappen waren dabei, aber sie waren von der Neuenburg und keine fremden.

Gäste – durchfuhr es mich – so wird mir das erste Wiedersehen mit ihr erleichtert. Aber ich hatte mich getäuscht. Gräfin Jutta stand bereit zur Abfahrt. Sie sah ernst und sorgenvoll aus. Luitgardis nahm soeben ihrer Gürtelmagd etliche Decken und Felle ab, die sie noch im Wagen unterbrachte. Graf Wiprecht war nicht zu sehen.

Als die Frauen mich sahen, glitt ein Freudenschimmer über Luitgardis' Antlitz, sie nickte mir zu und rief: »Wie schön, daß Ihr wieder hier seid, Pater Hilarius. Ihr kommt gerade zur rechten Zeit, um meinem Schwesterlein den Scheidegruß zu geben – sie verläßt uns wieder.«

»Ja«, fügte Gräfin Jutta hinzu, »ich will sie zur Schönburg geleiten und hoffe, daß sie sich dort erholt.«

Mir stockte schier der Atem.

»Ist Gräfin Mechthildis krank?« fragte ich, um etwas zu sagen.

Gräfin Jutta nickte trübe: »Scheint sich arg erkältet zu haben und kann ein Fieber nicht loswerden. Dazu fällt sie ersichtlich ab. Ich bin in Sorge um sie. Nun wünscht sie selbst, zur Schönburg zu kommen. Sie und des Schönburger Herrn Tochter Maria sind gute Freundinnen. Da hofft sie, Genesung zu finden.«

Ich mochte nichts erwidern, konnte innerlich nur rufen: »Herr, hilf!«

»Aber auch Ihr seht nicht gut aus«, fuhr jetzt die Gräfin fort und blickte mich prüfend an. Da sagte ich langsam: »Ich war sehr krank, Herrin, aber ich bin genesen durch des Höchsten Gnade.«

Ein überraschter Zug glitt über ihr Antlitz, und Luitgardis rief: »O Pater Hilarius, gut, daß wir das nicht wußten. Wir hätten schwer um Euch gesorgt. Dank sei den Heiligen, daß Ihr wiederhergestellt seid! Mechthildis ging vorhin noch zur Kapelle hinauf. Ihr trefft sie, wenn Ihr sie noch allein sehen wollt.« Die Herrin fügte hinzu: »Ja, Pater Hilarius, geht und segnet noch mein Kind!«

»Ich kann nicht«, wollte ich rufen und schwieg doch und ging in den Palas – mit zitternden Knien und bebendem Herzen. Ich sollte also – ich muß sie allein wiedersehen – sie, die nicht ahnte, daß ich hier war.

Das Rufen meiner Seele wurde zum angstvollen Flehen: »Herr, hilf! Hilf ihr und mir!«

So ging ich hinauf. Als ich oben war, mußte ich doch erst stillestehen und mich fassen. Da hörte ich sie vom Altar her kommen. Rasch trat ich in den Vorsaal. Sie stand drüben an den Stufen. Als sie mich sah, wankte sie und schloß die Augen. Aber ihre Schwäche dauerte nur eine Sekunde.

Nun stand ich vor ihr – sprechen konnte ich aber nicht!

Doch sie streckte mir die Hand entgegen. Ein herzliches Lächeln ging über ihr Antlitz, und sie sagte leise: »So hat die Heilige Jungfrau doch mein Flehen erhört, ich darf Euch noch einmal sehen, Hilarius!«

»Mechthildis!« Mit Ehrfurcht faßte ich ihre Hand. Sie war eiskalt wie meine.

»Vergebt«, bat ich leise, »ich habe mich schwer an Euch, an dem Hochgelobten verfehlt. Vergebt mir aber, wie Er mir vergab, Mechthildis – denkt an mich ohne Groll!«

»Ich habe Euch nichts zu vergeben, Hilarius«, entgegnete sie. »Wir irrten beide in unseren Gefühlen, bis wir zu spät erkannten –«, sie brach ab.

»Ja, Mechthildis«, sagte ich sehr traurig, »wir erkannten zu spät –« Ich stockte auch, doch dann überkam mich eine große Ruhe und ein starkes Gefühl. Ich richtete mich hoch auf und sah sie voll und tief an. Ich wußte plötzlich, ich dürfte sagen, was ich empfand: »Mechthildis, nehmt eines aber mit: Meine Liebe zu Euch ist so tief und stark, wie sie rein und frei von jedem sündlichen Begehr war und ist! Der Höchste hilft mir, still zu sein und zu tragen, Mechthildis. Er hilft auch Euch, wenn Ihr noch Hilfe braucht. Geht zu ihm, zu ihm allein, er ist so barmherzig und voller

Liebe! Und dann, ich bitte Euch noch einmal: Denkt an mich ohne Groll, und wenn Ihr könnt, bewahrt mir Eure Freundschaft!«

Ein Leuchten brach aus ihren Augen.

»Hilarius – hier vor der Heiligen Jungfrau darf auch ich Euch sagen – meine Liebe zu Euch ist rein und heilig und wird es bleiben! Auch meine Freundschaft bleibt Euch, wie auch mein Leben sich gestalten wird. Wenn wir uns wiedersehen, werden wir beide ruhiger sein – die schmerzensreiche Gottesmutter wird uns helfen. Euch dies sagen zu können, erbat ich mir von ihr – sie hat mich erhört. Doch nun muß ich fort, man wartet auf mich.«

»So gehe der Segen des Allmächtigen mit Euch, Mechthildis«, flüsterte ich mit schier erstickter Stimme und hob dann mein Herz im Gebet empor zum hochgelobten Erlöser für sie und für mich.

Als ich geendet hatte, sah sie mich staunend an, während Tränen in ihren Augen standen.

»Hilarius, wer lehrte Euch so beten? Wie gut tat das!«

»Die Not und das Leid, die mich direkt zum Erlöser trieben, Mechthildis«, erwiderte ich, »und das Bewußtsein, daß er mich liebt und allezeit ein offenes Herz für mich hat. Er hat's auch für Euch, Mechthildis. Geht zu ihm. Ihr kommt nicht vergebens!«

Luitgardis' Stimme tönte dazwischen. Sie mahnte zum Aufbruch.

Ich wollte Mechthildis' Hände an meine Lippen ziehen – aber ich besann mich und ließ sie rasch los!

»Ich danke Euch, Hilarius, lebt wohl!«

»Lebt wohl, Mechthildis!«

Sie ging, und ich folgte langsam.

Unten stand ungeduldig Graf Wiprecht.

»Wo zum Kuckuck bleibst du? Holla, Pater, na, das

ist etwas anderes!« Er schüttelte kräftig meine Hand. »Gut, daß Ihr da seid. Mit den Weibern ist nicht viel los – ist der Kater gesäubert?«

Ich versuchte zu lächeln, es mißglückte. Ich drehte rasch den Kopf und sagte ernst: »Ja, Graf Wiprecht. Ich sage Euch vielleicht ein andermal, wodurch!«

Er sah mich mißtrauisch an. »Der Teufel trau' den Mönchen und den Weibern«, knurrte er, »bin neugierig, was da herauskommen wird! Doch nun vorwärts! Die Gäule werden ungemütlich durch das lange Stehen.«

Ein rascher Abschied, und fort rollte der Wagen, begleitet von den Knechten.

Ich wollte in mein Gemach, doch der Graf ließ es nicht zu. Ich mußte ihm in der Halle Gesellschaft leisten, bis er vom Vogt gerufen wurde.

Dann kam Luitgardis und brachte mir Grüße von Ulrich. Bei aller Sorge um die Schwester strahlte sie vor Glück. Ulrich hat mir mitgeteilt, er hoffe, bald zur Neuenburg zu kommen und sich sein Lieb zu holen.

Von seinen Eltern nichts! Das gefällt mir nicht!

Endlich am Abend konnte ich allein sein – ach, da wollte mich heißes Weh übermannen, heißes Weh auch darüber, daß sie fort ist – und doch ist es so das beste. Der Höchste hat es so gefügt! Er ist mein Licht und meine Zuversicht. Ich hoffe und traue allein auf ihn!

Am 5. November

Was mir früher eine Last war, ist mir jetzt eine Lust: die regelmäßigen Stunden des Gebets. Es ist mir mehr als ein Bedürfnis, mein Herz dem hochgelobten Erlöser auszuschütten und mir immer wieder von ihm Kraft und Stärke geben zu lassen. Stundenlang sitze ich auch in meinem Gemach über dem Studium der Pergamentrollen, die mir Marcellus zusteckte, ehe ich fortging.

»Fragt hier keiner danach«, lächelte er, als ich meinte, man würde solches merken und es brächte ihn in arge Bedrängnis. »Bringst sie mir wieder, wenn du damit fertig bist. Sie gehen dem Kloster nicht verloren.«

Welch ein neues Licht geht mir auf von Tag zu Tag. Wie sehr erkenne ich mehr und mehr meine Unwürdigkeit und die Größe des Sohnes Gottes!

Und er sagt: Lernet von mir! Nicht von den Heiligen! Warum lehrt es denn unsere Kirche? Aber nein, was habe ich danach zu fragen – meine Sorge soll allein sein, daß ich so umgewandelt werde und lebe, wie es der Wille des Höchsten erfordert, wie ich es meinem Stand schuldig bin.

Graf Wiprecht sagte mir gestern: »Pater, habt Ihr den Teufel reiten sehen? Man könnte es denken nach Eurem Wesen, das Euch jetzt anhaftet. Ihr seid anders als alle anderen, ich hab's von Anfang an gesehen. Aber jetzt scheint es mir erst recht so zu sein.«

Mich erfreute solch ein Wort.

»Laßt's Euch gefallen, mich zu nehmen, wie ich bin, Graf Wiprecht«, sagte ich lächelnd. »Wisset, ich habe angefangen, mit 'Staub' aufzuräumen!«

Er fuhr herum – hatte meine Anspielung gar gut verstanden! Eine tiefe Falte stand senkrecht in seiner Stirn, seine Augen funkelten.

»Bei wem, Pater?«

Scharf und hart klang es.

Ich sah ihn groß an: »Zuallererst bei mir, Graf Wiprecht, weil da am meisten zu finden ist – und wenn ich dann später anderen helfen könnte, tät ich's gern – doch das bleibt abzuwarten.«

Erstaunt sah er mich an. Die Härte schwand. »Bei Euch am meisten? Hm, Ihr müßt's wissen! Laßt mich nur ungeschoren.«

Er ging, drehte aber nach ein paar Schritten um: »Wodurch kam Euch solche Erkenntnis?«

Ich zuckte zusammen – wie weh tat diese unsanfte Berührung der Herzwunde! Aber er wußte es ja nicht.

»Kann's Euch nicht sagen, Graf Wiprecht. Es gibt Dinge, die nur zwischen Gott und der Seele bleiben.«

»Behaltet es dann«, spottete er. Aber ich merkte, der Spott war unecht. »Doch wißt, wenn es mich gelüstet, es zu erfahren, komme ich schon dahinter!«

Ich schüttelte den Kopf. »Niemals, es sei denn, Euer Seelenheil erfordert es.«

Da lachte er dröhnend auf und ging.

Auch Luitgardis scheine ich anders. Ich versuche ganz allmählich, sie mit ihrem Sorgen und Bangen auf den Weg zu bringen, den ich gehe. Aber sie scheint mich noch nicht zu verstehen. Herr, hilf du ihr!

Ich sehe mit Bangen um diese beiden mir so lieben Menschen in die Zukunft.

Am 10. November

Die Herrin ist heimgekehrt. Ich ging gleich am ersten Abend zu ihr und fragte nach Mechthildis. Ich mußt' es ja tun, was hätte sie sonst denken müssen – und ich wollte es auch. Es scheint besser zu gehen – dank der Gnade des Barmherzigen. Ich flehte auch unablässig für sie.

Wir saßen allein im Erkerzimmer. Oft stockte die Rede. Endlich sagte Gräfin Jutta mit tiefem Seufzer: »Pater Hilarius, wenn mir auch dieses Kind genommen würde – ich düfte kaum viel darum trauern – ihr Leben hat so wenig Sonnenschein gehabt!«

Mir versagte der Atem – solch ein Gedanke war mir noch nie gekommen, und er lag doch nahe.

Ich konnte kaum reden. Doch bezwang ich mich und erwiderte: »Herrin, legt Euer Kind in des Höchsten Hände – er ist unser rechter Vater. Er sorgt auch in rechter Weise für Mechthildis! Er hat verheißen, niemand soll uns aus seiner Hand reißen.«

Sie beschattete die Augen mit der Hand und schwieg.

Da fuhr ich leise fort: »Herrin, lernt glauben, daß alles in Eurem Leben von ihm kommt, der uns schuf, und der uns durch Leid und Freud zu sich ziehen will.«

Von draußen tönte die Stimme des Grafen. Ich stand auf. Auch sie erhob sich. Tränen standen in ihren Augen.

»Habt Dank, Pater Hilarius! Ich werde mich freuen, wenn Ihr öfter Zeit für mich habt.«

Sie bot mir die Hand, und ich ging.

Mich freute, daß ich ihr Trostworte sagen konnte! Damals hatte ich keine, als sie darauf wartete – ich mußte erst selber in Tiefen kommen.

Am 20. November

Langsam fange ich an zu merken, daß es leichter ist, einen neuen Weg einzuschlagen, als darauf zu beharren. Nicht, daß mir's leid sei, o nein. Täglich freue ich mich des Lichtes, das jetzt auf meinem Pfad leuchtet. Aber ich habe gar viel gegen mein früheres Wesen zu kämpfen. Und Graf Wiprecht ist besonders derjenige, der es mir schwer macht. Sticheleien, Spott, auch derbe Reden über den »Staub« fehlen nicht, wenn ich ihm zuweilen scharf antworte, ruft er lachend: »Er wirbelt, Mönchlein, er wirbelt!«

»Laßt ihn wirbeln«, sagte ich ihm neulich, »da beißt

er Euch wenigstens in die Augen, und Ihr geht ihm fürs erste aus dem Weg.«

»Endlich ein vernünftiges Wort«, erwiderte er. »Nun habe ich Hoffnung!«

»Für wen?« fragte ich harmlos. »Für Euch? Ich auch!«

Kräftig schüttelte er meine Hand: »Mönchlein, kommt mit heut, einen Weg nach Tscheiplitz zu machen. Jetzt möchte ich Euch wieder mithaben!«

Ich bin mitgegangen – aber ich mußte immer wieder flehen: Herr, hilf mir, dein würdiger Diener zu werden! Wir hatten allerlei Gespräche, der Graf war besonders freundlich zu mir.

Mir fängt aber an, langsam klar zu werden, daß die Heiligen sehr wohl unsere Ehrfurcht verdienen – wenn auch keine Anbetung! Denn sie haben ihr Leben unter viel Kampf und Not so geführt, daß man sie für »heilig« halten konnte – wie schwer es ist – ich merke es! Marcellus hat recht – Ehrfurcht ihnen! Weit, sehr weit bin ich noch von solch einem Leben entfernt.

Am 25. November

Kalt und schaurig geht der Wind und rauscht machtvoll durch die Tannen. Bald ist es ein Jahr her, seit ich Pforta verließ.

Nein, Pater Bernhardus, die Welt ist nicht eitel Wonne und Freude, du hast recht! Aber danken will ich dir doch, daß du mir beim Abt erwirktest, hierher zu kommen, fand ich hier doch durch des Lebens höchstes Leid den Frieden meiner Seele. Das ist mir mehr wert, als alles andere.

Ich fand den Halt, die Ruhe in meinem Herrn und Heiland – aber auch für das irdische Leben das Höchste – obgleich es mir und ihr nur Leid brachte!

Weihnacht, am 24. Dezember

Ehre sei Gott in der Höhe, Friede auf Erden, und den Menschen ein Wohlgefallen. Die Glocken läuteten die selige Kunde ins Land und in die Herzen.

Wie anders feiere ich heute Christnacht als früher. Das muß auch durch meine Predigt gelungen sein, denn Graf Wiprecht sah mich nachher ein wenig sonderbar von der Seite her an, als wir in der Halle vereint waren, und sagte halblaut, so daß ich allein es verstand: »Pater, Ihr seid anders geworden. Ich kann nicht sagen wie. Aber mich will dünken, Ihr seid viel ernster. Auch klingt Eure Rede anders als früher. Was Ihr sonst sagtet, wußte man bereits, was oder wie Ihr jetzt redet, treibt zum Nachdenken. Woher kommt es?«

»Vielleicht später einmal, Graf Wiprecht«, entgegnete ich, »wenn Euch meine Wandlung, die ich nicht leugne, gefällt, ist's genug.«

»Hm, gefällt –«, brummte er, »weiß nicht. Aber sie reizt mich – und es reizt mich zu sehen, wie lange sie anhält.«

»Das verhüte der Vater im Himmel, daß sie nicht von Bestand wäre«, sagte ich sehr ernst. »Ich hoffe sogar allen Ernstes, daß sie noch nachhaltiger wird.«

Allmählich ist es hier oben ein wenig anders geworden. Des öfteren bittet mich die Herrin zu sich. Wir führen ernste Reden, und manches Trostwort durfte ich ihr schon sagen, wenn sie mit bitterem Weh der Vergangenheit gedenkt oder sorgend in die Zukunft schaut. Früher hatte ich nie Trostworte. Man lernt sie auch erst, wenn man selbst unter dem Kreuz steht.

Auch Luitgardis hört mir häufig zu, wenn ich bei ihrer Mutter bin. Aber ich meine, ihre Gedanken folgen dann sehr wenig meinen Worten. Sie sind woanders. Doch es ist soviel haften geblieben, daß sie mir neulich mit eigenartiger Scheu und Verlegenheit sagte: »Pater Hilarius, ich möchte wohl versuchen, mehr zu verstehen von dem, was Ihr saget – aber vergebt, mein Herz ist so erfüllt von den bangen Sorgen und Gedanken an die Zukunft, daß ich nichts anderes zu denken vermag als das!«

»Macht aus Euren Sorgen Gebete, Herrin«, entgegnete ich ihr, »und bedenkt, daß der Höchste unsere Geschicke in seinen Händen hält.«

Sie nickte. Ob sie's aber getan hat oder tut, das weiß ich nicht.

Mechthildis sandte zum Christfest einen Boten: Es ginge ihr ganz gut, die Mutter möge sich ihretwegen nicht sorgen.

Vom Wiederkommen kein Wort.

Für Luitgardis sandte sie ein zierlich gesticktes Tüchlein mit, desgleichen für die Herrin, dem Grafen eine selbstgenähte Bärenmütze. Für mich hatte sie ein kleines Decklein gefertigt und einen Zettel daran befestigt: Zum Draufstellen des heiligen Kruzifixes auf dem kleinen Altar in Eurem Gemach. Ich habe die Decke an die Lippen gepreßt, als ich allein war. Barmherziger, hilf du uns beiden!

Am Abend des gleichen Tages

»Friede auf Erden« – so künden es die Glocken, so lautet der Engelgruß – und doch ist kein Friede, sondern Krieg und Kriegsgeschrei überall.

Herr Heinrich Raspe hat lange vor Reutlingen in Schwaben gelegen. Es ist ihm aber nicht geglückt. Er hat abziehen müssen. Nun erlebt er das heilige Christfest im Winterlager vor Ulm. Aber wie die Kunde verlautet, mangelt es den Mannschaften an Proviant, auch soll die Kälte ihnen gar viel zu schaffen machen. Will's gerne glauben. Es friert fortgesetzt stark und ist ein harter Winter. Schon hier oben in der Burg merkt man es. Es ist kein Vergnügen, draußen zu sein – wieviel mehr erst im Feldlager.

Ja, es ist ein böses Ding, wenn man seinem Kaiser die Treue bricht und sich selbst zum König wählen läßt. Ich meine, Herr Heinrich Raspe ist seiner Königswürde noch keinen Tag froh gewesen.

Auf Neujahr 1247

Ein neues Jahr hat begonnen. Was wird es bringen? Herr, du weißt es! Welch ruhige Zuversicht kann man haben, wenn man dessen gewiß ist, man steht unter der Bewahrung und Obhut des Hochgelobten und darf zu ihm »Vater« sagen. Da kann man auch dunklen Zeiten getrost entgegensehen – das sagte ich Luitgardis, als sie mir ihren Glückwunsch brachte. Sie sah sehr traurig aus. Tränen standen in ihren Augen, als sie mir erwiderte: »Pater, Ihr ahnt nicht, wie dunkel mir plötzlich alles scheint. Wäre Ulrich nur erst hier!«

Am 10. Jänner

Heute nach dem Frühmahl erhielt Graf Wiprecht vom Bischof Dietrich Botschaft, daß Herr Heinrich Raspe das Feldlager vor Ulm hat abbrechen müssen und nach Thüringen zurückgekehrt ist, weil der Proviant am Ende und die Kälte gar zu streng war. Der hohe Herr muß trotz der Königswürde selbst arg unter beidem gelitten haben – denn er ist krank geworden und liegt auf der Wartburg.

Graf Wiprecht saß eine senkrechte Falte auf der Stirn, als er es vernahm. Er zog die Augenbrauen zusammen, so daß sie eine gerade Linie bildeten.

»Die Heiligen mögen dem hohen Herrn das Leben erhalten«, sagte er mit Ernst, »weil sonst böse Tage für Thüringen kommen.«

Als der Bote fort war, sprach der Graf gar offen zu mir, wie er es bis jetzt nie getan hat.

»Es wird ernst, wenn der Landgraf und König sterben sollte, Pater. Sein Nachfolger ist sein Halbneffe, Heinrich von Meißen, aber seine Nichte, die Herzogin von Brabant, wird nicht still dazu sein. Ich habe bereits Kunde, wie sie versucht, diesen und jenen der Thüringer Großen für sich zu gewinnen – nur mich hat sie anscheinend vergessen – will's ihr auch nicht raten, sich an mich zu machen!«

»Ihr steht also zu dem Meißener?« fragte ich direkt.

»Freilich«, nickte er, »weil seine Anwartschaft auf Thüringen vom Kaiser bestätigt ist. Ihm gehören Treue, Burg und Mannen, wenn der Raspe stirbt.«

Graf Wiprecht und ich saßen am Kamin. Einige Lichter erhellten notdürftig den weiten Raum, in den trübe das Grau eines Jännertages kroch...

Am 18. Februar

Heinrich Raspe ist tot!

Wie ein Blitz fuhr diese Kunde heute nach dem Frühmahl bei uns hernieder. Auf schweißbedecktem Roß kam ein Bote von Bischof Dietrich, dem die Nachricht von der Wartburg gegeben war.

Gestern, am 17., hat er das Zeitliche gesegnet. Möge Gott seiner Seele gnädig sein! Er war kein sehr tugendsamer Mann, aber uns gebüht es nicht zu richten. Neun Monate war er König – kurze Freude am Titel für den Treuebruch gegenüber dem Kaiser!

Graf Wiprecht war bleich im Antlitz. Er preßte die Lippen zusammen, als er es vernahm – hat doch mit

Liebe, wie mir scheint, an seinem Fürsten gehangen.

»Ordne mein Zeug«, rief er Gräfin Jutta kurz zu. »Ich ziehe zur Beisetzung.«

Wie der Bischof sagen ließ, soll diese auf des verstorbenen Landgrafen Wunsch im Katharinenkloster zu Eisenach stattfinden.

Nun ist der Markgraf von Meißen Herr der Thüringer und Hessischen Lande nach den Bestimmungen, die Heinrich Raspe getroffen und der Kaiser bestätigt hat – ja, aber – was wird die Brabanter Herzogin nun tun?

Jetzt ist eingetroffen, was Luitgardis und Ulrich so sehr befürchteten. Heiß und kalt wurde mir heute bei dieser Botschaft. Was wird nun werden?

Luitgardis war nicht da, als der Bote kam. Ob sie's jetzt schon weiß? Ulrich hat im Februar kommen wollen, teilte sie mir vorgestern mit. Wer weiß, ob er kommen wird. Ich vermag nur eins: beten und flehen für die beiden. Aber mein Herz ist schwer, sehr schwer geworden!

Am Nachmittag desselben Tages

Allerbarmer, nun ist Luitgardis' Ahnung Wahrheit!

Arm, arm Mägdlein; armer, armer Freund!

Wir saßen beim Mittagsmahl zusammen. Luitgardis mußte die Nachricht auch vernommen haben. Sie sah bleich aus und aß wenig. Viel wurde natürlich über die Beisetzung geredet und von dem, was noch zum Ritt des Grafen und der Knappen zu richten sei. Gegen Abend will er fort und in Naumburg beim Bischof nächtigen. Dann kam die Rede auf den neuen Markgrafen und alles, was damit zusammenhängt.

Wir hatten inzwischen die Mahlzeit beendet, die Herrin war hinausgegangen zu den Mägden, Luitgardis hatte sich in die Fensternische gesetzt und streichelte den Kopf des braunen Jagdhundes des Grafen. Das Tier saß zu ihren Füßen. Ihr Antlitz konnte ich nicht sehen, weil sie es abgewandt hatte. Aber ich vermeinte, ihren Herzschlag zu hören.

»Ihr werdet sehen, Pater, in kurzem brennt die Fehde lichterloh«, sagte der Graf zu mir. »Na, kommt mir nicht ungelegen. Zuviel Ruhe schadet Mann und Roß!«

Er streckte seine breite, kraftvolle Gestalt.

»Der neue Markgraf muß dann nur zusehen, daß wir den Streit nach Brabant hineindrängen und Thüringen verschont bleibt.«

Ich schwieg.

Eine kleine Weile hatte Stille geherrscht, da – ich schrak zusammen – klang Luitgardis' Stimme seltsam hell durch den Raum: »Hat nicht die Herzogin die gleichen Rechte an Thüringen wie der Markgraf, Herr Vater? Graf Ulrich wenigstens sprach des öfteren davon, und mir will es auch scheinen.«

»Von ihrem Standpunkt aus schon«, entgegnete Graf Wiprecht, »aber Heinrich Raspe hat wohl gewußt, weshalb er den Markgrafen zum Nachfolger ersehen hat, denn Sophia ist ein Weib, herrschsüchtig und unweise. Ihr Sohn ist ein Kind. Was sollte daraus für Thüringen werden? Nein, den Heiligen sei Dank, daß wir einen tapferen Mann als Nachfolger des Landgrafen haben!«

»Aber die Folge, Herr Vater!«

»Ja, sie ist ungut«, entgegnete er, »besonders für den, der verliert. Aber warum fragst du, Mädel? Hast doch etwa nicht Angst? Warst doch sonst niemals ein Hasenfuß? Die Neuenburg ist stark – ehe es bis zu uns kommt –«

»Nicht deswegen, Herr Vater«, und nun zitterte ihre Stimme leicht, »aber was wird dann aus Eurer treuen Freundschaft mit dem Grafen von Altmanns-Hofen?«

Mit Bangen sah ich zu ihr hin. Sie wagte viel. Ob sie auch so geredet hätte, wenn sie nur geahnt hätte, was kommen würde?

Der Graf schaute rasch auf und sah scharf zu ihr hin.

»Was kümmert's dich? Vor Fürstentreue hat alles andere zu weichen. Was soll dein Fragen? Aha, du meinst wohl auch wegen deiner Freundschaft mit dem Ulrich. Ja, mußt sie auch lassen. Liegt auch nicht allzuviel daran –« Immer noch haftete sein Blick auf ihr.

Bang klopfte mein Herz. Wenn ich ihr doch ein Zeichen hätte machen können, aber es war unmöglich.

»Sagt es ihm selbst, Herr Vater!«

Klar und kurz fielen die Worte von ihren Lippen.

Nun sprang der Graf auf. »Was heißt das?« fragte er erregt. »Warum soll ich es ihm sagen? Rede!«

»Er wollte demnächst zu Euch kommen.« Auch sie war aufgestanden und stützte sich leicht auf den Tisch.

»Und was wollte er?« Wie fernes Donnergrollen klang des Grafen Stimme.

Mir schwindelte – was nun?

Sie antwortete nicht.

»Was schweigst du?« rief er heftig. »Rede! Von wo weißt du, daß er kommen wollte?«

Sie atmete hoch auf. Dann sagte sie leise: »Er sandte vor etlichen Tagen einen Boten und ließ es mir künden.«

»Dir?«

Ich fuhr entsetzt auf über die Härte dieses Ausrufs. Er hatte ihr Handgelenk gepackt. Aber sie riß sich los und stand hoch vor ihm – des Vaters echte Tochter.

»Ja, mir, weil ich ihm mein Wort gab.« In der

nächsten Sekunde wußte der Graf alles, was geschehen war! Aber auch Gräfin Jutta hörte es mit an, die soeben wieder eingetreten war.

Tiefe Stille herrschte einen Augenblick.

Dann aber brach der Graf los: »In drei Teufels Namen, solch ein Fant, solch ein Unverschämter!«

»Herr Vater«, rief Luitgardis dazwischen, »er ist kein Unwürdiger! Ihr dürft nicht so von ihm reden!«

»Schweig!« donnerte er. »Zu mir hätte er zuallererst kommen müssen. Mich hätte er fragen sollen. Seinem Vater werde ich's berichten! Steckt wohl gar noch anderes dahinter als süßliche Gefühle – hat wohl im Auftrag seiner Herrin spionieren wollen.«

»Halt, Graf Wiprecht«, fiel ich nun dem Empörten in die Rede, »versucht Euch zu mäßigen, wenn Ihr könnt, und hört mich an.«

Mit anscheinend kalter Ruhe stand ich vor ihm. Aber ich sah mit Erleichterung, daß ich den rechten Ton getroffen hatte. Gewaltsam zwang er sich, nur der Atem ging schwer.

»Nun, Pater, was wollt Ihr?«

»Besinnt Euch, Graf Wiprecht«, sagte ich eindringlich, »ihr könnt nichts gegen den jungen Grafen einwenden, im Gegenteil. Ihr habt ihn allezeit geliebt wie einen Sohn. Ist es solch ein himmelschreiendes Unrecht, daß er zuerst Eurer Tochter von seiner Liebe redete, ehe er zu Euch sprach? Mich will dünken: nein! Und wie Ihr vernahmt, wollte er jetzt zu Euch kommen – meine, er wollte seine Werbung vorbringen. Solcher unehrenhaften Denkweise, wie Ihr annehmen möchtet, ist er unfähig! Ich kenne ihn. Er ist mein Freund, und wenn Ihr ruhiger darüber denkt, werdet Ihr selbst sehen, daß Ihr ihm mit solchen Worten unrecht tatet.«

Es schien das erstemal gewesen zu sein, daß ihm

gesagt wurde, er hätte unrecht getan. Ganz weiß wurde sein Antlitz, aber er ließ mich ausreden.

»Ich meine, Ihr könnt Euch kaum einen besseren Eidam wünschen als ihn, und bedenkt, Graf Ulrich sein Vater ist Euer Freund! Freilich ist in der Gegenwart, da der König tot ist, die ungelegenste Zeit, solche Angelegenheiten zu erledigen. Aber abwarten müssen wir doch auch erst, ob die Herzogin wirklich Gelüste für Thüringen zeigt.«

Er atmete hoch auf: »Pater, gut, daß Ihr da seid und der Ulrich in Euch einen Anwalt hat! Aber ändern tut's an der Sache nichts! Ihr wißt so gut wie ich, daß die Herzogin bereits Botschaft an manchen Thüringer Großen entsendet hat – was heißt da abwarten! Handeln heißt es vielmehr, handeln« – seine Stimme klang wieder wie ein fernes Donnergrollen – »und das sogleich!«

Er wandte sich an Luitgardis, die bleich noch immer neben ihm stand.

»Wage es nicht, dem Ulrich auch nur die geringste Kunde zu senden. Ich will in dieser Zeit nicht den Verdacht auf mich lenken, als stände ich im geheimen Bunde mit Brabant durch meine Tochter! Botschaft wird er durch seinen Vater erhalten. Der soll sie von mir offen und frei haben. Schlag' dir jeden Gedanken an den Ulrich fürs erste aus dem Kopf. Wenn eine Fehde ausbricht, gebe ich nicht die Einwilligung – eher kannst du den Schleier nehmen! Alle Heiligen! Ist noch nicht genug Unglück hier, muß mir dieses Mädel auch noch solches zutragen?«

Schwer fuhr seine Hand auf den Eichentisch, so daß die Becher klirrten.

»Herr Vater«, rief Luitgardis mit fast verzweifelter Stimme, »seid barmherzig und –«

»Hinaus!« donnerte er.

Ich legte die Hand auf seinen Arm. Aber schon hatte die Herrin des Mägdleins Hand ergriffen und zog sie zur Tür.

Als sie beide hinaus waren, schaute ich den Grafen lange an: »Ihr habt unrecht an Eurem Kind getan, Graf Wiprecht!«

Heftig schüttelte er meine Hand ab: »Schweigt, Mönch!«

»Nein«, entgegnete ich kalt und bestimmt, »ich werde reden, und Ihr werdet hören. Ich beuge mich nicht Eurer Gewaltherrschaft.«

»Gewaltherrschaft?« fuhr er grimmig auf.

»Jawohl«, sagte ich hart, »vielleicht wißt Ihr kaum, wie es eigentlich mit Euch steht – muß es Euch einmal sagen, wenngleich ich damit rechne, Ihr schickt mich von der Burg. Euer Weib hat kein Vertrauen mehr zu Euch – von Liebe ganz zu schweigen. Luitgardis sieht in Euch nur den harten Mann, der ihr Lebensglück zerstört. Euer Gesinde fürchtet Euch – Liebe besitzt Ihr keine. Und für Eure Tochter Mechthildis habt Ihr den Lebensweg zu einem dornenvollen gemacht – weil sie kein Sohn ist und nicht ins Kloster wollte. Alles beruht auf Eurem Groll darüber, daß Eure Söhne starben. Und gegen wen grollt Ihr? Gegen den Allerhöchsten, der Euch die Söhne verlieren ließ. Ihr murrt gegen den Schöpfer. Ihr seid es, der den ›Staub‹, von dem Ihr einst spracht, hier angehäuft habt. Ihr seid es, der das Leben hier oben bedrückt. Ihr allein! Und dabei sehnt sich Euer Herz nach Liebe, nach Freude und Frieden. An den anderen sucht Ihr aber die Schuld, die Ihr allein tragt! Ihr sagtet mir einmal, ich solle den ›Staub‹ fortschaffen, wenn ich könnte. Wohl, ich begann damit – bei mir zuallererst, dann aber kommt Ihr dran!

Ich will Euch sagen, wenn Ihr jetzt nicht damit anfangt, wird er nie schwinden. Als Diener des Allerhöchsten muß ich Euch das alles einmal sagen, und nun geht hin, Graf Wiprecht, und tut, was Ihr wollt!«

Klar und deutlich hatte ich gesprochen. Kein leichtes Zittern der Stimme hatte dem Grafen verraten können, daß ich im Innern davor bebte, wie er es von mir aufnehmen würde. Ich wagte alles! Aber zugleich blickte meine Seele unverwandt den Erlöser an – und solch ein Blick war mehr als ein Gebet! Als ich ausgeredet hatte, war es minutenlang unheimlich still in der großen Halle. Fahl war des Grafen Antlitz, fast schwarz glühten seine Augen.

»Pater«, stieß er endlich hervor, »wenn Ihr ein Ritter wärt, schlüge ich Euch hier auf dem Platz nieder – als Mönch seid Ihr unantastbar – leider!«

»Tut, was Ihr wollt«, erwiderte ich kalt. »Ihr seht, ich stehe waffen- und wehrlos vor Euch. Aber nie könnt Ihr mich hindern, Euch die Wahrheit zu sagen, zumal Ihr sie noch nie hörtet!«

Da geschah etwas Seltsames. Der große, starke Mann sank ächzend auf seinen Holzsessel und legte den Kopf auf den Tisch. Ich wagte kaum zu atmen. Sollte er so rasch die Wahrheit einsehen? Aber nein – sogleich wurde der Gedanke vernichtet – er sprang auf, seine Gestalt straffte sich.

»Ich reite in zwei Stunden nach Naumburg ab. Der Bote zur Altmannsburg reitet mit mir. Die Burg bleibt hier unter guter Besatzung. Die Frauen überlasse ich Eurer besonderen Obhut, Herr Pater. Meine, Ihr werdet ihnen gute Gesellschaft sein und sie fein unterhalten mit den Tugenden des fernen Burgherrn.«

Schneidender Hohn klang aus den letzten Worten.

Ich reckte mich hoch, mein Blick flammte ihn an:

»Ich meine, es sei besser, ich ging nun nach Pforta zurück, Graf von Neuenburg. Ich mag nicht mehr hier oben weilen, so lieb mir sonst Eure Burg auch geworden ist. Ihr scheint in jedem ehrenwerten Mann einen Hundsfott zu sehen – ich hab's nimmer nötig, den Heiligen sei Dank, mir solches bieten zu lassen.«

Unsere Augen bohrten sich schier ineinander. Dann fuhr er sich mit dem Rücken der rechten Hand über die Stirn: »Bleibt, Pater! Ihr – ich vertraue Euch – aber die Achtung vor Euresgleichen habt Ihr mir wiedergegeben – bleibt – oder *wollt* Ihr fort?«

»Nein, wenn Ihr mir vertraut«.

»Ich tu's.« Mit schwerem Schritt ging er an mir vorüber zur Halle hinaus.

Da ich nun allein war, mußte ich mich setzen, so zitterte ich. Aber gedankt habe ich meinem Gott von Herzen, weil alles so abgegangen war! Mögen ihm nur meine Worte ein harter Stachel bleiben – das ist mein innigster Wunsch. Ich saß lange allein und merkte kaum, daß die Diener ab und zu gingen und draußen viel Gelaufe war. Nur des Grafen Stimme hörte ich, und sie klang noch schärfer und härter als sonst.

Um Mitternacht desselben Tages

Der Schlummer flieht mein Lager, da will ich diese verschwiegenen Blätter zur Hand nehmen. Wie so ganz anders sind meine Aufzeichnungen geworden, als ich gedacht habe, als ich in Pforta damit begann! Wieviel Welt- und Herzbewegendes steht nun schon darin, und wieviel wird noch folgen.

Der Tag ist vorüber, der solch ein schweres Herzeleid über die beiden mir so teuren Menschen gebracht hat. Ulrich weiß noch nichts, indes Luitgardis fast zusammengebrochen ist.

Doch von ihr nachher.

Um sechs Uhr, als es bereits dunkelte, ist Graf Wiprecht mit seinen Knappen und Mannen fortgezogen. War ein prächtiger Zug. Stolz saßen die starken Kämpen zu Pferde, geschmeidig und vornehm sahen die Knappen aus.

Wie aus Eisen und Erz gegossen schien mir der Graf Wiprecht auf seinem stattlichen Hengst, den er mit kraftvoller Hand zügelte. Er trug ein dunkelfarbiges Lederwams mit Ärmeln. Silbern strahlte der leichte Brustharnisch. Silbern blinkte der Helm. Keine Muskel seines Antlitzes zuckte. Nur in den Augen flammte es zuweilen sonderbar auf. Mit kurzer, kalter Stimme gab er noch etliche Befehle, die schnellstens ausgeführt wurden. Diesmal merkte ich den Mannen an, sie sahen den bitteren Ernst an ihrem Gebieter.

Da er meiner ansichtig ward, wurde sein Antlitz um einen Schein bleicher. Das sah aber nur ich.

Luitgardis war nicht zum Zwinger gekommen. Sonst waren alle Bewohner der Burg versammelt.

Scharf ging der Nordost. Gespensterhaft flammten die Windlichter. Nun hieß es »aufsitzen«. Ich hob die Hände und segnete den Austritt.

So zogen sie ab, die Zugbrücke rasselte hoch, und bald war der Hof leer.

»Saht ihr den Grafen genau an, Ehrwürden?« fragte mich Herr Thimo, der Burgverwalter, der jetzt hier zu bestimmen hat.

Ich nickte. »Scheint ihm der Tod des Landgrafen arg nahezugehen«, meinte ich leichthin.

Er schüttelte den Kopf. »Stimmt nicht, Ehrwürden! Kenn ihn zu gut! Da steckt etwas dahinter, das ihm in die Seele gefahren ist, glaubt mir's!«

Ich zuckte die Achseln und ging langsam zum Palas

hinauf – möcht's ihm nur tief, recht tief in der Seele stecken, was er von mir hörte!

Beim Nachtmahl waren die Herrin und ich allein.

»Pater Hilarius, was nun?« war ihr erstes, als ich eintrat. »Soll ich auch mein anderes Kind so elend und unglücklich sehen? Ihr Heiligen, schier ist es zu viel!« Sie setzte sich und barg ihr Antlitz in den Händen.

»Herrin, verzagt nicht! Noch bleibt eines, und das ist uns nicht zu nehmen – von keinem! Laßt uns anhalten am Gebet für diese Angelegenheit, anhalten und nicht ermüden. Der Gott, der uns schuf, kennt unsre Wege – Herrin, er verläßt uns nicht und waltet über uns mit Weisheit und Huld.«

Ich nahm ehrerbietig ihre kalte Hand und betete lange und innig für sie, für ihre beiden Kinder, besonders für Luitgardis und Ulrich.

Als ich geendet hatte, drückte sie dankbar meine Hand. »Ihr seid so anders geworden, Herr Pater, und Eure Rede klingt auch anders als früher. Aber es erleichtert das Herz und macht still – ich danke Euch! Wie gut, daß Ihr hier seid!«

Herzlich erfreute mich solch ein Lob und beschämte mich zugleich. Wir sprachen dann wenig. Das Mahl verlief ziemlich still. Sie ging auch gleich, ich blieb noch in der Halle zurück.

Die Diener kamen und räumten ab, putzten die Lichter noch ein wenig und legten einige Holzscheite auf die Glut – dann war ich allein. Ich saß in einem bequemen Stuhl und schaute dem Scheine zu, den das Feuer auf das prächtige Bärenfell zu meinen Füßen warf. Aber meine Gedanken drehten sich mit schmerzender Gleichheit um die Frage der Herrin: »Was nun?«

Ja, was nun? Barmherziger, gab's denn hier keinen

Ausweg? Wie sehr zur Unzeit mußte Heinrich Raspe das Zeitliche segnen!

In meinem Sinnieren hatte ich nicht bemerkt, wie die Tür aufgegangen war. Erschreckt fuhr ich zusammen, als ich ein leises Aufschluchzen neben mir hörte.

»Pater Hilarius!«

»Luitgardis!« Rasch griff ich nach ihrer Hand und führte sie zu einem Sessel. Sie sank hinein, und ein fast fassungsloses Schluchzen erschütterte sie. Ich ließ sie zuerst gewähren, dann aber versuchte ich sie auf den hinzuweisen, der alle Haare unseres Hauptes gezählt hat, der auch mit solchen harten Prüfungen nur Friedensgedanken mit ihr und Ulrich hat.

Sie faßte wohl nicht ganz den Sinn der Worte; aber sie wurde allmählich stiller. Nur hin und wieder durchschüttelte es sie, wie wenn der Sturm einen zarten Baum bewegt.

Lange saßen wir so beisammen.

Sie war bleich wie ein weißes Rosenblatt, und in den blauen Augen lag solch ein Weh, daß es mir fast die Seele durchschnitt.

»Pater«, sagte sie endlich leise, »dank Euch für Eure Milde – aber verstehen könnt Ihr uns ja doch nicht!«

Heiß wallte es in mir auf – ich sie und Ulrich nicht verstehen – ich? Aber konnte ich – durfte ich etwas sagen?

Sie barg ihr Antlitz in beiden Händen und flüsterte trostlos: »O Pater, der Efeu stirbt, wo er sich bindet –«

Da war's bei mir entschieden!

»Ja, Luitgardis, wenn er dann haltlos am Boden liegen bleibt, preisgegeben allem Unbill und allen Zufälligkeiten. Aber nie, wenn er sich ans Kreuz binden läßt vom himmlischen Gärtner – nicht, wenn er seinen Halt sucht an dem, der für uns starb – Luitgardis

– ich – ich – rede aus Erfahrung – ich – verstehe Euch besser – als Ihr ahnt.«

Kurz brach ich ab. Meine Stimme hatte geschwankt, so daß ich nicht weiterreden konnte. Mechthildis, die Wunde ist noch zu frisch – und wird sie jemals heilen? Ja, sie muß – ich halte mich am Kreuz fest – doch wohin gehen meine Gedanken!

Mit weit geöffneten Augen sah mich Luitgardis an: »Pater Hilarius – Ihr –?«

Ich nickte. »Ja, ich! Luitgardis, ein Mönch ist auch nur ein Mensch!«

»Und – wer?« Stockend fragte sie. Ich schüttelte heftig den Kopf und hob abwehrend die Hand.

»Fragt nicht, Luitgardis – o fragt nicht – ich kann's nicht sagen!«

»Mechthildis!« rief sie entsetzt aus. »Oh, nun verstehe ich alles – meine Schwester, also auch du!«

Ich sprang auf und stand vor ihr. Mein Atem flog, fast konnte ich nicht mehr reden!

»Luitgardis, Ihr – Ihr sagtet es, nicht ich!« rief ich. »Luitgardis, keiner darf ahnen, hört Ihr, ich beschwöre Euch!«

Sie legte ihre Hand auf meinen Arm und sah mich todtrauig an. »Keiner, Hilarius – ist's nötig, das zu betonen? Aber ich danke Euch, daß Ihr mir dies sagtet – oh, nun weiß ich mich – uns verstanden von Euch, von Mechthildis – und kann Euch auch helfen mittragen – und kann eher glauben, was Ihr vom Kreuz sagt.«

Ich wandte mich ab und ging zum Fenster. Schauerlich heulte der Sturm. Zerrissenes Gewölk jagte am Himmel hin, aber ein Sternlein leuchtete dazwischen hervor. Mir war's plötzlich, als sei es das Auge meines Gottes, der auf mich schaute und mir sagen wollte: »Friedensgedanken – auch wenn es anders scheint!«

Ich wandte mich zurück zu Luitgardis. Zusammengekauert saß sie im Sessel und starrte ins Feuer. Ich legte die Hand auf ihr blondes Haar und hob die Stimme zum Gebet. Es war ein ganz anderes Gebet als zuvor mit der Herrin! Jetzt brauchte ich mich nicht zusammenzunehmen, als ich Mechthildis' gedachte, konnte vielmehr in Wahrheit mein Herz dem Höchsten ausschütten für Luitgardis und Ulrich, für Mechthildis und mich selbst!

Luitgardis weinte still vor sich hin. Aber wie ein müdes Kind ließ sie sich dann von mir hinübergeleiten zu ihrem Gemach. Als ich ihr im Gang davor eine gute Nacht wünschte, sagte sie mir leise und warm: »Gute Nacht, mein Bruder!«

Wie wohl tat mir das! O Herr, erbarme dich unser aller, gedenke besonders der beiden, die fern sind!

Am 23. Februar

Heute findet in Eisenach die Beisetzung des Landgrafen statt. Es wird ein großes Gedränge geben. Vermute, daß unserem hochehrwürdigsten Papst Innozenz besonders die 25 000 Mark in Silber schmerzen werden, mehr als Heinrich Raspes Tod. Ob sich noch ein deutscher Fürst finden wird, der für Geld »zur Ehre Gottes« und zum »Besten der Heiligen Kirche« die Treue verleugnet und vom Kaiser abfällt? Ich hoffe es von Herzensgrunde nicht.

Es ist jetzt sehr still hier oben. Mehr als sonst bin ich bei den Frauen. Langsam scheinen sie Verständnis zu bekommen für das Neue, das ich mit großer Vorsicht ihnen sage, aber – obwohl es ihnen auch anders klingt, finden sie darin keinen Widerspruch zu dem, was sie bisher gelehrt worden sind.

Sie sollen's auch nicht. Freilich ist der Widerspruch

da – aber darüber grübeln nützt weder mir noch Marcellus, am letzten den Frauen! Wir ändern's nicht – und mir ist auch genug, daß ich's denen weitersagen darf, die ich liebe.

Des öfteren mache ich auch Wege hinab in den Forst. Die scharfe Winterluft tut mir gut, wenn sie mir ums Haupt weht. Meistens aber vergrabe ich mich in den Pergamenten und halte an am Gebet.

Von Mechthildis kam Kunde, es ginge ihr besser, sie möchte aber noch auf der Schönburg bleiben. Da hat mich die Herrin um Rat gefragt, ob's nicht gut sei, wenn sie Luitgardis zu ihr senden würde. Ich habe lebhaft zugestimmt – das wäre am allerbesten für sie beide. Luitgardis selbst will auch, aber kein Schein der Freude flog dabei über ihr Antlitz. Sie geht überhaupt so still einher, als sei ihr alles gestorben. Vom Antlitz der Herrin weicht auch nicht die Trauer.

Gestern sagte Luitgardis zu mir, als wir nach dem Nachtmahl allein beisammen saßen: »Hilarius, Eure Rede und Euer Zuspruch hätte nicht bei mir verfangen, wenn ich den Gedanken hätte behalten müssen, Ihr versteht solch ein Leid doch nicht. Nun aber ist's anders, und – der Efeu streckt sich aus zum Kreuzholz! Freilich, wenn ich an die Zukunft denke, ist mir's zumute, als könnte ich nicht leben, besonders nicht hier oben – in Gegenwart meines Vaters. Ich gehe hauptsächlich deshalb fort zur Schönburg.«

»Ihr dürft nicht so reden, Luitgardis«, verwies ich sie. »Ihr habt Eurem Vater zu folgen, auch wenn Ihr ihn hart und ungerecht findet, denn so verlangt es das Gebot des Allerhöchsten. Vergeßt auch nicht dabei, daß es denen wohlgehen soll. Außerdem seid ehrlich: Wie die Dinge in der Welt gegenwärtig liegen, konnte Euer Vater nicht anders handeln. Wäre er sonst nicht in den Geruch des Verrates gekommen gegen den nunmehrigen rechtmäßigen Landgrafen? Auch müßt Ihr die Antwort des Grafen von Altmanns-Hofen abwarten. Es kann ja sein, er teilt Eurem Vater mit, die Herzogin hätte keine Absicht auf Thüringen – «

»Das glaubt Ihr selbst nicht, Hilarius«, fiel sie mir ins Wort. »Ihr wißt auch bereits anderes, wie ich auch. Wenn nun der Krieg käme und Ulrich würde fallen – heilige Mutter Gottes – ich ertrüge es nicht – ich würde sterben –«, und tränenloses Schluchzen durchschüttelte sie.

Ich nahm ihre Hand. »Seht, Luitgardis, so sind wir Menschen! Wozu malt Ihr solch ein schwarzes Bildnis? Wozu vorher solchen Kummer darüber, zumal Ihr ebensowenig in die Zukunft schauen könnt wie ich. Wartet doch den morgigen Tag ab, alsdann den anderen Morgen und so fort. Vielleicht kommt bald mehr Licht, als Ihr ahnt!«

Sie schüttelte den Kopf. »Ich sehe nur Nacht, Hilarius.«

»Wohl«, entgegnete ich, »aber so denkt daran, daß auf jede Nacht einmal ein Morgen folgen wird – folgen muß – das ist ein Naturgesetz.«

»Hätte ich Euren Glauben, Hilarius!« rief sie. »Wie seid Ihr mir ein Vorbild, und Euer und Mechthildis' Leid ist ungleich schwerer als unseres.«

»Still – Luitgardis«, bat ich. »Rührt nicht daran! Mich hält nur eines: der Blick aufs Kreuz!«

»Ich will's versuchen, immer mehr zu lernen«, erwiderte sie leise. Der Herr wolle es ihr schenken!

Ja, sie hat recht, unser Leid ist ungleich schwerer als ihres. Sie dürfen dennoch hoffen – wir nicht! Unser Morgen tagt erst in der Ewigkeit. Himmlischer Vater – wie du willst!

Am 25. Februar

Heute ist Luitgardis fort zur Schönburg. Sie bat mich nach dem Frühmahl, mit ihr in der Kapelle zu beten. Ich tat's von Herzen gern.

Als wir die Treppe hinunterstiegen, fragte sie mich zaghaft: »Soll ich meinem Schwesterlein etwas von Euch ausrichten, Hilarius?«

»Sagt ihr meinen Gruß«, bat ich sie nach etlichem Nachdenken. Ich wußte im Augenblick nicht, ob ich's tun sollte oder nicht. Doch dann fühlte ich, ich durfte es in wahrer Freundestreue. »Sagt ihr auch von dem, was Ihr von mir hörtet. Ich lasse sie herzlich bitten, das Kreuz zu umfassen!«

Sie nickte. Tränen rannen aus ihren Augen – aus den Augen, die einst so glücklich strahlten!

O Herr, wie ist das Leben oft so dunkel!

Gegen Mittag fuhr Luitgardis ab, und am Nachmittag kam ein Bote vom Grafen Wiprecht zur Herrin. Sie bat mich bald zu sich und teilte mir mit, welche Kunde sie vernommen hatte. Zuerst war eine lange und breite Schilderung über die Beisetzung und den Glanz dabei. Mir kam beim Zuhören der Gedanke an den reichen Mann, von dem geschrieben steht: Er starb auch und ward begraben. Die Heilige Schrift fährt dann fort: Da er nun in der Hölle und in der Qual war – Gott sei Herrn Raspes Seele gnädig!

Aber der Bote hatte noch anderes zu berichten – nämlich, daß die Herzogin Sophia bereits eine große Schar Ritter und Mannen um sich habe und nach Hessen aufgebrochen sei – somit ihres verstorbenen Ohms und des Kaisers Willen nicht respektiere. Hessen gehört nach dem Vertrag auch dem Meißener Markgrafen. So ist Heinrich Raspe kaum in der Erde, da entbrennt bereits die Fehde.

Graf Wiprecht ließ seine Rückkehr für den übernächsten Tag melden. Zugleich mit ihm wird der neue Landgraf kommen, Markgraf Heinrich der Erlauchte von Meißen, ließ er sagen, und der Bischof von Naumburg seinen fürstlichen Bruder geleiten. Frau Jutta solle alles würdig herrichten. Außerdem hatte der Graf seiner Gemahlin einen herzinnigen Gruß entbieten lassen.

Sanfte Röte färbte das Antlitz der noch immer schönen Frau, als sie es mir erzählte, und sie fügte hinzu: »Es ist solch ein Gruß der erste seit Jahren, wenn er mir etwas ausrichten ließ. Pater Hilarius, er freut mich besonders.«

Ich drückte ihre Hand: »Herrin, vertraut dem Höchsten, er kann helfen. Er kann Eures Gatten Herz lenken.«

Ich ging, in der Burg aber ist jetzt eine fieberhafte Tätigkeit, um alles für den Empfang der hohen Gäste würdig herzurichten.

Am 26. Februar

Ich habe soeben einen Weg, Groß-Jena zu, beendet und bei meiner Rückkehr Blicke in die Gasträume für die hohen Herrschaften getan, auch in den großen schönen Saal, der an die Kapellenvorhalle anstößt. Ich bin fast erschrocken gewesen über soviel Glanz und Pracht. Wahrlich, nun finde ich bestätigt, was ich in Pforta und im Georgenkloster hörte, daß nämlich hier oben ein wahrhaft fürstlicher Reichtum vorhanden sein soll.

Am 28. Februar abends

Solch ein Leben wie in diesen eineinhalb Tagen möchte ich nicht immer um mich haben. Es war schier zu viel.

Gestern in der zehnten Morgenstunde kam Graf Wiprecht mit seinen Gästen von Naumburg her, wo sie genächtigt hatten. Der Turmwart meldete ihr Kommen, als sie unten am Fuß des Schloßberges waren. Die Zugbrücke rasselte herab, weit öffneten sich die Tore. Die Herrin und ich samt Herrn Thimo standen im oberen Hofe, die Gäste zu grüßen.

Prächtig war der Einritt der Herren in ihren blinkenden Panzern, seidengestickten Waffenröcken und wehenden Helmzieren.

Allen voran sprengte Graf Wiprecht auf den Hof, sprang vom Roß und ging dem nachfolgenden neuen Landgrafen etliche Schritte entgegen. Ehrerbietig beugte er ein Knie und half dem hohen Herrn beim Absteigen. Der aber küßte ihn auf beide Wangen und sagte laut: »Es ist mir eine besondere Freude, auf der Neuenburg bei meinem getreuen und kraftvollen Vasallen zu rasten. Ich hoffe, es wird in Zukunft öfter der Fall sein können!«

Da neigte sich der Landgraf vor der Herrin, als wäre sie eine Fürstin. Sie sah aber auch so aus in ihrem langschleppenden, braunen Samtgewand, das reich mit Goldborten besetzt war, und den Edelsteinen, die an Brustlatz und Hals aus den feinen Spitzen hervorleuchteten.

Ich segnete den Eingang des fürstlichen Herrn in die Burg. Demütig beugte er dabei das Knie, desgleichen sein Gefolge, sogar der Bischof. Dann aber begrüßte mich dieser lebhaft und stellte mich seinem Bruder vor, indem er sagte: »Ich erzählte Euer Gnaden bereits von dem Pater.«

Mir schien es so, daß des Fürsten Augen mit besonderem Interesse auf mir ruhten. Und das war nicht nur so im Hofe, sondern jedesmal, wenn ich mit ihm zusammen war. Was hat das zu bedeuten? Ich kann's kaum verstehen – es sei denn um meiner Herkunft willen –

Es hat dann zu Mittag ein glänzendes Mahl gegeben, wie ich es nicht für möglich gehalten hätte.

Besonders feierlich war das Zerlegen des Pfaues, von dem mir Herr Thimo schon vorher erzählt hatte, daß der Pfau als edelster Vogel auf dieser Tafel nicht fehlen dürfe. Ich war daher besonders gespannt und staunte, daß er in seinem ganzen Federschmuck gebracht wurde. Die Herrin selbst trug ihn auf einer güldenen Schüssel. Zum Geleit hatte sie sich den Grafen von Gleichen ersehen als den wackersten Ritter. Miteinander stellten sie den Vogel vor den neuen Landgrafen als denjenigen, der am meisten zu ehren sei, und der edle Graf von Gleichen zerlegte dann das Tier derart geschickt und zierlich, daß ein jeder der edlen Herren ein Stücklein erhielt. Das ist bei allen vornehmen Tafeln Gebrauch, wie mir Herr Thimo erzählte, nie dürfen Pfauen und Fasanen fehlen! Es soll sogar ein besonderes Gelübde geben, das über dem Pfau getan wird – das Pfauengelübde.

Als ich stillschweigend das alles mit ansah, kam mir der Gedanke an die Tafel, die der Allerhöchste in der Herrlichkeit für seine Kinder bereitet hat. Es geht aber dort nach anderem Stand und Rang zu als hier, und es werden dort noch ganz andere Herrlichkeiten vorhanden sein, solche, von denen keiner etwas gesehen oder gehört hat, weil geschrieben steht: Was kein Auge gesehen, kein Ohr gehört hat und in keines Menschen Herz gedrungen ist, das hat Gott bereitet denen, die ihn lieben!

Dort gibt es auch keine Priestergelübde mehr und keine Herzen, die durch sie geschieden werden.

Mechthildis, welch ein Ausblick: Wie fehlt sie mir heute! Beim ersten Gastmahl, das ich Ostern hier erlebte, war sie zugegen. Es ist aber gut, daß sie fern ist!

Ob Graf Wiprecht nach seiner anderen Tochter gefragt hat, weiß ich nicht. Noch sprach ich die Herrin nicht allein. Zu mir ist der Graf freundlich, wenn er mit mir reden muß. Er hat aber eine solche Gelegenheit bisher nicht gesucht. Heute früh sind die Herren zur Jagd geritten und am Nachmittag nach Merseburg aufgebrochen.

Es lag ein besonderer Ernst auf dem Antlitz des Landgrafen, als er mir zum Abschied die Hand bot und dazu sagte: »Ich hoffe, wir sehen uns bald einmal im Frieden wieder, Herr Pater.«

»Das gebe der Höchste«, erwiderte ich warm. Dann sind sie fort – ich schaute ihnen von der Mauer des Gärtleins lange nach.

Der neue Landgraf ist ein freundlicher, leutseliger Herr, stattlich und schön von Angesicht. Er scheint zum Herrschen geboren, und seine Gesinnung ist, wie bekannt, edel, hochherzig und fromm. Gott segne ihn und verleihe ihm eine glückliche Regierung. Mich hat an ihm besonders gefreut, daß er bei Herrn Heinrich Raspes Königswahl nicht mitgetan, sondern dagegen geredet hat.

Als die Gäste fort waren, bin ich in den Wald gegangen. Jetzt ist's höchste Zeit zum Nachtmahl.

Am 15. März

Dunkel sind die Zeiten, dunkel ist die Zukunft. Nirgends erscheint ein Lichtlein – nur der Ausblick nach oben ist nicht dunkel.

Vom Grafen von Altmanns-Hofen ist Kunde gekommen. Graf Wiprecht teilte sie gestern der Herrin mit.

Ich saß dabei. Er wünschte mein Bleiben, damit ich alles wisse. Ulrichs Vater ließ seinem alten Freund sagen, daß er unter den gegenwärtigen Umständen die Gräfin Luitgardis nicht als Ehegemahl seines Sohnes begrüßen könne und wolle, so lieb sie ihm und seinem Weibe andererseits als Tochter seines Freundes gewesen wäre. Er wäre mit Graf Wiprechts Handlungsweise ganz einverstanden. Das hätte er auch seinen Sohn wissen lassen und von ihm Gehorsam verlangt. Er werde Sorge tragen, daß sein Sohn die Gräfin gründlich vergesse, indem er ihm diejenige zuführen werde, die er und seine Gemahlin sich als Schwiegertochter ersehen habe.

Als ich das vernahm, stand ich auf und ging in mein Gemach. Schmerz, Bitterkeit, Empörung stritten in mir – die Empörung behielt die Oberhand.

Welche Torheit von Eltern, so gegen ihre Kinder zu handeln! Wie weit sind die Grenzen hier überschritten, die ihnen von Gottes und Rechts wegen zustehen. Sie sollen sich hüben und drüben nicht wundern, wenn sie sich die Herzen der Kinder entfremden und sie hart und kalt werden. Gott aber schweigt – und schaut zu, wie die Herzen zertreten werden!

Solche Gedanken stürmten auf mich ein – mein eigenes Leid kam dazu. Ach, es ist ja noch nicht geringer geworden. Ich bin schier zusammengesunken vor dem Altar und habe dagelegen wie ein Wurm im Staube. Aber der, der den Wurm geschaffen hat, er gab auch auf mich acht, wie schon so manches Mal in dunklen Stunden. Sein Kreuz strahlte vor mir auf, und der Blick aufs Kreuz half mir aufs neue. Ich wurde stiller, die Empörung schwand. Ich konnte wieder sagen: »Vater, wie du willst!«

Freilich, wenn ich an Luitgardis und Ulrich denke,

blutet mein Herz immer wieder, und das Bewußtsein des bitteren Unrechts der Eltern gegen ihre Kinder ist mir geblieben. Aber Gott weiß es auch, und er ließ es zu. Es muß in seine Friedensgedanken auch mit diesen beiden Menschen passen.

Sei stille dem Herrn, meine Seele, und warte auf ihn. Er kann sich nicht irren in der Führung eines Menschen!

Am 16. März

Unmöglich! Und doch – je länger ich überlege, ist es vielleicht am besten so!

Ich soll zur Schönburg gehen und Luitgardis den Bescheid von Ulrichs Vater bringen! Graf Wiprecht bat mich darum heute morgen. Er tat's mit einem Gemisch von Verlegenheit und Trotz, wie ich es jetzt des öfteren an ihm beobachte, wenn er mit mir zu reden hat.

Auch die Herrin bat mich darum.

Barmherziger, sie ahnen ja nicht, was sie von mir bitten! Es ist mir fast unmöglich, diese Kunde Luitgardis zu bringen – fast unmöglich, Mechthildis wiederzusehen – und doch: wär es für Luitgardis nicht viel schlimmer, wenn sie von jemand anders es vernähme? Und womit sollte ich es begründen, wenn ich mich weigere, zu gehen? Herr, hilf mir!

Am Abend

Ich gehe, und zwar schon morgen – Allerbarmer, gehe mit mir.

Am 20. März

Mein Auftrag liegt erfüllt hinter mir. Ich bin wieder auf der Neuenburg – und es war nicht ganz so schwer, als ich es befürchtete. Dank sei dem Allmächtigen dafür!

Ich machte mich also vor drei Tagen auf den Weg zur Schönburg. Es war kalt und trübe. Durch den vielen Regen der letzten Wochen sind Saale und Unstrut aus den Ufern gegangen und haben das Land überschwemmt. Ich mußte etliche Umwege machen. So konnte ich meine Gedanken besser sammeln. Aber ich habe nachher eingesehen, daß es nicht nötig war. Ich sagte doch alles anders, als ich es wollte. Es ist ja meist so.

Als Luitgardis mich sah, erblaßte sie: »Pater Hilarius, was – ist?«

Sie hatte mich in der Halle empfangen und saß mir gegenüber. Mein Blick ging über die Fluren draußen – dann aber zur Höhe hinauf! Und Gott gab mir die rechten Worte.

Still, mit verschlungenen Händen, saß Luitgardis vor mir. Nur um den Mund zuckte es von verhaltenem Weinen. Mein Herz zog sich fast zusammen vor Weh, als ich sie vor mir sah, so bleich, so ernst geworden.

Lange schwieg sie, dann hob sie den Blick und sah mich an. Wenn Ulrich diesen Blick gesehen hätte – voller Schmerz, ich glaube, er hätte allem und allen getrotzt!

»Hilarius, ich danke Euch, daß Ihr mir solche Botschaft brachtet, gerade Ihr! So ist sie weniger vernichtend. Es ist im Grunde nichts anderes, als ich voraussah. Aber eins bleibt mir dennoch« – ihr Auge strahlte auf wie einstmals – »seine Liebe, seine Treue, und ich glaube an ihn und werde nie daran zweifeln, niemals! Noch eins bleibt mir, und das danke ich Euch, mein Bruder. Ich fand am Kreuz meinen Halt!«

Tiefergriffen drückte ich ihre Hand. Wahrlich, im Kreuz ist Kraft – ihm sei Dank, der uns das Kreuz zum Aufrichten und Festhalten hinstellte!

Wieder war es lange still zwischen uns. Scheu und zaghaft kam's dann über ihre Lippen: »Wollt Ihr nicht auch mein Schwesterlein grüßen, Hilarius?«

Ich schlug die Hände vors Gesicht – und schüttelte den Kopf.

»Tut's«, bat sie leise, »wenn Mechthildis hören würde, Ihr wart hier und hättet sie nicht sehen wollen – es wäre ihr ein bitteres Weh – wollt Ihr das?«

Ich – und Mechthildis wehtun wollen?

»Ruft sie denn«, entgegnete ich und stand auf.

Sie ging.

Ich aber schritt zum anderen Ende der Halle, preßte das Gesicht an das schmale Fenster, und meine Seele rief unaufhörlich um Beistand und Stärke zu Gott!

Plötzlich hörte ich ihre leichten Schritte. Langsam wandte ich mich um, aber ihr entgegengehen konnte ich nicht.

»Grüß Gott, mein Bruder!« Damit streckte sie mir ihre Hand hin.

Sie schien ruhig – aber ihre Hand war wie Eis. Ich konnte nichts sagen. Ich mußte sie nur anschauen, fast überirdisch schien sie mir! Endlich brachte ich es fertig, zu reden. Ich sprach von Luitgardis und Ulrich.

Da faltete sie die Hände und sagte leise: »Hilarius, Ihr ließt mir so mancherlei durch mein Schwesterlein sagen – sie hat's erfaßt – ich auch – mein Bruder, wie Gott will!«

Nach einer Weile fragte sie nach der Mutter, und ich mußte in der Herrin Auftrag fragen, wann sie beide nach der Neuenburg heimkehren wollten angesichts der ausbrechenden Fehde. Eine Blutwelle ergoß sich über ihr Antlitz.

»Was sagt Ihr, Hilarius?«

Ich atmete hoch auf. »Wenn Ihr keimkehren wollt,

Mechthildis, so kommt – ich gehe dann nach Pforta zurück.«

»Und was wollt Ihr dafür als Grund meinem Vater angeben?« fragte sie tonlos.

»Sein eigenes Wesen«, erwiderte ich und teilte ihr in Kürze mit, was ich vor etlichen Wochen dem Grafen vorgehalten hatte.

»Und das ließ er sich alles von Euch sagen?« rief sie in zitternder Erregung.

»Alles«, nickte ich.

Da griff sie meine Hände. »Sagt meiner Mutter, ich fühle mich hier so wohl, daß ich gerne noch länger hier weilen möchte. Sagt ihr, wenn die Fehde vollends ausbräche und sich hierher zöge, so sei Naumburg bälder zu erreichen, als die Neuenburg, aber auch viel sicherer als diese. Sie solle sich meinetwegen keine Sorgen machen. Hilarius, Ihr aber müßt oben bleiben, hört Ihr? Ihr müßt! Ihr allein könnt noch einmal Wandel schaffen daheim – vielleicht auch für mein armes Schwesterlein.«

»So bleibe ich«, versprach ich ihr, »und Luitgardis soll an mir einen wahren Freund und Bruder haben.«

Von dem, was wir beide empfanden, kam kein Wort über unsere Lippen – ich bin ja ein Mönch!

Da kam Luitgardis herein. Mechthildis fragte sie wegen der Heimkehr.

»Ich komme in den nächsten Tagen«, entschied sie rasch. »Seht, Hilarius. Es mag da oder dort einen Kampf geben. Dann erfahre ich davon hier nichts, wie es geworden – oder – wer gefallen ist – zu Hause aber –« Sie brach ab.

»So melde ich Eure Heimkehr«, erwiderte ich nur.

Ich teilte dann das Mittagsmahl mit dem Grafen von der Schönburg und seiner Familie, und danach führte mich der Graf in der Burg herum. Sie ist nicht groß, liegt auch nicht hoch, ist aber fest gebaut. Vom Bergfried erblickt man Naumburg sehr klar – ist ja auch nur eine Stunde Wegs entfernt. Es ist eine Burg, die ihren Namen mit Recht trägt, und ich kann's begreifen, daß Mechthildis hier gerne weilt. Sie wollten mich zur Nacht beherbergen. Ich bin aber am frühen Nachmittag gegangen und nach Freyburg heimgekehrt – hätte ja doch nicht Ruhe dort oben gefunden! Ich habe mich auch nicht umgeschaut, als ich fort bin, nur stracks vor mich gesehen – Mechthildis, und doch ist mein ganzes Herz bei dir geblieben.

Graf Wiprecht sagte nichts, als ich meldete, Luitgardis käme heim, Mechthildis aber bleibe noch dort. Er schaute mich nur an, und etwas flackerte in seinem Auge auf, ich weiß nicht was.

Am 25. April

Die Fehde ist entbrannt, lichterloh. Fast sämtliche hessischen Großen und Edlen haben die Oberherrschaft der Herzogin Sophia anerkannt und ihr gehuldigt. Sie hat eine gewaltige Macht um sich. Der Anführer und oberste Befehlshaber ist Graf Ulrich der Ältere von Altmanns-Hofen.

Als wir das hörten, wurde Luitgardis um einen Schein bleicher, als sie sonst schon immer ist. Aber sie sagte nichts, und Graf Wiprecht auch nicht.

Die Neuenburg ist in vollem Wehrzustand, der Graf mit 300 Mann bereit, zum Landgrafen zu stoßen, sobald der Befehl kommt. Vom Landgrafen und dem Bischof kommen und gehen zu Graf Wiprecht beinahe täglich Boten hin und her. Wenn der Graf fortzieht, bleiben immer noch 200 Mann zur Besatzung hier. Mich wundert solch ein Aufgebot an Macht sehr – hab' doch nie geahnt, wie groß Graf Wiprechts Macht und Gewalt ist!

Am 3. Mai

Immer dunkler wird die Zukunft für Thüringen. Unser Landgraf hat wahrlich nichts zu lachen! Ein Geist der Empörung ist auch unter den Thüringer Großen ausgebrochen, so daß die angesehensten von ihm abgefallen sind und sich zur Brabanter Herzogin getan haben. Dazu gehören, wie wir mit Schreck und Staunen vernahmen, die Grafen von Kefernberg – gerade der, der seinerzeit einen großen Mund gegen die Herzogin und für den Meißener Herrn hatte, ferner die Grafen von Rabenswalde, Schwarzburg, Beichlingen, Hohenstein und Stollberg, die Herren von Heldrungen, Allerstedt, Bendeleben und Willerstedt.

Wo bleibt die deutsche Treue, wo?

Nur einige wenige stehen unerschütterlich zu dem Landgrafen, aber das sind zum Glück die mächtigsten wie unser Neuenburger Graf, ferner der Erbschenk Rudolf von Wargel, der Herr der Rudelsburg und Burgg raf Dietrich von Kirchberg, die Schönburger und Gosecker Herren sowie andere. Mit Spannung wartet alles auf die nächsten Wochen, die Kämpfe bringen werden.

Am 10. Mai

Der Markgraf Heinrich der Erlauchte von Meißen, unser neuer Landgraf, ist mit einem Gefolge von etlichen tausend Mannen, vielen Rittern, Edlen und Herren in Naumburg eingezogen. Graf Wiprecht war mit glänzendem Gefolge zum Empfang hingeritten. Der Landgraf ist auf dem Wege nach Eisenach. Dort soll sich das Heer sammeln.

Am 18. Mai

Morgen verläßt Graf Wiprecht mit seinen 300 Mannen die Burg, um zum Landgrafen zu stoßen. Der Mann hat jetzt Tag und Nacht fast keine Ruhe. Überall trifft man ihn, alles untersucht er selbst in der Burg, so daß ich ihm heute im Vorbeigehen sagte: »Ihr treibt's schier zu arg, Graf Wiprecht. Keine Maus könnt aus der Burg hinaus, geschweige denn herein – wenn alle Burgen in solchem Zustand sind, kann der Markgraf zufrieden sein.«

»Solch ein Lob aus Eurem Munde könnte mich hochmütig machen«, entgegnete er mit billigem Spott.

Ich schaute ihn ruhig und groß an: »Ihr habt gar scharfen Groll auf mich, Graf Wiprecht«, erwiderte ich, »aber so leid mir's ist, ich kann's nicht ändern. Hoffe zu Gott, Ihr kommt aus der Fehde im Frieden wieder. Dann laßt mich nach Pforta zurückkehren und nehmt einen Kaplan, der zu Euch redet, nach dem Euch die Ohren jucken.«

Wir standen beide allein an der Mauer. Niemand war in der Nähe. »Mönch«, seine Stimme klang heiser, »Ihr seid aus der Art Eures Standes geschlagen! Was Ihr mir zu bieten wagt, bot mir bisher niemand. Kriecherei ist Euch fern – das Lob gestehe ich Euch zu. Mehr aber nicht! Wenn ich heimkehre, sei es, wie Ihr sagt – Ihr könnt gehen – zuvor aber rechne ich noch mit Euch ab.«

»Oder Gott mit Euch«, antwortete ich sehr ernst und hielt unverwandt den Blick auf ihn gerichtet.

Sein Auge glühte schwarz. Ein fahler Schein ging über sein Antlitz – er drehte sich kurz um und ging, ohne noch etwas zu sagen.

Es geht etwas in ihm vor – aber nach welcher Seite wird es sich entladen? Wird er sich noch mehr verhärten und noch unausstehlicher werden, als er schon ist? Wird er in sich gehen? Herr, erbarme dich seiner!

Am 19. Mai

Heute sind sie fortgezogen. Ich hielt zuvor eine kurze Andacht im Zwinger und segnete dann den Auszug. Wer von denen, die heute stattlich und wohlbewaffnet zu Pferde saßen, wird gesund wiederkehren? Dieser Gedanke bewegte wohl manchen von ihnen. Es lag ein besonderer Ernst auf manchem Antlitz. Nur in des Grafen Gesicht zuckte kein Muskel.

Er saß wie aus Erz gegossen auf seinem Hengst, fast eins mit dem Tier. Nur das Gesicht war frei, sonst steckte er ganz und gar im schweren Harnisch. Nun gab er das Zeichen zum Aufbruch, und im gleichen Augenblick geschah etwas Seltsames. Er bog sich zur Herrin hinunter, küßte sie auf die Stirn, bot mir die Hand im Eisenhandschuh und sprengte davon!

Als der letzte der Mannen hinaus war, rasselte die Zugbrücke hoch, die Tore schlossen sich, und wir Zurückgebliebenen sind auf uns angewiesen. Aber Herr Thimo ist ein tapferer und zuverlässiger Mann. Ich habe ihn gebeten, mir die Kunst des Reitens und ein Schwert zu führen beizubringen. Er schaute mich verwundert an, wird es aber tun.

Ich meine, es sei gut. In der gegenwärtigen Zeit kann man nie wissen, was geschieht.

Am 2. Juni

Jeden Tag warten wir auf die Kunde von einem Treffen – die Heere liegen sich gerüstet gegenüber. Es ist dem Markgrafen leider nicht gelungen, den Streit nach Brabant hineinzutragen. Die Herzogin ist schneller als er gewesen.

Von Graf Wiprecht ist nur einmal Botschaft gekommen, daß er mit dem Markgrafen zusammen sei, nichts weiter.

Mit Bangen und Spannung schauen wir alle auf die nächsten Tage. Aber mehr Sorge als dieses macht mir Luitgardis. Sie ist fast so weiß wie ihr Kleid. Mit Schreck sah ich gestern etliche Silberfäden in ihrem Haar!

Ulrich, wenn du wüßtest, wie du geliebt wirst!

Sie sah meinen Blick und lächelte trübe. Dann aber schloß sie die Hände krampfhaft ineinander. »Hilarius, wo mag er sein? Ob er mitkämpfen wird – und wenn er fallen sollte?«

Ich nahm ihre Hände in die meinen. »Luitgardis, blickt nicht um Euch, blickt über Euch! Betet, mehr kann ich Euch nicht sagen.«

Dann fragte ich leise: »Sorgt Ihr aber nicht auch ein wenig um Euren Vater? Er war zu Euch immer lieb und gut!«

»So lieb und gut, daß er mein Lebensglück –«

»Halt, Luitgardis«, wehrte ich, »denkt, es ist Euer Vater! Seid gerecht – in manchem durfte er nicht anders handeln. Die Fehde zeigt es Euch. Und wo er unrecht tat, da betet, daß der Allmächtige es ihm zeigen möge. Versündigt Euch nicht, indem Ihr ihm grollt und es ihm nachtragt.«

Da schlug sie die Hände vors Gesicht und weinte bitterlich.

Von der letzten Unterredung zwischen dem Grafen und mir ahnt weder sie noch die Herrin etwas. Was werden sie sagen, wenn ich gehen werde?

Am 5. Juni

Barmherziger – wer hätte solche Kunde geahnt, die der

Leibknappe des Grafen uns soeben überbrachte: Graf Wiprecht ist verwundet, schwer verwundet sogar. Er wird von etlichen Mannen zur Neuenburg gebracht! Gestern hat ein blutiges Gefecht stattgefunden bei Mühlhausen mit hohen Verlusten auf beiden Seiten. Einige Getreue des Grafen haben ihren Herrn aus dem Kampfgewühl getragen.

Gesiegt hat unser Markgraf trotz heftiger Gegenwehr. Ob's bei diesem einen Gefecht bleiben wird? Glaub's nicht.

Mit großer Umsicht ordnete die Herrin sofort alles an zur Aufnahme für den Gemahl. Sie war dabei blaß bis auf die Lippen. Luitgardis ging ihr geschäftig zur Hand. Im Vorübergehen flüsterte sie mir zu: »Hilarius, wie sorge ich mich! Es ist doch mein Vater, und ich liebe ihn trotz allem.«

»So ist's recht«, entgegnete ich und drückte ihre Hand. Aber mir sind doch vielerlei Gedanken gekommen. Redet Gott mit ihm? Herr, laß ihn dann auch deine Stimme vernehmen!

Am 6. Juni

Graf Wiprecht ist hier. Auf einer Bahre brachten ihn sechs Mannen unter starker Bedeckung langsam und vorsichtig getragen. Es war ein trauriger Zug. Wie ein gefällter Baum lag der starke Mann da. Er war im fieberhaften Halbschlaf. Ob er uns erkannt hat, weiß ich nicht.

Er ist sehr schwer verwundet, viel schwerer, als wir anfänglich glaubten. Ein Lanzenstoß ist ihm zwischen den Schulterblättern im Handgemenge beigebracht worden, dazu hat er eine Verletzung am linken Bein. Sein Atem geht schwer und stoßweise. Der Medikus aus Freyburg macht ein ernstes Gesicht.

Herr Gott, laß ihn noch das Heil seiner Seele finden, ehe es für ihn zu spät ist!

Am 7. Juni

Das Fieber ist schwer, aber Graf Wiprecht ist bei Besinnung, nur scheint ihm das Sprechen Mühe zu machen. Ich wollte mich zuerst nicht sehen lassen, weil ich Aufregung befürchtete. Ich mußte nun natürlich den Grund dafür den Frauen angeben. Gräfin Jutta war schier sprachlos. Sie meinte dann aber ebenso wie ich, ich solle mich fernhalten und nur nachts mit wachen.

Doch da hat Graf Wiprecht nach mir gefragt, ob ich da sei oder fort, und ob ich ihn nicht sehen wolle. Darauf bin ich zu ihm gegangen, habe die Hand auf seine Stirn gelegt und milde zu ihm gesagt: »Gern, sehr gern bin ich bei Euch, wenn Ihr mich wollt, Graf Wiprecht.«

Leise entgegnete er: »Bleibt – ich – möchte manches mit Euch – reden, wenn ich kann.«

Am Abend des gleichen Tages

Luitgardis ist, seit der Vater darniederliegt und sie seine Wunden sieht, in unsagbarer Aufregung wegen Ulrich. Sie bebt um sein Leben, seine Gesundheit – und ich kann ihr nicht helfen, kann ihr nur aus dem Wort des Hochgelobten Trost zusprechen. Ich verstehe sie ja so gut – zittere ich doch auch um das Leben des Freundes. Auch an mich sandte er keine Botschaft – hätt's auch nicht wagen dürfen bei den Vorgängen am Brabanter Hof.

Kummer, Leid, Sorge überall! Wie herrlich, wenn man glauben kann, es wird einst eine Zeit ohne Leid kommen!

Am 10. Juni

Des Medikus' Antlitz wird immer ernster. Ich selbst nehme nur zu genau wahr, daß es statt besser schlimmer wird. Mit unermüdlicher Sorgfalt waltet die Herrin am Lager des Gemahls. Mit freundlicher Fürsorge umgibt ihn Luitgardis. Heute wurde auf mein Anraten ein Bote an Mechthildis gesendet, ihr des Vaters schwere Verwundung zu melden. Sie ließ sagen, wenn es schlimmer würde, käme sie sofort.

Der Graf liegt meist still mit geschlossenen Augen – zuweilen verzieht sich sein Gesicht, als ob er heftige Schmerzen hat. Ich neigte mich heute über ihn und fragte ihn freundlich danach. Er sah mich lange mit sonderbarem Blick an und verneinte es.

Am 11. Juni

Ein zweites Treffen bei Tonna! Blutiger, heftiger noch als das erste, aber wieder mit gleichem Ausgang: Sieg des Markgrafen.

Ich möchte mich von Herzen darüber freuen, wenn ich nicht vor Augen hätte, was solch ein Gefecht für den einzelnen, für die Familie für Folgen hat.

Ich überbrachte Luitgardis die Kunde davon. Sie saß im Gärtlein, die Hände müßig im Schoß. Fast ein Jahr ist vergangen, seit Ulrich zu ihr von seiner Liebe sprach. Sie schlug die Hände stöhnend vors Gesicht, als sie von dem neuen Gefecht hörte. Meine Seele leidet mit ihr!

Am 15. Juni

Mein Gott, wie erhörst du doch oft so herrlich deiner Kinder Flehen! Mein Herz ist tief bewegt und erschüttert. Eine lange Aussprache mit Graf Wiprecht liegt hinter mir.

Diese letzte Nacht war ziemlich gut. Herr Thimo hatte die Wache gehabt. Als ich am Morgen an das Lager des Grafen kam, streckte er mir mühsam die Hand entgegen und sagte: »Pater, sorgt dafür, daß uns niemand stört. Ich fühle mich um einiges kräftiger, da will ich die Zeit wahrnehmen.«

Ich nickte, schloß die Tür und setzte mich zu ihm.

»Strengt Euch auch das Reden nicht zu sehr an?« mahnte ich besorgt. »Wenn ja, dann laßt es lieber, Graf Wiprecht, bis es noch besser geht.«

Er schüttelte den Kopf: »Nein, Pater, zumal ich weiß, daß solche Besserung nur vorübergehend ist. Meine Zeit hier unten ist aus – ich fühle es genau – da soll herunter vom Herzen und Gewissen, was drauf liegt und was Ihr nur zu gut gesehen habt!«

Und nun hob er an zu erzählen, und ich hab' in ein Leben hineingeschaut, verhärtet von Gram und Leid, unglücklich bis in die tiefsten Tiefen hinein! Die Ursache ist der Tod seiner Knaben gewesen; dazu kam der Groll, weil er meinte, der Allmächtige würde sich erbitten lassen, wenn Mechthildis ins Kloster käme, was aber die Herrin nicht zuließ. Da ward er kalt und hart, und dennoch blieb in ihm ein Sehnen nach Freude und Glück – er erstickte aber jede weichere Regung, wenn sie kam, mit noch größerer Härte. Langsam wurde er das, was er war, wie ich ihn kennenlernte: ein fried- und freudloser Mann, gefürchtet und gemieden von den Seinen und den Untergebenen, ohne Liebe, ohne Freund.

»Pater«, schloß er endlich, »Ihr wart der erste, der es wagte, mir furchtlos die Wahrheit zu sagen. Aber auch Ihr hättet keinen Einfluß gehabt, Eure Rede hätte alles nur verschlimmert, wenn ich nicht an Euch eine Umwandlung wahrgenommen hätte, die mir zu denken gab. So aber öffnetet Ihr mir gewaltsam die Augen, und nun sah ich Staub, Staub, nichts als Staub hier oben, und ich die Ursache davon« – er brach in Selbstanklagen aus –, »o ihr Heiligen, welch Jammer ist mein Leben gewesen, und ich habe Schuld daran!«

Er sank ermattet in die Kissen, ein qualvolles Zucken ging über sein blasses Angesicht.

Da habe ich sanft meine Hand auf seine Stirn gelegt und zu ihm vom Sohne Gottes geredet, der in die Welt gekommen ist, um solchen Menschen, die ihr Unrecht, ihre Sünde fühlen, einsehen und bekennen, zu helfen. Ich habe ihm dann von der großen Liebe unseres Heilandes gesagt, die ich selbst gar deutlich an mir erlebt habe – auch daß wir durch den Glauben an ihn gerecht und selig würden. Sein Blick hat an mir gehangen, als künde ich ihm eine wundersame Mär, aber er ist allmählich ruhiger geworden.

Endlich faltete er mühsam die Hände und sagte leise: »Pater, verstehen kann ich's nicht, aber ich will's glauben, was Ihr sagt, weil ich fühle, es macht die Seele still. Hundert dicke Wachskerzen hatte ich der heiligen Anna drunten in Freyburg gelobt, desgleichen ein Meßgewand dem Dom zu Naumburg – aber die Unrast meiner Seele blieb. Was Ihr mir aber sagt, stillt sie – bleibt bei mir und laßt mich mehr davon hören.«

Nur zu gern tat ich nach seinem Willen – aber ich führte ihn auch langsam dahin, daß er sein Unrecht gutmachen müsse an Weib und Tochter. Das kam ihm zuerst hart an – er ist niemals gewohnt gewesen, irgendwem ein gutes Wort zu geben!

Erst heute gegen Abend ist er soweit gewesen, daß er mich bat, die Herrin und Luitgardis zu rufen. Als sie hineinkamen, bin ich gegangen – aber Luitgardis rief mich etwa eine Stunde später wieder zu ihm. Sie erzählte mir hastig, als wir zu seinem Gemach gingen, daß er ihr sogar die Einwilligung zum Bündnis mit Ulrich gegeben habe, freilich erst, wenn die Fehde beendet sei und auch der Altmanns-Hofener Graf nichts dagegen hätte.

Wenig genug ist's, was sie damit erhielt, aber es ist doch etwas. Auf ihrem holden Antlitz lag für Augenblicke wenigstens ein schwacher Schein von Freude – ach, Gott kann ja helfen!

Als ich ins Gemach kam, saß die Herrin neben ihres Gemahls Lager und hielt seine Hände. Sie lächelte mich unter Tränen an.

»Pater«, bat Graf Wiprecht, »entsendet einen Boten, Mechthildis soll kommen – schnell soll sie kommen, ehe es zu spät ist.«

»Sprich nicht so«, bat Gräfin Jutta, »du wirst genesen, und das Glück wird noch einmal bei uns einkehren –«

Aber er schüttelte den Kopf. »Ich fühle genau, wie's steht – bliebe jetzt gerne noch hier, Jutta, um gutzumachen – die Heiligen wollen es anders.«

Ich schwieg dazu. Ich sehe es klar: Seine Tage sind gezählt.

Ein Bote zur Schönburg ist längst fort – es ist nicht unmöglich, daß Mechthildis noch heute kommt. Allerbarmer, gib du dann mir Kraft und Stärke, hilf uns beiden!

Am 16. Juni

Mechthildis ist gestern abend noch in der zehnten Stunde angelangt. Aber wir ließen sie nicht zu dem Vater hinein, weil es für ihn hätte schädlich sein können. Wir sprachen uns nur vor den anderen – das war gut!

Heute morgen brachte die Herrin sie zum Vater. Ich war gerade drin beim Grafen und wollte rasch gehen. Aber sie bat leise: »Bleibt bei mir.« Der Graf selbst winkte mir, zu bleiben.

Zitternd beugte sie sich über ihn, und der todwunde Mann hat dann auch gegenüber dieser Tochter versucht gutzumachen, was er nur konnte. Schluchzend umfing sie ihn, und er streichelte immer wieder ihr Haar und bat: »Vergib!«

Erschüttert bin ich zu ihnen getreten, weil ich fürchtete, die große Erregung könnte ihm schaden. Ich hab' ihrer beider Hände genommen und ein Dankgebet zum Heiland der Welt emporgesendet.

Seitdem weht es in dem stillen Gemach des Grafen wie Himmelsduft und Friedensluft – mir aber will scheinen, seine Seele eilt mit raschen Schritten der Ewigkeit entgegen. Der Medikus meinte freilich, es könne noch Wochen dauern – ich glaub' es nicht!

Da ich vorhin lange in meinem Zimmer gesessen habe und mich von Herzen der Wandlung hier freute, hat mich wieder ein banges und dunkles Angstgefühl gepackt – so schwer, daß es mir schier die Luft zu nehmen schien.

Barmherziger, was könnte noch geschehen? Ist's nicht genug des Leides über uns allen?

Am 22. Juni. Mitternacht

Nein, nicht genug – Herr Gott – du weißt, warum solch ein neuer Sturm! Dahergefegt ist er mit Allgewalt, fast fürchtete ich, er hätte Luitgardis umgeworfen, hat er doch auch mich, der Leid gewohnt ist, fast zu Boden gebeugt! Dazu kommt, daß ich nicht weiß, was ich tun soll – zeige du mir, Herr, den rechten Weg!

Hier der sterbende Graf, der mich kaum eine halbe

Stunde entbehren will – dort der todwunde Freund – mein Gott, erbarme dich!

Heute um die neunte Abendstunde war's, als ich noch einen Gang zum Medikus in Freyburg machen wollte. Ich schritt durch den Tann hinab, es dunkelte stark um mich im Walde. Plötzlich raschelte es neben mir im Dickicht. Ein Bauer steht vor mir mit dickem Knotenstock und versperrt mir den Weg.

»Laß mich vorüber«, gebot ich, aber mein Herz hob an zu klopfen – mir ahnte Böses.

»Nicht, wenn Ihr der Pater Hilarius von der Neuenburg seid«, entgegnete er bestimmt.

Ich stutzte. »Der bin ich freilich, und wenn du aus der Gegend bist, kennst du mich – was willst du?« fragte ich.

Er schaute sich vorsichtig um: »Vergebt, Ehrwürden, meine Verkleidung, die ich anlegen mußte, und gestattet mir eine Frage: Seid Ihr noch Freund dem Altmanns-Hofener Grafensohn Ulrich, oder seid auch Ihr ihm gram geworden?«

Ich fuhr zusammen: »Mann, wer bist du? Bringst du mir Kunde von ihm? Rede, rede schnell!«

»Nicht eher, bis ich weiß, wie Ihr denkt«, beharrte er.

»Gewiß stehe ich unentwegt zu ihm in Freundestreue«, rief ich ungeduldig. »Nun aber rede!«

»Nicht so laut, Ehrwürden«, mahnte er, vorsichtig die Stimme dämpfend, »bedenkt, wieviel für mich auf dem Spiel steht, wenn einer mein gewahr werden würde! Hört denn! Bei Gotha hat gestern ein neues Treffen stattgefunden, das noch viel schwerer und erbitterter war als die anderen beiden. Ist viel Blut geflossen. In Scharen sanken sie dahin. Auch viel Edelblut ist dabei – und unseren guten Herrn Ulrich hat's auch getroffen. Schwer verwundet ist er, so schwer, daß wir ihn nicht weiter als bis Gotha bringen konnten. Dort liegt er in einer Herberge; sein Vater ist bei ihm. Der alte Graf ist ein doppelt geschlagener Mann – das brabantische Heer geschlagen und zerstreut – der Markgraf hat wieder gesiegt – und sein einziger Sohn todwund! Es könnte sich einem das Herz umdrehen bei der gramvollen Miene unseres alten Grafen! Als unser junger Herr zur Besinnung kam, ist seine einzige Bitte gewesen, Euch holen zu lassen. Mich hat auch dessen Vater zu Euch gesendet, nachdem ich in diese Verkleidung gesteckt worden bin. Nun kommt, Ehrwürden, kommt, ehe es zu spät ist!«

Ich hatte mich an einen Stamm lehnen müssen – mir schwindelte! Doch ich riß mich zusammen. Es galt, klar zu überlegen!

»Entbietet Graf Ulrich dem Älteren, besonders aber dem Jüngeren von ganzem Herzen meinen Gruß«, trug ich dem treuen Boten auf, »und sagt ihnen, ich käme, so schnell ich könnte, müße aber sehr vorsichtig zu Werke gehen, weil Graf Wiprecht infolge einer Verwundung bei Mühlhausen im Sterben liegt. Ich will aber versuchen, bald fortzukommen.«

»Ehrwürden, säumt nicht zu lange«, bat der Mann – dann verschwand er lautlos im Dunkel des Waldes.

Ich aber eilte in überstürzender Hast nach Freyburg und kam wie gebadet zur Burg zurück. Was würde Luitgardis sagen? Wie konnte ich es ihr beibringen? Damit marterte ich unaufhörlich mein Gehirn auf dem Wege.

»Mechthildis muß helfen«, sagte ich mir endlich und suchte sofort nach ihr, als ich in der Burg war.

Die drei Herrinnen seien im Gemach des Grafen, sagte mir ein Diener. Ich versuchte, ein möglichst unbefangenes Gesicht zu machen und ging hinein. Nach etlichen Minuten machte ich Mechthildis verstohlen ein Zeichen, sagte, ich wolle ein wenig in mein Zimmer gehen und schritt zur Tür.

Sie stand auf und erklärte, einen Trunk für den Vater bereiten zu wollen, und folgte mir.

Da trafen mich Luitgardis' weit geöffnete Augen, voller Angst im Blick. Sie mußte ahnen, es sei etwas Besonderes! Ich öffnete die Tür, ließ Mechthildis vorangehen, zog sie dann aber rasch ins Nebengemach.

»Um Gottes willen, Hilarius, Euer Antlitz ist blaß, was ist's?« fragte sie hastig.

In fliegenden Worten teilte ich es ihr mit.

Tödlich erschrocken schlug sie die Hände zusammen. »Heilige Jungfrau, was wird Luitgardis sagen – Hilarius, wie bringen wir es ihr bei?«

»Das müßt Ihr tun, Mechthildis, ich vermag's kaum. Nun aber ratet mir: Wie komme ich zu ihm, und kann ich Euren Vater verlassen – jetzt, da seine Stunden gezählt sind?«

»Aber Ulrichs Stunden sind es vielleicht auch, und Ihr könntet ihm noch Luitgardis' letzten Gruß bringen.«

Ein leises Geräusch ließ uns aufstehen. Luitgardis stand vor uns. Wir hatten das Öffnen der Tür überhört. Sie war weiß wie der Marmor und faßte krampfhaft nach der Lehne eines Stuhles.

»Was ist mit Ulrich – liegt auch er im Sterben?« Seltsam tonlos und fremd klang ihre Stimme.

Mechthildis umschlang sie aufschluchzend, ich nahm ihre Hand und sagte schnell: »Ich hoffe, daß es nicht gar so arg ist, wie der Bote es sagte. Ihr solltet es nicht so urplötzlich erfahren, Luitgardis. Deshalb sagte ich es zuerst Mechthildis. Ja, er ist verwundet – gestern bei Gotha. Er sandte nach mir – der Bote fing mich im Walde ab, als ich –« Ein leises Stöhnen – und ohnmächtig lag Luitgardis in Mechthildis' Armen.

Rasch trugen wir sie in ihr Gemach, und ich holte ihre Gürtelmagd zur Hilfe herbei.

Dann trat ich in eine Fensternische draußen im Gang und betete um Hilfe und Klarheit zum Vater im Himmel empor!

Endlich, endlich rief Mechthildis.

Ich eilte hinein, Luitgardis saß matt und kraftlos auf ihrem Ruhebett.

»Erzählt«, bat sie.

Ich sagte ihr, was ich gehört hatte.

Da kam Leben in sie. »Natürlich müßt Ihr zu ihm, Hilarius, heute – jetzt – sofort! Um der Heiligen willen, zögert nicht – und sagt ihm, daß ich seiner in Treue gedenke – sagt ihm, meine Liebe und Treue bleiben ihm bis zum Tod – nie wird ein anderer –«, ihre Stimme erstickte in Tränen.

Mechthildis versuchte nicht, ihren Tränen zu wehren. Sie strich nur beruhigend über ihr blondes Haar.

Endlich sagte sie – ich sah, wie sie sich zur Ruhe zwang: »Natürlich müßt Ihr zu Ulrich hin, Hilarius. Und wenn es nötig wird, weil Ihr seht, daß es mit ihm zu Ende geht, sendet einen Boten, und ich werde Sorge tragen, daß mein Schwesterlein dann zu ihm kommt und bei ihm ist bis zum Abscheiden! Aber der Vater – was tun wir da?«

»Es bleibt nur eins, ich sage ihm offen alles«, sprach ich nachdenklich.

»Tut es«, rief sie lebhaft, »sicher entläßt er Euch, so schwer es ihm sein wird – ich hoffe es wenigstens.«

»So will ich gleich zu ihm«, sagte ich entschieden, »danach ziehe ich noch jetzt in der Nacht los.«

Ich eilte hinaus zum Krankenbett des Grafen.

Erregt sah mir die Herrin entgegen. Auch Graf Wiprecht blickte mich fragend an.

»Ist etwas geschehen, Pater?« frage Gräfin Jutta.

»Ich bin zu einem Todkranken gerufen«, entgegnete ich, »und möchte mir Urlaub erbitten, wenn es möglich ist.«

»Wie lange?« fragte der Graf mühsam.

»Etliche Tage mindestens«, sagte ich zögernd.

Heiße Röte jagte über sein Antlitz. Er sah mich forschend an. »Ulrich?«

»Ja!«

Da schloß er stöhnend die Augen. »Ulrich! Dann – ja dann – zieht hin«, murmelte er. »Ich hätte Euch gern bis zuletzt bei mir gehabt, Pater – ist mir eine harte Strafe, ohne Euch sterben zu müssen!«

»Dann bleibe ich bei Euch«, entgegnete ich gepreßt, obwohl mein ganzes Herz mich zu dem Freunde zog.

Ein Freudenschimmer glitt über sein bleiches Antlitz. »Dank Euch für diese Worte – aber zieht –« Als ich mich weigerte, wurde er so erregt, daß ich endlich aufstand und ihm zusagte, unter Begleitung von etlichen Mannen nach Gotha zu reiten.

Dort, so bestimmte er noch, sollten die Leute umkehren und ich meinen Weg allein finden.

Ich ging hinaus und berichtete es Mechthildis und Luitgardis. Luitgardis eilte zu ihrem Vater, um ihm zu danken. Sie hatte sich erholt, während Mechthildis mit Umsicht etliches für mich zur Reise herzurichten begann, so gut es in der Eile ging.

Ich ließ mir Herrn Thimo rufen, den ich ins Vertrauen über das Ziel meiner Reise zog und bat ihn, mir etliche Mannen mitzugeben, die vertrauenswürdig wären. Der Gute war sprachlos vor Schreck.

Dann bin ich hinauf in mein Gemach gegangen – jetzt ist es in der ersten Morgenstunde, um die vierte will ich reiten. Es kommt mir gut zustatten, daß ich es bei Herrn Thimo erlernte.

Am 23. Juni

In einer Herberge in Erfurt um Mitternacht.

Statt heute in der vierten Morgenstunde fortzuziehen, haben wir Graf Wiprecht die Augen zugedrückt. Seine Heimfahrt kam nun doch schneller, als wir glaubten. Es ist gut, daß es so kam – der Herr hat's wohlgemacht! So konnte ich noch bei ihm sein, konnte ihm die Augen zudrücken, konnte in der ersten Aufregung den Frauen helfen.

Nachdem ich diese Blätter fortgelegt hatte, wollte ich versuchen, noch ein wenig zu schlummern, ehe ich ritt. Zwei Stunden hatte ich geschlafen, als mich ein hartes Pochen auffahren ließ.

»Pater, kommt schnell«, hörte ich Luitgardis' Stimme.

Rasch war ich draußen und folgte ihr, die, ohne auf mich zu warten, dahineilte. Ich ahnte, was es sei – und fand es auch so.

Schwer atmend, mit geschlossenen Augen lag der Graf da, kalter Schweiß bedeckte das Antlitz. Ich sah sogleich, daß es Totenfarbe hatte. Wir riefen seinen Namen, aber er schien es nicht zu hören. Die Herrin, auch Mechthildis und Luitgardis schluchzten. Ich winkte ihnen, stille zu sein und betete. In die Hände des Allmächtigen befahl ich die scheidende Seele und bat den himmlischen Vater, wenn er die Seele lösen wolle vom Leibe, es kurz zu machen.

Dann bereitete ich rasch die heilige Handlung der Letzten Ölung vor. Währenddem ging der Atem etwas ruhiger, und als sie beendet war, öffnete der Sterbende noch einmal die Augen. Er sah uns alle der Reihe nach an.

Ich neigte mich über ihn: »Fahrt Ihr im Frieden hin, Graf Wiprecht?« fragte ich leise.

»Ja«, erwiderte er klar und verständlich, »im Frieden Gottes!«

»Auf Jesu Verdienst?«

»Allein auf Jesu Verdienst.«

Nach etlichen Augenblicken fuhr er fort: »Habt alle Dank und vergebt mir!«

Die Herrin küßte ihn, die Töchter drückten herzlich seine Hände. Ich wischte ihm immer wieder den Schweiß ab und flehte in meinem Herzen zu Gott um eine ruhige Heimfahrt ohne Kampf.

Er schien einzuschlummern. Still umstanden wir das Lager. Da – ein paar kurze, röchelnde Atemzüge – Graf Wiprecht war verschieden! Ich betete noch einmal für ihn und auch für die Hinterbliebenen, dann rief ich einen Diener, teilte ihm den Tod des Herrn mit und gab Bescheid, Herrn Thimo zu rufen und alles Gesinde samt den Mannen zu wecken.

Kaum zwei Stunden waren vergangen, da lag Graf Wiprecht in seinem letzten Gewand aufgebahrt. Droben im großen Rittersaal lag er auf der Bahre. Der Sarg wird erst im Laufe des Tages beschafft werden, dann soll er in der Kapelle vor dem Hochaltar stehen.

Die ganze Rüstung haben wir ihm angetan mitsamt seinem kostbarsten Waffenrock, dazu Schwert und Sporen, Schild und Helm mit den Helmkleinodien ihm beigegeben – ist doch mit ihm der letzte seines Geschlechts dahingefahren. Nun sind die Grafen von Werben ausgestorben!

Als alles geordnet war, hielt ich eine Totenmesse ab,

zu der alle Bewohner der Burg kamen. Als ob es so sein müsse, fügten sich alle meinen Anordnungen. Ich sorgte vor allem dafür, daß die Frauen zu tun hatten, damit sie über die ersten Stunden hinwegkamen.

Wenngleich die Liebe von Mechthildis und Luitgardis für den Vater nicht so groß und überschwenglich gewesen ist – es bleibt nun einmal die alte Geschichte, daß der Tod alles Häßliche hinwegnimmt und die Erinnerung die Verstorbenen verklärt.

Doch dann lenkte ich ihre Gedanken auf meinen Wegritt. Da kam aber eine neue Sorge: Wer wird des Totenamtes walten, wenn ich nicht da bin – und wie wird der hochwürdige Bischof die Kunde von meinem Fernsein aufnehmen?

Ich übernahm es, mit ihm zu reden und zog in der neunten Morgenstunde, statt in der vierten, endlich davon. Herr Thimo hat bis auf weiteres die Verwaltung der Burg übernommen. Ich aber ritt mit den Mannen den Berg hinab. Bangen durchzog meine Seele: Was wird sein, wenn ich wiederkehren werde?

Werde ich wiederkehren?

In der letzten Ecke wandte ich mich zurück – da wehte mir ein weißes Tüchlein den letzten Gruß nach – Mechthildis stand dort. Ich schwenkte den Pilgerhut, o Mechthildis, Dank der Gnade des Höchsten, daß wir beide stark waren in diesen letzten Tagen – stark auch beim Abschied! Werden wir uns wiedersehen?

In Naumburg war der Bischof sehr erschrocken, als er vom Ableben des Grafen Kunde erhielt. Er fragte mich aber sofort sehr verwundert, was mein Aufzug für Bewandtnis hätte.

Ich sagte es ihm kurz und bündig.

»Du zum Grafen von Altmanns-Hofen«, rief er entsetzt. »Heilige Mutter Gottes, bist du von Sinnen?«

»Ganz und gar nichr«, sagte ich ruhig und schaute ihn groß an. Plötzlich – ich weiß nicht, wie und woher es kam, aber ich folgte einer plötzlichen Eingebung – und fügte hinzu: »Was verwundert es Euer Hochehrwürden? Graf Ulrich ist mein Freund, er hat mich gerufen. Vielleicht komme ich schon zu spät! Soll ich aber Euer Erschrecken so deuten, daß der Vater meines Freundes zugleich mein – Vater ist und demnach Ulrich und ich Brüder?«

Eine fahle Blässe deckte für Sekunden sein Antlitz, dann rief er lachend: »Alle Heiligen, deine Phantasie ist ergötzlich! Um dir zu zeigen, wie sehr du irrst, mein Sohn – ziehe hin in Frieden! Die Heiligen seien mit dir!«

Und ich bin weitergezogen, unaufhaltsam, am Kloster Pforta vorüber, wo ich einen kleinen Umweg machte, um nicht gesehen zu werden, über Kusne (Kösen) und an der Rudelsburg vorüber nach Weimar. Hier habe ich nur kurz Rast gemacht, weil ich noch zum Abend in Erfurt sein wollte.

Todmüde kamen Mannen und Roß hier an – die anderen liegen schon in tiefem Schlaf. Ich aber finde noch keine Ruhe, so sehr ich ihrer bedarf. Das lange Sitzen im Sattel ist für mich doch ungewohnt – ich bin steif, und die Glieder schmerzen. Doch das alles ist Nebensache. Mich verfolgt unablässig des Bischofs Erschrecken, als ich von meiner Begegnung mit Ulrichs Vater etwas sagte – und ich möchte lachen über meine Kühnheit in der Antwort, wenn ich nicht des Bischofs Antlitz dabei fahl gesehen hätte! So aber – was hat's zu bedeuten? Ist Graf Ulrich der Ältere – ? Nein, ich will nicht daran denken!

Schier hätte ich vergessen zu berichten, daß der Bischof zu meinem Ritt auch deswegen den Segen gab, weil sämtliche Thüringer Großen und Edlen sich zum

Ziel setzen, den Markgrafen als ihren rechtmäßigen Lehnsherrn und Landgrafen anzuerkennen. In Weißenfels soll darüber ein Vergleich stattfinden.

Am 24. Juni. Gotha

Es dunkelte bereits. Ein kleines Öllämpchen verbreitet mattes Licht. Ich sitze neben dem Lager meines Freundes. Er liegt in leichtem Schlummer. Seine Verletzung ist eine innerliche durch einen schweren Kolbenstoß. Der Medikus, der vorhin hier war, sagte mir ganz im Vertrauen, daß ihm ein langes und schweres Siechtum bevorstände, wenn der Tod jetzt an ihm vorüberschritte.

Mein Herr und Gott, Ulrich, armer, armer Freund! Was wird Luitgardis zu dieser Kunde sagen? Wann wird sie sie erfahren?

Meine Begleiter entließ ich heute morgen, als wir die Hälfte der Wegstrecke zwischen Erfurt und Gotha hinter uns hatten. Den Rest des Weges legte ich allein zurück. Es war mir so lieb, konnte ich nun doch ungestört meinen Gedanken nachhängen.

Je näher ich Gotha kam, desto mehr sah ich von den Schrecken des Kampfes, der hier stattgefunden hat. Tote Pferde, Leichen, verstreute und zerbrochene Waffenstücke – darüber Scharen von Raben und Krähen – die Luft erfüllt von widerlichem Geruch. Zum Glück waren überall Leute tätig, die Toten zu bestatten – es hätte nur mehr Hilfe da sein müssen.

Endlich war ich in Gotha. Ich erfragte mir die Herberge, in der Ulrich liegen sollte, fand sie auch rasch und wurde vom Wirt in ein kleines Gemach gewiesen, wo ich auf Graf Ulrich den Älteren warten sollte.

Ulrich lebte noch, sagte mir der Mann auf meine bange Frage.

Mein Herz schlug fast bis zum Hals hinauf, als ich auf den Vater wartete. Nun ging die Tür auf – ein hochgewachsener, völlig ergrauter Mann stand vor mir. Er heftete sein dunkles Auge auf mich. Da trat er jäh erbleichend einen Schritt zurück, mich starr anschauend. Auch mir ging ein Ruck durch den Körper – den Mann kannte ich – den mußte ich kennen – aber woher? Woher?

So blickten wir uns an – bis ich endlich das Wort fand: »Ihr seid der Vater Ulrichs von Altmanns-Hofen, nicht wahr? Ich seh's am Gesichtszug! Ich bin Pater Hilarius vom Kloster Pforta«, mit Absicht fügte ich es bei, »Eures Sohnes Freund, der begehrt hat, mich zu sehen!«

Der Graf trat näher und streckte mir die Hände entgegen: »Euer Kommen sei gesegnet, Pater Hilarius! Mit Sehnsucht wartet Ulrich auf Euch! Vergebt mein Befremden bei Eurem Anblick. Ich wußte zwar schon durch Ulrich von Eurer seltsamen Ähnlichkeit, war aber doch erschrocken – hätt' solches nicht für möglich gehalten. Doch kommt!«

Er schritt voran. Ich folgte und sagte dabei: »Ja, man könnte uns für Zwillingsbrüder halten – zumal wir auch am gleichen Tag und im gleichen Jahr das Licht der Welt erblickten.«

Jäh fuhr er herum. »Was sagt Ihr da, Pater? Sprecht, woher seid Ihr?«

»Vom Kloster Pforta in Thüringen«, entgegnete ich hart – ich sah wohl, daß ihn die gleichen Gedanken bestürmten als mich. Aber es wäre jetzt nicht an der Zeit gewesen, eine Forschung anzustellen. So brach ich alles ab und berichtete ihm vom Tod des Grafen Wiprecht. Tief erschüttert hörte er mir zu.

»Er ist mir ein lieber Freund gewesen«, sagte er

endlich, »wenngleich mir sein Wesen öfter nicht zusagte. Dieser unselige Zwist zwischen unseren Fürsten trat leider auch zwischen uns – und zwischen unsere Kinder. Wäre ja auch solch ein Bündnis zwischen der Gräfin Luitgardis und meinem Sohn ein Unding.«

Ich sah, hier war eine Aufgabe für mich.

»Ein Unding, Graf Altmanns-Hofen? Sollen unschuldige Frauen unter der Herrschaft der Fürsten leiden? Graf Wiprecht ist hinüber – soll Gräfin Luitgardis ihm folgen? Wollt Ihr das?«

Finster sah er mich an.

»Es stirbt sich nicht so leicht, Herr Pater! Eure Gräfin wird sich besinnen.«

Ich schüttelte den Kopf: »Herr Graf, ich kenne sie – Ihr nicht! Und ich erkühne mich, Euch zu sagen, daß ich auch Euren Sohn besser kenne als Ihr. Er wird Euch nicht den Gehorsam weigern, wenn Ihr ihm nicht die Einwilligung gebt. Aber er wird ein innerlich einsamer und freudloser Mann werden, so daß ich kaum wünschen könnte – um seinetwillen nicht –, daß er dem Leben erhalten bliebe! Wollt Ihr das Unglück zweier Menschen auf Euch laden?«

»Ihr redet, wie Ihr's versteht – oder nein, wie Ihr's nicht versteht«, sagte er kurz. Aber ich merkte, ihm war nicht ganz wohl dabei.

Wir standen an Ulrichs Gemach. Er ging zuerst hinein, ihm mein Kommen zu sagen.

Dann rief er mich.

Leise und rasch trat ich an sein Bett, beugte mich über ihn und küßte innig die weiße Stirn. Dabei fand ich Zeit, der Bewegung Herr zu werden, die mich bei seinem Anblick erfaßt hatte. Sein Antlitz ist so weiß wie das Linnen, auf dem er ruht. Seltsam glühen die dunklen Augen darin, und seltsam rahmt es das goldblonde Haar und der Bart ein.

Er konnte kaum sprechen, so schwach war er. Aber die bange, sehnsuchtsvolle Frage seiner Augen verstand ich nur zu gut!

»Luitgardis entbietet dir viele tausend Herzensgrüße«, sagte ich ihm halblaut. »Sie denkt deiner in unwandelbarer Liebe und Treue!«

Ein heller Schein flog über sein Antlitz – der Vater sah es und wandte sich ab. Meine Worte hatte er wohl auch gehört – allzu leise waren sie nicht gesprochen!

Dann setzte ich mich ans Lager und bin bis jetzt bei ihm geblieben. Ich weiß ja nicht, wie lange es noch sein kann. Als wir allein waren, redete ich mit ihm von Luitgardis – ist ihm ja das Wichtigste. Mein Ulrich, wenn du ahnen würdest, wie ich dich verstehe!

Aber ich unterlasse auch nicht, ihn auf den Erlöser hinzuweisen. Er ahnt wohl kaum, wie nahe er den Pforten der Ewigkeit steht!

Möge der Allbarmherzige sich erbarmen und Ulrich gesund machen. Aber ich kann es doch nur von Herzen wünschen, wenn ihm dann auch das Glück des Lebens blühen würde neben Luitgardis.

Es ist still um mich. Ich höre nichts als die unruhigen Amtenzüge des Schlummernden. Ich will den ersten Teil der Nacht bei ihm wachen, den zweiten übernimmt einer der Mannen des Grafen.

Wie wohl auch mir die Stille der Nacht tut. Da kann ich mein beladenes und schweres Herz immer wieder zu dem bringen, der gesagt hat: »Kommet her zu mir, die ihr mühselig und beladen seid – ich will euch erquicken.«

Welch ein Trost zu wissen, niemand naht ihm vergeblich! Als ich den Kiel vorhin zur Seite legte, zogen meine Gedanken wieder zur Neuenburg. Was mögen sie dort tun? Werde ich noch einmal hinkommen? Wie wird es dann sein?

Sicher wird dort inzwischen ein neuer Gebieter vom Landgrafen eingesetzt. Wo werden die Frauen bleiben?

Barmherziger, nur um eines flehe ich: Mechthildis soll – darf nicht ins Kloster gehen. Ich könnte es nicht überleben, sie nie mehr zu sehen! Herr, erbarme dich!

Aber auch wenn ich Luitgardis' gedenke, muß ich immer nur flehen: Herr, erbarme dich! Mir stieg vorhin die Frage auf: Wenn sie von Ulrichs Siechtum hört, wird ihre Liebe stark genug sein, das Leben auch dann mit ihm zu teilen? Ich zweifle nicht daran – wird aber ein Prüfstein werden, ob ihre Liebe echt und wahr ist.

Am 27. Juni

Heute ist auf der Neuenburg die Beisetzung des Grafen Wiprecht. Der barmherzige Gott lasse ihm das ewige Licht leuchten!

Ulrich geht es ein wenig besser. Der Medikus machte ein zufriedenes Gesicht und nickte mir erfreut zu. So konnte ich ihm auch mitteilen, daß Graf Wiprecht tot sei – auch, daß er vor dem Heimgang die Einwilligung zu einer Ehe zwischen Luitgardis und ihm gegeben hat. Er ist froh darüber – was nützt es aber, wenn seine Eltern so stehenbleiben, wie sie stehen? Aber, Gott kann helfen.

Am 29. Juni

Es scheint, als ob der Fürst des Todes durch das Erbarmen Gottes an Ulrich vorübergeht. Der Medikus sagte es heute zu Graf Ulrich und zu mir. Eine tiefe Bewegung zuckte über des Vaters Antlitz. Ich sah es und flüsterte ihm zu: »Laßt sein Leben dann ein glückliches sein, Herr Graf.« Da war die Bewegung fort, eine finstere Falte trat auf die Stirn. Er wandte sich ab. Ulrich selbst sprach heute das erstemal länger zu mir als sonst. In den ersten Tagen genügten wenige Worte, ihn völlig zu ermüden.

Am 30. Juni

Vorhin hat mir Graf Ulrich, der mich immer ganz eigentümlich beobachtete, erzählt, daß gestern Botschaft an ihn von der Herzogin gekommen sei, sie wünsche ihn sobald als möglich wieder in ihrer Nähe zu haben. Er müsse nun demnächst aufbrechen. In erster Linie muß der Medikus befragt werden, ob Ulrich eine längere Reise bereits ertragen kann. Wenn nicht, so bleibt er unter meiner Obhut noch hier. Fast wünschte ich das letztere, weil sonst eine Trennung wohl nahe bevorsteht.

Am 3. Juli

Ulrichs Zustand bessert sich derart schnell, daß der Medikus ihn reisen lassen will. Er sagte zu dem Grafen und mir allein im anderen Zimmer, daß die Todesgefahr zwar ganz überwunden sei, der gegenwärtige Zustand aber noch länger anhalten würde. Die Reise könne gemacht werden, doch nur in kleinen Wegstrecken.

So herzlich ich mich für meinen Freund freute, so schwer wurde mir das Herz, wenn ich an die Trennung dachte.

Aber es kam anders!

Als Ulrich hörte, daß er reisen könne, bat er: »Und du begleitest mich, ziehst mit uns, Hilarius, nicht wahr?«

Ich wollte etwas dagegen sagen, aber Graf Ulrich, der dabei war, ließ es nicht dazu kommen.

»Freilich zieht Pater Hilarius mit uns, mein Sohn. Ohne ihn reisen wir nicht! Urlaub hat er von dem hochwürdigen Bischof. Ob er den hier verlebt oder auf unserer Burg, ist eins. Und daß er weder uns an den Bischof, noch den Bischof an uns verraten wird, das weiß ich genau, soweit kenne ich ihn bereits.«

Ich mußte lächeln.

»Da habt Ihr recht, Graf Ulrich«, sagte ich, »und ich muß Euch gestehen: Der Gedanke, mich nun von Ulrich trennen zu sollen, war mir sehr schwer.«

Es ist also entschieden: Ich ziehe mit nach der Altmannsburg.

Wenn ich daran denke, steht sie vor meinem Geiste als ein trutzig festes Schloß da mit Wällen, Mauern und Türmen. Auch die Gräfin Sabina versuche ich mir vorzustellen und meine, sie müsse eine schlanke, blonde Frau sein, der Ulrich und also auch ich sehr ähnlich sind.

Inzwischen ist, ich muß es noch vermerken, ein vertrauter Bote an Gräfin Jutta von mir gesandt worden – und er bringt im Wams noch einen Extragruß von Ulrich an Luitgardis. Der Bote wird uns nachkommen, wenn er wiederkehrt. Er ist vorgestern fort, und wir ziehen morgen davon. Da kann er noch nicht zurück sein.

Am 6. Juli. In der Herberge

Es greift Ulrich mehr an, als wir glaubten, obwohl wir so bequem als möglich reisen. Er ruht auf weichem Lager in einem großen Reisewagen. Ich sitze bei ihm. Graf Ulrich und der ganze Troß der Mannen und Knappen, eine stattliche Zahl, begleiten uns zu Pferde.

Mir macht das neue, das ich sehe, Freude – wäre nur nicht der eine Gedanke, der mir alle Freude dämpft. Mein Gott, werde ich je ruhig über diese Sache werden?

Ulrich ahnt nichts davon. Er fragte mich nur einmal, was mich so geändert hätte – ich sei ein anderer Mensch geworden, aber ihm so noch lieber als früher. Ich antworte ihm nur: »Das Leid – und nun frage mich nicht, ich kann nicht darüber reden!« Er hat dann auch nichts mehr gesagt.

Aber meine Stellung, die ich jetzt meinem Gott gegenüber einnehme, habe ich ihm klargelegt, und einiges davon fängt er an zu verstehen. Wir haben des öfteren lange Gespräche miteinander – das heißt für ihn lang. Er ist noch immer sehr leicht müde und angegriffen. Aufrecht sitzen kann er kaum. Es bereitet ihm viel Schmerzen. Da liegt er lieber. Aber er sehnt die Zeit herbei, da er wieder im Sattel sitzen und das Schwert führen kann.

Ach, er weiß nicht, daß es unmöglich für ihn ist, wenn der Allmächtige nicht ein Wunder tut!

O Herr, hilf ihm, wenn es dein Wille ist!

Am 9. Juli

Es ist ein liebliches Land, das wir durchziehen. Berge wechseln mit saftigen Wiesen, dichten Wäldern und reifenden Ährenfeldern. Besonders freut es mich, den Rhein wiederzusehen mit den herrlichen Rebhügeln an seinen Ufern, den festen Burgen und Schlössern. Je näher wir der Altmannsburg kommen, desto mehr habe ich das Gefühl, als müßte sich für mich viel entscheiden!

Mag das Gefühl hervorgerufen sein durch die immerwährenden Gedanken, daß Ulrich mein Bruder und ich ein Altmanns-Hofer Graf bin? Barmherziger, wenn es so wäre! Was würde mir dies Erkennen nützen? Würde es nicht vielmehr dazu dienen, mein Leid zu vergrößern? Soll ich überhaupt versuchen, Licht in die Sache zu bekommen? Herr, hilf du!

Am 10. Juli

Morgen, so sagte mir vorhin Ulrich, werden wir die Burg sehen können. Doch ist es dann noch eine gute Wegstrecke hinauf, zumal für uns, die wir langsam ziehen.

Graf Ulrich der Ältere hat uns gestern mittag verlassen. Er ist wohl bereits oben auf der Burg. Wir ziehen mit guter Bedeckung gemächlich hintennach.

Es geht Ulrich viel besser, nur daß er nicht sitzen kann. Aber das Sprechen macht ihm viel weniger Mühe als sonst. Dem Allmächtigen sei Dank dafür.

Heute am Nachmittag holte uns der Bote ein, den ich nach Neuenburg gesandt hatte. Ulrichs Augen hingen an ihm, als ich ihn hereinrief, mir zu berichten. Die Herrin entbot mir viele Grüße, sie sehne sich nach meinem Zuspruch, nach meinem Rat. Vorläufig seien sie noch auf der Burg. Aber sie hätte vor, sobald der neue Burgvogt vom Markgrafen eingesetzt würde, nach Tscheiplitz zu ziehen. Die Äbtissin des Klosters sei ihre Tante, und so wären sie in guter Obhut. Auch spräche ihre Tochter Mechthildis gar eifrig dafür. Was meine Ansicht wäre? Sie könnten auch nach Burgscheidungen ziehen. Dort hätten sie ein Gütlein, ein Erbteil von Mutters Seite her. Nur seien sie dort allein und ohne Anhang.

Gräfin Luitgardis aber sandte mir mit herzlichem Gruß ein kleines Päcklein.

»Und hat Gräfin Mechthildis nichts weiter sagen

lassen?« fragte ich, mich gewaltsam zur Ruhe zwingend, weil Ulrich dabei war.

»Nichts«, sagte der Bote. Da schickte ich ihn hinaus.

Ungestüm griff Ulrich nach dem Päcklein. Es enthielt etliche Vergißmeinnicht und eine Seidenschärpe, die Luitgardis mit kunstfertiger Hand wohl in Stunden des Alleinseins für ihn angefertigt hatte. Dabei lag ein Brieflein an mich mit den wenigen Worten, daß ihre Gebete und Gedanken uns unausgesetzt begleiteten.

Ulrich war so hingenommen, daß ich ihn gut ein wenig allein lassen konnte – und danach verlangte meine Seele jetzt ungestüm. Ich habe mir ein einsames Plätzchen gesucht, die Hände gefaltet und meinen Gott angeschaut in heißem Flehen um Stille und Kraft! Nicht einmal einen Gruß – aber es ist ja nur gut so – Barmherziger, ich bin ja doch ein Mönch!

Aber auch ein Mensch! O der Jammer, den meine Eltern einst über mich brachten, als sie mich in Verblendung dem Kloster weihten! Doch haben sie gehandelt, weil sie meinten, daß es recht sei; Herr, vergib ihnen und erbarme dich meiner und Mechthildis'!

Am 11. Juli. Auf der Altmannsburg
Mitternacht

Innere Erregung schüttelt mich wie Fieber!

Seit etlichen Stunden sind wir am Ziel angelangt. Im Gemach neben mir schläft längst der Sohn und Erbe, Ulrich, mein Freund – oder nein, mein Zwillingsbruder, was mir heute zu voller Gewißheit geworden ist!

Nie habe ich geahnt, daß solche Stürme mein Leben durchtoben würden, wie es geschehen ist und noch immer geschieht, seit ich den Weg aus Pforta zur Neuenburg nahm!

Heute morgen war's. Je weiter wir zogen, desto

mehr schien mir, als hätte ich alles schon gesehen. Ich hatte ein Gefühl, als müsse ich einen Schleier fortziehen, um klar sehen und denken zu können.

»Wenn wir um jenen Berg herumkommen, liegt die Altmannsburg vor uns«, sagte Ulrich vorwärts deutend.

Ich entgegnete nichts, zählte aber fast die Schritte bis dahin. Und dann – ich preßte die Lippen zusammen, preßte die Hände in den Falten meiner Kutte zusammen – da lag die Burg vor uns, gerade so fest, so trutzig und stolz, und so errichtet mit ihren Mauern und Türmen, wie ich sie im Geist immer gesehen hatte.

»Hilarius, dort liegt unsere Burg – aber um der Heiligen willen, was ficht dich an? Du bist blaß wie der Kalk!« tönte Ulrichs Stimme an mein Ohr. Da riß ich mich gewaltsam zusammen.

»Mir ist nicht so, wie mir sein sollte«, gab ich zurück, »aber sorge dich nicht, es geht vorüber.«

Dabei blickte ich mich um – war's so, wie es mir schier Gewißheit wurde – dann müßte dort links im Walde das schlanke Türmlein einer Abtei auftauchen – jenes kleinen Klosters, dessen Abt mich erbarmungslos nach Clairvaux gesandt hatte. Wenn es so wäre, dann – ja, dann mußte ich mir Gewißheit verschaffen um jeden Preis!

Ich spähte eifrig hinüber. »Ulrich, liegt dort nicht ein Kloster?«

Er nickte müde. »Ja, das Türmlein der Kirche von St. Quirin ist in gleicher Höhe mit den Bäumen des Waldes – früher überragte es sie weit, ich erinnere mich noch gut daran.«

Meine Blicke hingen an der Turmspitze. »Herr Abt, du sollst mir Rede stehen!« nahm ich mir vor.

Aber wie – er konnte längst tot sein, der damals lebte

– seither sind dreiundzwanzig Jahre vergangen. Ich war damals sechs Jahre alt, als man mich ins Kloster sperrte.

»Wie heißt der Abt des Klosters?« fragte ich mühsam.

»Ambrosius«, entgegnete Ulrich mit geschlossenen Augen und fügte leise hinzu: »Er ist ein alter, gebrechlicher Mann von über achtzig Jahren und Abt, solange ich denken kann. Du wirst ihn auch kennenlernen. Doch laß mich ruhen, ich bin sehr müde!«

Seine Atemzüge verrieten bald, daß er schlummerte. Da schlug ich die Hände vors Gesicht und brachte den Sturm meiner Seele vor den Allmächtigen, daß er mich stark mache und mir Klarheit gebe, was ich nun tun solle.

Langsam, langsam zogen wir den langen, gewundenen Pfad hinauf zur Burg. Schon hatte der Turmwächter uns wahrgenommen und uns mit lauten Tönen gemeldet.

Mir klopfte das Herz bis in den Hals in dem Gedanken, Gräfin Sabina zu sehen – sie, die vielleicht – vielleicht meine Mutter war!

Auch Ulrich war bleich vor innerer Erregung, und als ich ihn fragte, ob er sich auf das Wiedersehen freue, entgegnete er: »Wohl schon – doch steht nun Luitgardis zwischen uns – und ich glaube, meine Mutter wird noch kühler sein als sonst immer.«

»Ist sie so?« fragte ich überrascht.

Er nickte. »Ja, obgleich sie es nicht so meint. Weil ich es weiß, auch weiß, daß sie ein Herz voll Liebe hat, söhnt es mich mit ihrem Wesen aus. Wenn ich sonst heimkam, brauchte ich immer einige Zeit, bis ich mich wieder an sie gewöhnt hatte – wieviel mehr wird es jetzt sein.«

»Aber du bist leidend«, wandte ich ein. »Sollte es da nicht anders werden, als du meinst?«

Er zuckte die Schultern. »Mag sein – wollen's hoffen. Mich leiden zu sehen, war ihr freilich immer fast unerträglich. Nun ist es seelisch und körperlich. Vielleicht siegt ihre Liebe. O Hilarius, verlaß mich nicht im Kampf, der vor mir liegt. Wahrlich, er scheint mir härter als ein Treffen, das ich bei Tonna und Mühlhausen erlebte!«

Mir blieb nicht Zeit zur Antwort, weil Graf Ulrich uns entgegenkam. Die Zugbrücke war heruntergelassen. Weit offen standen die Tore. Drinnen war alles zusammengelaufen, um den einen Sohn und Erben des Hauses zu begrüßen – indes der andere als schlichter Mönch unerkannt mit einzog. So klang's in mir, als ich das Gesinde und die Mannen sah.

Neben dem jungen Mönchlein, das Kaplan hier oben ist, stand Gräfin Sabina – so, wie ich sie mir vorgestellt hatte – eine schlanke Frau in dunklem Schleppgewand – nur statt des blonden leicht ergrautes Haar.

Der Zwinger drehte sich schier um mich, als ich vom Wagen stieg. Ich brauchte alle meine Kraft, um Herr über mich zu bleiben.

Gräfin Sabina eilte auf ihren Sohn zu und umschlang ihn. Sie waren beide sehr herzlich zueinander – ja, aber ich hätte mir solch ein Wiedersehen anders gedacht. Ulrich ist doch vom Tode gerettet worden!

Nun wandte sie sich mir zu – einen Schrei stieß sie aus und schaute mich mit weitgeöffneten Augen an.

»Pater Hilarius aus dem Kloster Pforta«, stellte mich Graf Ulrich der Ältere vor. »Mein Herzensfreund«, fügte Ulrich hinzu, »nicht wahr, Mutter, eine seltsame Ähnlichkeit ist zwischen uns. Wir lachten schon oft darüber.«

»Mein Gemahl sprach bereits davon – doch nie hätte ich es für möglich gehalten«, sagte sie fast tonlos. Doch dann streckte sie mir die Hand entgegen: »Seid willkommen auf der Altmannsburg! Möge Euer Hiersein uns segnen.«

Ich schlug das Kreuzzeichen über ihr und wandte mich dem Kaplan zu, Pater Eurastus. Mit ihm zusammen folgte ich den anderen zur Oberburg. Aber ich nahm wahr, daß etliche ergraute Männer, die im Dienst des Grafen stehen, mich anstarrten, die Köpfe schüttelten und miteinander flüsterten. Ich versuchte, möglichst gleichgültig auszusehen und sah mich um. Hier war das Haus des Burgverwalters, dort ging der Weg über die schmale zweite Zugbrücke in die Oberburg – hier nun war der große Brunnen, an dem ich als Kind so oft gespielt habe. Nun traten wir in die kühle dämmrige Halle ein. Dort hatte der Vater seinen Platz, wo er sich auch jetzt niederließ – hier die Mutter. Wie Schuppen war es von meinen Augen gefallen. Ich wußte, ich war – ich bin Siegfried, der Zwillingsbruder Ulrichs!

Woher ich die Kraft nahm, still zu sein, sogar hin und wieder mitzureden – ich weiß es nicht. Ich kann nur sagen, der Allmächtige gab sie mir! Was hätte es auch genützt, wenn ich ihnen erklärt hätte, ich fühle, ich sei ihr anderer Sohn. Noch habe ich keine Beweise. Die soll mir der Abt Ambrosius geben, und dann? Ja, was dann?

Herr, du hast mein Leben in deiner Hand – Herr, lehre mich willenlos sein, willenlos werden!

Ich genoß wenig beim Mahl. Später brachten wir Ulrich hinauf, und ich blieb bei ihm. Er war sehr in Sorge um meinetwegen, weil ich so bleich war. Ich beruhigte ihn und fing an, von seiner Mutter zu reden.

Da verdüsterte sich sein Gesicht, und er sagte: »Ja, du hast recht gesehen, nur zu recht – herzlich und freundlich – aber mein Lieb steht zwischen uns. Und, Hilarius – ich kann und werde es nicht ändern, ich lasse nicht von Luitgardis!«

»Recht so«, entgegnete ich, »ich tät's auch nicht an deiner Statt!«

»Und du stehst mir bei, Hilarius?«

»Unerschütterlich«, gelobte ich ihm, »komme, was da wolle.« Er bedurfte sehr der Ruhe. Ich ließ mir das Nachtmahl später ins Gemach bringen, da ich sehr ermüdet sei, wie ich Graf Ulrich sagte, der zu uns hinaufgekommen war. Ich bin auch müde – sehr müde, aber der Schlaf flieht mich – –

Am 12. Juli

Graf Ulrich teilte mir heute mit, daß der Vergleich zwischen den Thüringer Grafen und dem Markgrafen Heinrich zustande gekommen ist. In Weißenfels haben sie miteinander am 1. Juli eine Zusammenkunft gehabt und eine Vergleichsakte errichtet. Allerdings hat Markgraf Heinrich versprechen müssen, sich mit dem Anhalter Grafen Siegfried im Frieden zu einen.

Dieser Graf Siegfried hat nun, wie es vorauszusehen war, gleicherweise Ansprüche an Thüringen erhoben, weil er der Sohn von Heinrich Raspes dritter Schwester Irmengard ist. Nichts als Fehde um Mein und Dein, und wenn einer dem andern ein Stücklein Land wegholen kann, tut er's mit Behagen.

Da heißt es dann: berechtigte Ansprüche – und ist im Grunde nur Länderhunger! Kommt noch dazu die Angst, der andere könnte größer werden, als man selbst ist, und die Sorge, es ging einem an Ansehen etwas verloren – schon gibt es genug Gründe, ein Heer zu rüsten und Fehde anzusagen, unbekümmert um Hab' und Gut der Bewohner des Landes, unbekümmert um Leben und Blut der Ritter und Mannen!

Wenn der kleine Mann seinen »berechtigten Ansprüchen« einmal Geltung verschaffen würde – ihm wäre der Galgen sicher, denn man hieße es »Überhebung, Auflehnung« und dergleichen mehr. Aber die Großen tun's ungestraft, denn da nennt man es Sorge für des Landes Wohl – Ansehen und sonst noch was. Wo liegt der Unterschied?

Was wird nun die Herzogin tun? Allein kann sie mit den hessischen Großen nicht gegen den Markgrafen an.

Graf Ulrich schwieg sich darüber aus – natürlich, hinter mir steht doch der Bischof von Naumburg, der des Markgrafen Bruder ist!

Am 18. Juli

Ulrich fiebert – es macht die innere Erregung.

Ich habe vor, einen Boten nach Neuenburg zu senden und Luitgardis aufzuhellen über Ulrichs Zukunft – ich halte es für meine und in erster Linie Ulrichs Pflicht. Da heißt's aber, erst ihn auf den Ausspruch des Medikus vorzubereiten – es wird schwer, sehr schwer werden! Ich bedarf dabei der besonderen Weisheit.

Mein Ulrich, mein armer, armer Freund! Ob Bruder – das soll der Abt mir sagen. Ich werde morgen zu ihm gehen. Was dann wird, weiß ich nicht, aber mein Trost ist der, daß alles in den Händen des Höchsten liegt, und daß er alle unsere Wege ebnet.

Gräfin Sabina sah ich beim Festmahl, auch später zu Mittag. Sie ist sehr besorgt um Ulrich – aber ihrem Wesen fehlt die Wärme. Gräfin Jutta ist anders.

Heute nachmittag – es ist gegenwärtig die dritte

Stunde – erwarten wir den Medikus. Gebe Gott, daß seine Aussage besser ist, als ich fürchte.

Am Abend

Ulrich, mein armer Freund – mehr kann ich nicht sagen – konnte ich auch nicht zu ihm sagen, als der Arzt heute fort war!

Er untersuchte ihn gründlich und stellte dann das gleiche fest wie der Gothaer: unheilbares Siechtum!

Er sagte es dem Grafen und mir im Nebenzimmer. Da vernahm ich ein entsetzliches Stöhnen und wurde zu meinem Schreck gewahr, daß die Tür offengeblieben war! Mit einem Sprung war ich bei Ulrich – der Ärmste lag mit todblassem Antlitz, die Züge verzerrt in Qual, und stöhnte wie ein todwundes Tier!

»Ulrich, was ist?«

»Ich hörte alles«, preßte er hervor. »Hilarius, sei barmherzig, gib mir einen Dolch! Was soll ich noch leben? Alles dahin, Gesundheit, Ehre und – mein Glück!«

Wie ein Schrei klangen die letzten zwei Worte. Da habe ich ihn umfaßt und geredet – weiß jetzt nicht mehr was alles. Nur das eine weiß ich, das Kreuz stellte ich vor ihn hin und wies ihn auf die ewige Herrlichkeit.

Allmählich wurde er still, aber nur zu gut weiß ich – solche Kämpfe, die er jetzt durchzukämpfen hat, sind nicht in einigen Stunden vorüber! Dazu braucht's länger.

Aber ein vertrauter Bote mit dieser Kunde ist von mir zu Luitgardis gesandt worden, ohne daß Ulrich es weiß. Ich glaube ihre Antwort zu kennen – oder ihre Liebe und Treue war eitel Geschwätz. Ihre Antwort wird ihm dann mehr helfen, als alle Heilmittel sonst, vermute ich.

Gräfin Sabina war sehr blaß. Ihre Hände zitterten, als sie den Ausspruch des Medikus erfuhr – aber sie behielt ihre Ruhe. Die Frau besitzt eine merkwürdige Gewalt über sich.

Ich sprach kaum einige Worte mit ihr allein.

Draußen geht ein Unwetter hernieder – hier innen tobt ein Sturm in den Seelen, der furchtbarer ist. Wie danke ich's heute dem Hochgelobten, daß er mich mit Marcellus zusammenführte und ich durch ihn den einen kennenlernen konnte, der Wind und Meer gebietet, und es muß still werden!

Am 21. Juli

Noch bin ich nicht beim Abt gewesen. Meine ganze Zeit gehört Ulrich. Er will mich kaum eine Minute entbehren. Er klammert sich fest an mich an – ach, und ich kann nichts tun, als ihn auf den Meister hinweisen, und mit ihm und für ihn beten!

Graf Ulrich ist heute fortgegangen zum Hof der Herzogin. Sie verlangte energisch sein Kommen – mir schien, er wäre jetzt lieber hiergeblieben. Als er Abschied nahm, sah er mich mit seltsamem Blick an, drückte innig meine Hand und sagte: »Ich hoffe, Euch hier oben wiederzusehen, wenn ich heimkehre, Pater – Hilarius!«

Woher das Zögern vor meinem Namen? Sollte auch ihm eine Ahnung gekommen sein? Unmöglich ist's nicht.

Am 23. Juli

Ich saß heute eine Viertelstunde im Gärtlein, während Ulrich ein wenig schlummerte. Da kam Gräfin Sabina. Sie sah mich nicht sogleich. Ich bemerkte, daß ihr kühles und ruhiges Antlitz in heftiger Erregung zuckte. Sobald sie aber meiner gewahr wurde, fuhr sie sich leicht mit der Hand über die Augen, und der ruhige Zug war wieder da.

Ich hatte aber genug gesehen. Tiefes Mitleid für sie erfaßte mich. Ich glaube, daß solche Menschen mehr leiden, als man ahnt.

Sie setzte sich zu mir, und ihr Auge haftete mit forschendem Ausdruck auf mir. Sie fragte lang und breit nach Pforta. Ich gab ihr Auskunft, als sei ich all mein Lebtag nur dort gewesen.

Sie fragte dann nach meinen Eltern. Ich fühlte, wie ich blaß wurde, sagte aber ziemlich ruhig, daß ein Mönch in der heiligen Kirche die Mutter, in dem Allmächtigen den Vater habe. Da schwieg sie.

Ich bin aber sehr bald aufgestanden und zu Ulrich gegangen. Wenn sie in Wahrheit meine Mutter wäre und es überhaupt erführe, müßten wir uns erst finden, das ist mir klar.

Am 24. Juli. Mitternacht

Ich war beim Abt – ich weiß alles – ich bin Siegfried, Graf von Altmanns-Hofen – und es gibt einen Weg für mich zurück in die Welt – einen Weg zum Glück – oder – in die Hölle? Nacht ist um mich – in mir – ich bin dem Wahnsinn nahe – und kein Licht – kein Licht –

Am 27. Juli

Die dunkelste Zeit meines Lebens liegt hinter mir! So dunkel wie in diesen Tagen war's noch nie – kann es auch nicht wieder werden.

Ich weiß nur eins: Hätte mich Gottes allmächtige Hand nicht gehalten, ich wäre wer weiß wo geendet! Aber er hielt mich – auch da, als ich ihn nicht sah, ja, an allem irre wurde.

Barmherziger, an welchem Abgrund stand ich! Nur du hieltst mich, daß ich nicht stürzte! Dank dir dafür, solange ich atme!

Mir ist zumute, als sei ich von einer Todkrankheit genesen, das heißt nur erst soweit, daß ich die ersten Schritte tun kann. Aber diese Schritte sind bereits im neuen Leben und beugen mich in demütigem Dank!

Ich war beim Abt. Alles erkannte ich wieder, als ich hinging: den Waldweg, die Pforte zur Abtei – nur nicht den ehrwürdigen Greis, der im Abtskleide vor mir stand.

Als er mich anschaute, verfärbte er sich und sank aufstöhnend in einen Sessel.

»Siegfried«, murmelte er tonlos.

Ich verschränkte die Arme und blickte ihn an.

»Erkennt Ihr mich, Abt Ambrosius?«

Er deckte die Hände über die Augen und murmelte: »So hat alle Buße nichts geholfen, und du stehst vor mir, Rechenschaft zu fordern.«

Mich jammerte ein wenig des alten Mannes. Ich zog mir einen Stuhl heran, setzte mich neben ihn und sagte: »Nein, ich will Euch nicht zur Rechenschaft ziehen, nur sollt Ihr mir bestätigen, was ich längst weiß, daß ich Ulrichs Zwillingsbruder bin.«

»Wenn du bisher in Clairvaux lebtest, bist du's«, flüsterte er.

»Ich lebte dort bis vor zwei Jahren«, entgegnete ich.

»So bist du's!«

Mich trafen diese Worte, die meine Ahnung zur Gewißheit machten, wie Keulenschläge. Ich zitterte am ganzen Körper. Heftige Erregung begann mich zu packen, ich bezwang mich aber mit Gewalt.

»Gebt mir nun noch Aufklärung«, forderte ich, »weshalb Ihr mich damals, als mein Schwesterlein so schnell starb, nicht den Meinen zurückgabt, wie Ihr es hättet müssen. Es war Eure Pflicht, mich von Clairvaux heimholen zu lassen.«

Er stöhnte qualvoll. »Du warst noch immer hier, warst noch in gutem Verwahrsam hier in der Abtei, ich sandte dich erst später hin«, stieß er hervor.

Ich sprang auf. »Was? Abt, redet Ihr die Wahrheit?«

»Ja.«

Ich lief im Gemach auf und ab, dann blieb ich vor ihm stehen. »Warum?« herrschte ich ihn an.

»Ich wollte dem Kloster die reichen Güter bewahren, die es von deinem Vater erhalten hatte.«

Mit eisernem Griff packte ich seine Hand in maßloser Wut! Alles hatte ich vergessen, daß ich ein Mönch war – mehr noch, daß ich mich ein Kind Gottes genannt hatte – alles –

»Abt«, stieß ich heiser hervor, »das sollst du mir büßen –«

Mit erloschenen Augen sah er mich an.

»Töte mich, Siegfried!«

Gleich einem kalten Wasserstrahl trafen mich seine Worte – ich ließ ihn los.

Er saß zusammengesunken vor mir mit geschlossenen Augen und rührte sich nicht. Aber ich blieb kalt und hart gegen ihn. Eine Zeit war es zwischen uns still, totenstill.

Endlich öffnete er die Augen und sah mich mit seltsam totem Blick an. »Setz' dich zu mir, Siegfried, und höre mich still an, wenn du kannst. Ich will dir alles sagen, auch das, was du noch nicht weißt.«

Etwas zwang mich – ich setzte mich.

»Komm ganz nahe heran«, flüsterte er, »nie darf jemand hören, was du jetzt erfahren sollst.«

Ich beugte mich zu ihm, und er sprach: »Höre zuerst

meine Beichte – vielleicht kann ich dann ruhiger sterben. Damals war ich nur getrieben von dem einen Gedanken, fürs Kloster Schätze zu sammeln. Ich meinte, für dich ständen alle Plätze offen, du könntest Ehre und Ansehen im geistlichen Stand erringen. So wurdest du hier im Kloster behalten, bis deine Schwester starb. Als ich davon Kunde erhielt und bald darauf deinen Vater kommen sah, gab ich den Mönchen strengen Befehl, dich zu bewahren und nicht sehen zu lassen. Deinem Vater log ich vor, du bist bereits in Clairvaux, und von dort weitergebracht. Ich wüßte nicht wohin. Er zog darauf nach Clairvaux, aber der Abt dort hatte inzwischen von mir Kunde erhalten und deinen Vater abgewiesen, mit irgendwelchen Ausreden –«

»Lügen«, fuhr ich dazwischen, und er sagte leise: »Lügen, ich weiß nicht. Du aber warst noch immer bei uns. Als einige Wochen verstrichen waren, ließ ich dich unter sicherem Geleit nach Clairvaux bringen. Bald darauf empfing ich Nachricht und Befehl vom Bischof, daß Graf Siegfried von Altmanns-Hofen für die Welt tot sei. Welchen Namen der Knabe nun trüge, hätte mir gleich zu sein.

Einige Jahre waren verstrichen, da erhielt ich Kunde von einem päpstlichen Dispens für dich und zugleich diesen selbst, falls dein Bruder Ulrich sterben sollte. Aber zugleich mit dem Dispens empfing ich die Weisung, streng darüber zu schweigen. Niemand dürfe es erfahren.

Du bliebst für mich verschollen, und wenn ich im Laufe der Jahre hoffte, ein junger Abt oder Bischof würde irgendwo auftauchen, in dem ich dich erkennen könnte – meine Hoffnung trog mich!«

Er machte eine Pause. Mir aber war schwarz vor

Augen geworden bei der Erwähnung vom Dispens für mich, falls Ulrich stürbe!

Er fuhr fort: »Allmählich wurde mein Gewissen lebendig, weil du so ganz im Dunkel bliebst, und – o Siegfried, ich habe unendliche Qualen deinetwegen ausgestanden, daß ich dir dein Leben vielleicht – vielleicht –«

»Vergiftet hatte – ja, das hast du, Abt, gründlich hast du's getan!« sprach ich hart dazwischen. »Aber rede weiter.«

Er rang nach Luft. Endlich ermannte er sich. »Siegfried, vergib, wenn du kannst. Nimm die Last von mir, ehe ich sterbe.«

»Niemals«, fuhr ich empor, »behalte nur solche Last. Ich vergebe dir nicht! Du tatest mir zu viel an.«

Er schüttelte sich wie im Krampf. Nach etlichen Augenblicken sprach er weiter: »Höre noch eins! Ich weiß, daß dein Bruder todkrank heimgekehrt ist. Ich habe den Medikus rufen lassen, ihn befragt und weiß, wie es um ihn steht. Da habe ich sogleich einen Mönch mit dieser Kunde und dem Hinweis auf deinen Dispens in diesem Fall nach Clairvaux entsandt. Sie ließen mir heute von dort sagen, ich solle mich nicht um Dinge kümmern, die nicht meines Amtes wären. Im übrigen sei ich zu alt und zu schwach, um zu wissen, was ich täte, ich solle zurücktreten.

Da habe ich in heißem Flehen vor der Heiligen Jungfrau gelegen, und plötzlich kam mir etwas in den Sinn.

Vor Jahren ist ein Pilger vom Heiligen Land hier in der Abtei gewesen und hat allerlei Wundermittel mit sich geführt, die schwere Gebrechen und böse Krankheiten heilen können. Er ließ mir etliche hier. Ich habe in den Jahren gar manchen im Dorf vom Tode retten können, wo der Medikus keinen Rat, keine Hilfe mehr wußte. Niemals versagten die Mittel.

Nur eins konnte ich nicht probieren – weil keine Gelegenheit dazu da war: Es sind Tropfen für solche Leiden, wie Ulrich sie hat. Schon hatte ich die Flasche hervorgesucht und wollte sie zur Burg senden mit der notwendigen Anweisung – da kamst du, Siegfried!«

Er holte tief Atem und schloß dann, und seine Stimme erstarb fast im Flüsterton: »Ich gebe dir die Flasche mit, aber ich gebe dir auch den schriftlichen Dispens, der dich vom Klosterzwang löst, wenn Ulrich hinüber ist!«

Er stand auf, ging zu einem Wandschrank, der kunstvoll verschlossen war, und entnahm ihm eine große Flasche. Einen Kasten, der auch im Schrank stand, öffnete er und holte eine Rolle, versehen mit päpstlichem Siegel, heraus.

Ich schaute ihm zu, wie gelähmt – es brauste und sauste in meinen Ohren – und hielt nun beides in der Hand. Die Flasche und die Rolle verbarg ich in der Kutte und starrte immer noch auf den Greis vor mir.

»Tu, was du willst«, flüsterte er, »meine Beichte ist zu Ende. Damit, daß ich dir den Dispens aushändige, gebe ich dich dem Leben wieder. Nun geh!«

Ich stand auf und ging wie ein Träumender, der die Gewalt über sich verloren hat. Aber soviel Besinnung hatte ich noch, daß ich einem Knappen den Auftrag gab, mich zu entschuldigen. Ich hätte mich hingelegt und wollte allein sein.

Dann habe ich in meinem Gemach die Rolle geöffnet und gelesen – gelesen – gelesen –

Ja, da stand es klar und deutlich, daß ich des Klosterlebens ledig sei, sobald auf der Altmannsburg kein Erbe wäre und zu befürchten sei, daß das edle

Geschlecht aussterben würde. Daneben tauchte Mechthildis liebes Antlitz auf und das Bewußtsein, sie mein Weib nennen zu dürfen, wenn es soweit käme, daß Ulrich stürbe – eine schier wahnsinnige Freude überfiel mich – das Glück – das Glück stand vor mir – ich brauchte nur zuzugreifen. Die Welt war mein, das Leben mit seinem Glanz mein – mein das geliebte Weib – nur einen Griff und die Flasche zerschmettern, die vor mir stand – nie würde ein Wort über des Abtes Lippen darüber kommen, das wußte ich – nie über die meinen – die Flasche vernichten und dann allem übrigen den Lauf lassen.

Schon griff ich nach ihr, vergessen hatte ich Gott und sein Wort – alles, alles war vergessen – schon stand ich am Kamin, die heilkräftigen Tropfen zu verschütten, da – mein Blick fiel von ungefähr auf den Altar – nein, nicht von ungefähr. Der barmherzige Gott lenkte ihn so – ich sah das Kruzifix, und eine Stimme tönte an meine Ohren oder in meinem Herzen: »Und sie kreuzigten ihn daselbst.«

Wie vom Blitz getroffen stand ich da – schlaff sank die zum Wurf erhobene Hand herab – ich fing an zu zittern, so, daß ich in die Knie sank – und mir kam die Erkenntnis – Selbsterkenntnis über mich. Das schmetterte mich zu Boden.

»Verräter, Brudermörder!« gellte es in mir. Ich sah, an welchem Abgrund ich gestanden, ja bereits halb drin gewesen war. Ich wußte plötzlich, daß mich vorhin satanische Macht gepackt hatte, weil ich nicht gewacht und gebetet hatte, und ich brach ohnmächtig zusammen.

Wie lange ich so gelegen hatte, ist mir unklar. Als ich wieder zu mir kam, war mir, als tobe um mich die Hölle. Mühsam stand ich vom Boden auf und stellte die unversehrte Flasche auf den Tisch und legte das Pergament daneben.

Dann habe ich mich dazugesetzt und begonnen, mein Inneres zu durchforschen –

Herr Gott, Allmächtiger – wohin war ich gekommen!

Des Abtes Schuld war riesengroß – jawohl, er hat mein einsames Leben auf dem Gewissen. Aber meine Schuld? Oh, sie war dagegen ungeheuerlich und jene klein!

Am Rand der Hölle hatte ich gestanden. Meinen Bruder wollte ich hinsiechen sehen, sein und Luitgardis' Lebensglück vernichten und auf diesen Trümmern das meine aufbauen!

Mein Gott, welche Abgrundtiefe in meiner Seele! Wohin kommt der Mensch ohne dich, wenn du ihn nicht hältst!

Und sie, die ich liebte, hatte ich mit hineinziehen wollen in meine Schuld – mich schüttelte Ekel und Grauen vor mir selbst!

Da aber wurde eine andere Stimme in mir lebendig, die mir zuflüsterte: »Du bist nicht so arg und bös – wenn Gott ein Gott der Liebe ist, hätte er nicht zulassen dürfen, daß du in solche Versuchungen kämst. Da siehst du, was du an ihm hast, und was dir all dein Frommsein genützt hat. Alles Täuschung, nichts als Täuschung – du bist schuldlos, er allein hat Schuld!«

Ich verblendetes Menschenkind biß mich in solchen lästerlichen Gedanken fest und haderte mit Gott, rechtete mit ihm, lehnte mich auf gegen ihn!

Das ist einen Tag und mehr gegangen.

Und ich mußte dabei mit Ulrich zusammensein – mußte reden und sollte sogar mit ihm beten – aber das habe ich dann doch nicht gekonnt.

Verwundert und erschreckt hat er mich angeschaut

und endlich zu mir gesagt: »Hilarius, es liegt ein fremder Ausdruck von Trotz auf deinem Antlitz – was ist's?«

Gräfin Sabina aber meinte: »Herr Pater, Ihr seid krank, die Pflege unseres Sohnes hat Euch zu sehr angegriffen – ruht etliche Tage.«

Ich nickte und habe etwas Unverständliches geantwortet, dann bin ich wieder hinauf in mein Gemach gegangen.

Ich war nur froh, daß es ein anderes als am Anfang war – jenes lag neben Ulrichs, dieses durch einen langen Gang davon getrennt.

Als ich dann so allein in meinen vier Wänden war und aufs neue in Trotz und Vermessenheit mit dem Allmächtigen haderte, durchzuckte mich plötzlich der Gedanke: »Wer aber war's, der deine Hand hielt, die Flasche mit dem Heilmittel nicht zu zertrümmern? Wer war's, der deinen Blick auf den sterbenden Erlöser zog? Von woher kamen jene Worte: Und sie kreuzigten ihn daselbst?«

Da kam die rechte Selbsterkenntnis über mich, und sie hat mich vollends zerschmettert! Nun erst sah ich im wahren Licht mein böses Tun und Denken und habe nichts anderes mehr tun können, als im Staub vor ihm zu liegen und um Gnade und Vergebung zu schreien.

Wohin, o mein Gott, wohin kann der Mensch kommen!

Alles wurde mir immer klarer, daß ich mich zu sehr von meinen Wünschen und meiner Liebe hatte treiben lassen – daß ich, statt in mir die Schuld zu sehen, sie dem Allmächtigen zuschieben wollte.

Es waren Stunden solcher Seelenqualen, wie ich sie niemals für möglich gehalten hatte. Aber der barmherzige, starke Gott hat mich gehalten, der hochgelobte Erlöser stellte mir sein Kreuz vor die Seele, und klar wie nie zuvor ist mir geworden: »Mein Blut vergossen für dich!«

Hatte mich zuvor meine Schuld und Sünde in den Staub gebeugt, tat's nun seine vergebende Gnade.

Was soll ich noch weiter darüber sagen? Der verlorene Sohn, der im Begriff stand, in den Abgrund zu stürzen – ist gerettet und am Vaterherzen Gottes!

Ich habe das alles genau hier niedergelegt – obwohl ich am liebsten darüber geschwiegen hätte – um nicht zu vergessen, in welchen Tiefen der Sünde ich stand, und welche Höhen der Gnade ich erfahren durfte. Nun aber kann ich wie Jakob sagen: Ich habe Gott von Angesicht gesehen, und meine Seele ist genesen!

Ja, genesen auch von jenem Leid, das die Liebe zu Mechthildis über mich gebracht hat. Ich hatte zwar allezeit danach gerungen, willenlos zu sein, aber es war mir nicht gelungen. Jetzt bat ich nur immer, der Meister möge mich dazu fähig machen, und er tat es! Er befähigte mich, meinen Isaak zu opfern, Gott alles hinzugeben. In den Stunden der inneren Läuterung vor ihm, besonders am gestrigen Tag, bin ich ein neuer Mensch geworden.

Meine Hand ist fast erlahmt vom langen Schreiben, doch will ich noch eins hinzufügen, da ich fürchte, vorhin nicht ganz klar geschrieben zu haben: *Die* Liebe, die ich bis dahin hatte, war zur Sünde geworden, sie beherrschte mich mit der Zeit zu sehr. Als ich sie opferte, ist sie verklärt und rein in meiner Seele zur heiligen Flamme geworden – diese ist keine Sünde mehr, und sterben wird sie erst mit mir. Aber wenn ich jetzt Mechthildis noch einmal sehen sollte – ich stände ihr anders gegenüber, und wenn ich erfahren würde, sie sei im Kloster –, könnte – würde ich in doppelter Treue an sie denken, aber mich nicht dagegen auflehnen.

Ich schlief heute morgen einige Stunden. Jetzt werde ich zu Ulrich gehen. Oh, ich habe viel gutzumachen!

Nachts

Wieder liegen Stunden tiefer, innerer Erschütterung hinter mir – so daß ich nicht schlafen kann.

Das erste, was ich nun mit unsagbarer Freude melden kann, ist, daß Ulrichs und Luitgardis' Glück hoffentlich gesichert ist!

O mein Gott, ich danke dir – und daß ich dabei mitwirken durfte, dafür danke ich dir noch besonders!

Doch ich will der Reihe nach berichten.

Als ich heute zu Ulrich kam, streckte er mir beide Hände entgegen. »Hilarius, gelobt sei der Allmächtige! Endlich, endlich kommst du! Ich sorgte mich um dich, wie sehnte ich mich nach dir!«

Ich beugte mich über ihn und küßte ihn. Die Flasche hatte ich in der Kutte verborgen. Aber als ich ihn vor mir liegen sah – weiß und eingefallen sein Antlitz, die braunen Augen unnatürlich groß, da ich seine Hände in die meinen nahm und fühlte, wie abgezehrt sie waren – da hat mich ein brennendes Weh um meinen geliebten Bruder gefaßt, daß ich nur mühsam meine Fassung bewahren konnte.

Da habe ich die Hände über seiner Brust gefaltet und gebetet – nein, ich habe gefleht, inbrünstig, und aus dem Flehen wurde ein Ringen mit Gott, dem Allmächtigen um Ulrichs Leben, um seine volle Genesung! Ich konnte nicht aufhören. Ich bot dem Allmächtigen mein Leben dar für ihn – ich ließ nicht nach – und plötzlich kam mir das Bewußtsein: du bist erhört!

Da konnte ich mit einem Halleluja mein Gebet enden. Ich lehnte den Kopf an seine Wange, und wir weinten beide und schämten uns nicht der Tränen. Aber noch eine dritte weinte mit uns: Gräfin Sabina, seine – meine Mutter!

Wir hatten es beide nicht wahrgenommen, daß sie hereingekommen war. Sie lag auf den Knien am anderen Ende seines Lagers und sagte, als sie endlich reden konnte, sie wäre ins Zimmer getreten, als sie meine Stimme hörte und hätte mitbeten wollen.

Ich nahm die Flasche und gab Ulrich einen Löffel von den dunklen Tropfen, wie mir der Abt gesagt hatte. In wenigen Worten erklärte ich beiden, woher ich das Medikament hatte.

Als wir noch miteinander redeten, wurde mir der Bote gemeldet, den ich nach Neuenburg gesandt hatte. Der Mann war schneller zurück, als ich für möglich gehalten hatte. Mir war's lieb so! Ich ging rasch zu ihm. Ulrich folgte mir mit den Augen – er war abwechselnd bleich und rot.

Der Mann überbrachte mir Grüße von Gräfin Jutta und von Luitgardis ein kleines Brieflein. Es enthielt nur wenige Worte, aber sie genügten!

»Sagt Ulrich«, schrieb sie, »wenn er krank und siech sei und sein Leben lang so bleiben müßte, könnte ich mir nichts Besseres wünschen, als bei ihm zu sein, seine Schmerzen lindern zu helfen, sein Leid mit ihm tragen zu können! Sagt ihm, ob krank, ob gesund, ob reich, ob arm – meine Liebe und Treue bleiben ihm, und wenn der Allbarmherzige einen Weg für uns fände, uns zu einen – es wäre mein höchstes irdisches Glück. Ich wüßte und wünsche mir kein anderes!«

Ich wußte, es war Wahrheit, was ich hier las, und ich wußte zugleich, wenn dies hier keine Änderung bei

Graf Ulrich und Gräfin Sabina hervorruft, dann stehe ich ratlos da.

Ich ging mit dem Brief in der Hand wieder hinein und gab ihn schweigend der Gräfin – ich kann nicht sagen »Mutter« – warum nicht, das nachher. Sie las und las – ich sah, das Blatt zitterte in ihrer Hand.

Ich trat auf sie zu und führte sie ins Nebengemach.

»Herrin«, bat ich, »da seht Ihr selbst einen Reichtum an Liebe, den Ulrich, Euer Sohn, nie im Leben, nie mehr, sage ich, zum zweitenmal finden wird! Wollt Ihr, könnt Ihr noch hart und unbarmherzig 'nein' zu einer solchen Liebe sagen? Wollt Ihr Euch der Schuld teilhaftig machen, Ihr und Euer Gemahl, zwei Menschenleben zu vernichten? Wollt Ihr nicht viel lieber mithelfen, daß Ulrich an Leib und Seele genesen kann? Bedenkt, Ihr habt im letzten Grund kein Recht, die beiden zu trennen – die Fehde ist in Waffenstillstand übergegangen, die Herzogin ist ziemlich machtlos geworden. Sagt, mit welchem Recht wollt Ihr noch zwischen die beiden treten? Und wie denkt der allmächtige Gott dann über Euch? Herrin, auch das vierte Gebot hat seine Grenze – sagt, was wollt Ihr tun?«

Sie war bei meinen eindringlichen Worten in einen Sessel gesunken und hatte das Antlitz in den Händen verborgen. Eine Weile schwieg sie, ihr Atem ging schwer. Ich sah, wie sie mit sich kämpfte – und ich betete unablässig im Herzen zu Gott um Hilfe.

Endlich ließ sie die Hände sinken und sah mich an.

»Pater Hilarius – ich bin überwunden – Ihr tatet es vorhin durch Euer Gebet! Schwer, sehr schwer ist's mir, meinen Herzenswunsch für Ulrich aufzugeben. Wir hatten ihm bereits ein Gemahl ausgesucht – aber ich will nicht schuld an seinem Unglück sein! Meinen Gemahl hoffe ich umstimmen zu können, wenn er heimkehrt. Nein, nein, wir wollen nicht Ulrichs Glück im Wege sein!«

»Gelobt sei Gott!« kam es innig über meine Lippen. »Nun kommt, Herrin, sagt es ihm sogleich selbst und gebt ihm Luitgardis' Brief!«

Sie zitterte so, daß ich sie stützen mußte. Sorgsam führte ich sie zu Ulrich, der in großer Erregung auf uns wartete.

»Mutter, was gibt's?«

»Nimm und sieh selbst.« Damit reichte sie ihm den Brief.

Ein Jubelruf entfuhr ihm, als er gelesen hatte, doch dann blickte er mit banger Frage zu ihr und mir hin.

Ich nickte ihm zu. Die Mutter aber neigte sich über ihn und sagte leise: »Die Heiligen mögen Euch beide segnen und Euch so glücklich machen, wie dein Vater und ich es geworden sind. Luitgardis ist mir willkommen, und ich will dafür sorgen, daß sie es auch dem Vater ist.«

Da bin ich leise hinausgegangen – jetzt bedurfte es keines dritten zwischen ihnen. Ich wußte, Mutter und Sohn fanden sich in dieser Stunde wieder.

Hier in meinem Gemach aber habe ich eine Kerze entzündet und dann an ihr den päpstlichen Dispens für mich zu Asche verbrannt.

Als ich das Häuflein Asche vor mir sah und dem Wachs des päpstlichen Siegels zuschaute, wie es langsam zerlief und auf die Asche tropfte, hat's mich noch einmal gepackt und durchschüttelt. Aber ein Blick auf meinen Herrn – dann war alles vorüber!

Nun ist Graf Siegfried von Altmanns-Hofen in Wahrheit der Welt gestorben – und nie soll jemand erfahren, wer ich bin. Ich bleibe Hilarius, der Mönch aus Kloster Pforta in Thüringen! Deshalb mag ich auch nicht von meinen Eltern reden – auch hier nicht – ich könnte mich zu leicht verraten. Sie sind und bleiben mir Graf Ulrich und Gräfin Sabina – aber ich liebe sie – und ich vergab ihnen, daß sie mich einst dem Kloster weihten. Sie wußten nichts Besseres zu tun und standen zu stark unter mönchischem Einfluß.

O Herr, bringe du mit deiner Allmacht bald Licht in so manche Finternis unserer Kirche!

Morgen will ich zum Abt Ambrosius gehen – habe auch gegen den alten Mann viel gutzumachen.

Den Abend über bin ich heute wieder bei Ulrich und Gräfin Sabina gewesen.

Im Osten graut der Morgen. Ich will versuchen, noch etwas Ruhe zu finden, nachdem ich mein Herz hier wieder erleichtert habe. Aber aus tiefster Seele muß ich immer wieder sagen: Soli Deo gloria!

Am 28. Juli

Heute in den Vormittagsstunden hat Abt Ambrosius das Zeitliche gesegnet und ist, so hoffe ich, im Frieden zur oberen Schar versammelt worden. Schon gestern ließ es mir kaum Ruhe, zu dem alten Manne bald hinzugehen und gutzumachen, was ich in meiner Aufregung gefehlt hatte. Heute nun kam einer der Confratres in der neunten Stunde und rief Pater Eurastus, den Kaplan hier, und fragte dabei auch nach mir, ob ich nicht kommen wolle, der würdige Abt verlange nach mir.

Ich bin sogleich hinunter und trat zaghaft ins Sterbegemach. Er hielt den Blick auf die Tür gerichtet, und als er mich sah, winkte er. Die anderen knieten um sein Lager herum und murmelten eintönig Sterbegebete. Die letzte Ölung hatte er bereits in der Nacht durch den Prior erhalten.

Ich beugte mich tief, ganz tief zu ihm herab, und ehe er reden konnte, bat ich: »Erhwürdiger Vater, vergebt mir meinen Zorn, meine Härte, die ich Euch gegenüber bei unserer Unterredung neulich hatte! Vergebt, daß ich nicht zu Euch redete, wie ich als ein Diener des hochgelobten Erlösers reden sollte.«

Seine Augen weiteten sich: »Du, Siegfried«, brachte er mühsam hervor. Doch ich bat: »Nicht Siegfried, würdiger Vater, Hilarius nennt mich.«

»Du bittest mich um Vergebung – mich, der dir bitter schweres Unrecht zugefügt hat? Nein, aber wenn du Erbarmen mit einem Sterbenden hast, so mach' mir das letzte Stündlein leicht; vergib, vergib du mir!«

Angstvoll flehend hingen seine Blicke an mir.

»Alles, alles habe ich Euch vergeben«, sagte ich in tiefer Bewegung. »Ich bedarf selbst der größten Vergebung bei Gott! Wie könnte oder dürfte ich Euch zürnen! Alles ist begraben – aber vergebt auch Ihr mir!«

Ein Atemzug tiefster Erleichterung hob die Brust. Über das eingesunkene Antlitz zog ein glücklicher Ausdruck.

»Wenn ich etliches zu vergeben habe, wie du meinst, Hilarius, alles – aber dir Dank und Dank den lieben Heiligen – oh, nun kann ich im Frieden heimfahren – nun ist die Last von mir – nun hat mir auch der Hochgelobte vergeben – Hilarius, ich danke dir! Gesegnet sei dein Kommen, gesegnet dein weiteres Leben! Doch sage, warum soll ich dich Hilarius heißen?«

»Graf Siegfried von Altmanns-Hofen bleibt tot für die Welt«, sagte ich und beugte mich noch tiefer über ihn, weil es niemand hören durfte.

In maßlosem Staunen sah er mich an: »Und der Dispens?«

»Ist gestern in Flammen aufgegangen – die heilenden Tropfen aber gebe ich regelmäßig meinem herzlieben Bruder und Freund. Ich erhielt von dem Allmächtigen in heißem Flehen die Gewißheit, daß sie ihm zur vollen Genesung verhelfen werden.«

»Gesegnet seist du tausendmal«, flüsterte er, »oh, die Heiligen haben an dir einen besseren, treueren Diener als an mir.«

»Nicht die Heiligen«, entgegnete ich, »aber er selbst, der Erlöser, ehrwürdiger Vater – er soll einen treuen Diener an mir haben! Nur Jesus und Jesus allein!«

Anscheinend hatte ihn die Unterredung zu sehr angegriffen. Er schloß die Augen und murmelte nur noch: »Jesus, Jesus allein –«, dann trat der Schweiß auf seine Stirn, sein Atem begann schwer zu gehen.

Ich schob den Arm unter seinen Kopf und suchte ihm Erleichterung zu verschaffen. Dankbar sah er mich an. Kurz war der Kampf, dann entschlief er friedlich, und seine letzten Worte waren: »Jesus allein!«

Ich drückte seine Augen zu und bin dann still heimgegangen. Ich teilte der Gräfin Sabina das Ableben des Abtes mit und bin in mein Gemach hinaufgegangen. Hier habe ich zuallererst meinem Herrn innig danken müssen für solche Gnade, die mir widerfahren ist, daß ich dem alten Vater das Sterbestündlein erleichtern und ihm die Augen schließen durfte.

Dann bin ich zu Ulrich gegangen und fand ihn heute besser, frischer als gestern – die Botschaft Luitgardis', die Einwilligung der Mutter – das ist wohl die beste Medizin für eine kranke Seele – und für den Leib.

Am 3. August

Es geht Ulrich bedeutend besser. Der Medikus, der gestern gelegentlich nachschauen wollte, schlug die Hände über dem Kopf zusammen.

»Wenn es so weitergeht«, sagte er zu mir, »dann ist der Graf in kurzem genesen. Ihr Heiligen, ich hätte meinen Tropfen nie solche Heilkraft zugetraut!«

Ich lächelte: »Tut Euren Tropfen kein Unrecht, solche Heilkraft haben sie auch nicht«, entgegnete ich. »Hier hat anderes geholfen, hier ist der allmächtige Gott im Spiele.«

Er blickte mich an – besonders geistvoll war sein Antlitz nicht. Wann er wiederkommt, hat er nicht hinterlassen.

Meine Seele aber ist voll Dank und Anbetung gegenüber dem lebendigen Gott! Ulrich hat gestern bereits ohne Schmerzen etliche Minuten aufrecht sitzen können.

Alsdann kam's über seine Lippen in tiefer Bewegung: »Hilarius, wenn mich der Barmherzige noch einmal genesen läßt, wie es jetzt den Anschein hat, und ich wieder ein Schwert führen kann, soll mein Dienst ihm allein gelten. Dem Raubritterwesen, das anhebt sich breitzumachen, will ich widerstehen, wo und wie ich kann, den Unterdrückten will ich helfen, den Armen die Not lindern, den Witwen und Waisen Recht schaffen. Und Luitgardis – oh, sie wird mir darin helfen und treu zur Seite stehen. Hilarius, wie bin ich glücklich! Wie ist das Leben jetzt so ganz anders – und alles verdanke ich dir, meinem Herzensfreund.«

»Nicht mir, nur dem Erlöser«, wehrte ich ab, aber er bestand: »Nächst ihm dir, Hilarius.«

An Luitgardis haben wir noch keine Nachricht gesendet – erst muß Graf Ulrich zurück sein. Hoffentlich hält die Herzogin ihn nicht allzulange fest.

Am 10. August

Graf Ulrich ist heimgekehrt – unerwartet. Er kam heute

zur Mittagszeit. Wir begrüßten ihn in der Halle, aber er sah sogleich, daß etwas geschehen sei.

»Wie geht es mit Ulrich?« war seine erste Frage.

Statt der Antwort bat ich ihn, mit hinaufzukommen. Da saß Ulrich, zwar noch von Kissen gestützt, auf seinem Lager und ließ sich gerade das Mahl schmecken.

Graf Ulrich blieb fast sprachlos stehen. Aber dann gab's ein herzbewegendes Freuen bei beiden. Der Vater schaute den Sohn immer wieder an und ließ sich dann alles erzählen. Ulrich, der sonst nur wenig reden konnte, ohne Schmerzen zu haben, sagte ihm selbst alles.

Als er geendet hatte, nahm Graf Ulrich meine beiden Hände, aber reden konnte er im ersten Augenblick nicht. Er wollte mir danken. Ich ließ es nicht zu – ich will keinen Dank.

Der Vater gab ihm ebenfalls die Einwilligung und den Segen zu einer Ehe mit Luitgardis und fertigte einen Eilboten an Gräfin Jutta ab. Ich mußte ihr einen Brief schreiben und sie bitten, wenn sie noch geneigt sei, Ulrich als Eidam anzunehmen, sobald als möglich mit ihren Töchtern zur Altmannsburg aufzubrechen, wo die Vermählung ihrer Tochter Luitgardis mit Ulrich in aller Stille wegen des Ablebens von Graf Wiprecht vollzogen werden sollte. Auch an Mechthildis sandte ich einen Gruß mit – ich darf es wieder tun!

Ulrich aber ist seit heute nachmittag ein anderer geworden. Seine Augen strahlen, und sein Antlitz trägt den vollen Stempel eines Genesenden.

Am 14. August

Was will der Bischof von mir?

Von Clairvaux ist Botschaft gekommen, der hoch-

Gedanken – auch meiner Zunge – in dieser »Chronik« freien Zug lassen. Ich glaub', das ist das beste.

Am 20. August

Es regnet.

Wenn man keine bestimmte Beschäftigung hat wie ich in der Gegenwart, ist's gar langweilig an solchen Tagen. Ich ging vorhin im Kreuzgang auf und ab und sinnierte über allerlei, als der Prior mir entgegenkam. Ihn hab' ich noch am liebsten von allen. Er schob seinen Arm in den meinen, und wir wandelten miteinander.

»Nun, Pater Hilarius, deine Wangen röten sich wie reifende Äpfel im September«, hob er an. »Gott sei Dank, daß dein Aufenthalt hier solche Wirkung hat. Ich glaubte es kaum, als du kamst; sahst schlecht genug aus! Ist das Fieber nun ganz gewichen?«

»Ganz«, entgegnete ich, »nur was anderes ist an dessen Stelle gekommen.«

Er schaute mich besorgt an. »Das wäre?«

»Die Langeweile«, sagte ich kurz.

Er lachte. »Kein übel Zeichen, Hilarius. Noch etliche Wochen, und der Vogel fliegt davon.«

Ich schüttelte den Kopf. »Das war nicht meine Meinung, Pater Bernhardus. Ich möchte nicht weg von Pforta.«

»Freut mich zu hören«, entgegnete er, »und ich meine, wenn du wieder genug Kraft erlangt hast, wird sich auch eine Aufgabe finden. Wart's ab, Hilarius! Es kommt vielleicht eher, als du denkst. Hast du übrigens schon vernommen, daß unser Herr Heinrich, Markgraf von Meißen, nicht glücklich gewesen ist im Feldzug gegen die Brandenburger Fürsten? Ein Fahrender bat vorhin um Nachtquartier, der erzählte davon.«

würdigste Bischof begehrt mich zu sehen, ich soll hinkommen. Bleibt mir nichts anderes übrig, als gehorsam zu sein. Kommt mich sauer an, ich bliebe lieber hier. Lebt doch in meinem Herzen der Wunsch, Gräfin Jutta und Luitgardis zu sehen und den Ehebund Ulrichs zu segnen – daß Mechthildis auch mitkommt, glaube ich nicht.

Aber was hilft's, ich muß gehen.

Ulrich ist darüber auch mißvergnügt; aber Graf Ulrich sagte nur: »Ich bin der Meinung, Ihr werdet bald wieder hier sein, Herr Pater.«

So ziehe ich morgen schon los, vorher will Ulrich probieren, das Lager zu verlassen.

Am 15. August

Lobe den Herrn, meine Seele! Über Bitten und Verstehen hilft der Allmächtige. Ulrich kann gehen! Zwar vorerst nur mit Unterstützung von beiden Seiten, aber er ist doch gegangen.

Als er langsam von seinem Lager zu einem Stuhl gekommen war, faltete er die Hände und sagte leise mit bebender Stimme: »Mein Gott, ich danke dir!«

Aber dann jubelte er auf: »Nun kann ich Luitgardis entgegengehen, wenn sie kommt.« Wir alle freuten uns mit ihm.

In einer Stunde ziehe ich fort. Ich wollt', ich wäre erst wieder hier. Graf Ulrich gibt mir starke Bedeckung mit – es ist fast, als ob ein Ritter reist statt eines Mönches.

Am 25. August, Clairvaux

Ich bin gestern abend spät hier angelangt. Die Confratres erkannten mich sogleich. Natürlich, bin ja erst zwei Jahre fort. Es gab ein freundliches Begrüßen und dann viele Fragen nach dem und jenem in der Welt.

Aber ich machte es wie immer und sagte gerade so viel, als ich für gut befand.

Heute nachmittag werde ich eine Unterredung mit dem Bischof haben. Wer weiß, was er will!

Am Abend desselben Tages

Nie hätte ich mir solches träumen lassen – nie! Graf Ulrich hat nach dem Ableben des Abtes Ambrosius einen geheimen Eilboten nach Clairvaux entsandt mit der sehr bestimmten Bitte, mich dort als Abt einzusetzen! Mich, der ich in seinen Augen doch nur ein einfacher Mönch aus Kloster Pforta in Thüringen bin! Das ist doch sehr wunderlich. Aber noch wunderlicher ist, daß der Bischof mitsamt dem Konvent ganz einverstanden mit der Bitte ist und mir heute erklärte, daß ich zum Nachfolger des Abtes Ambrosius erkoren bin.

Es kam dann noch eine inhaltschwere Unterredung mit dem hochwürdigen Herrn, weil er mir nun mitteilen wollte, welcher Herkunft ich sei. Ich mußte lachen, als ich sein Gesicht sah, während ich ihm sagte, ich wüßte es bereits. Besonders geistreich sah er in diesem Augenblick nicht aus!

Ich habe ihm dann in Kürze gesagt, wann mir zuerst eine Ahnung kam, und wann und wie ich die Gewißheit erhielt.

Als ich Abt Ambrosius nannte, verfärbte er sich und begann nun so herumzufragen und wußte nicht, wie er herausbringen sollte, ob ich von dem Dispens wüßte! Ich merkte die Angst bei ihm. Endlich erbarmte ich mich seiner und sagte ihm kurz, ich hätte den Dispens in Händen gehabt, aber verbrannt, weil mein Bruder genesen sei.

Sichtlich erleichtert atmete er auf und fragte, ob Graf von Altmanns-Hofen es wüßte. Ich verneinte, fügte auch hinzu, daß von dem Dispens nie ein Wort über meine Lippen zu anderen kommen würde, auch nicht zu den Meinen selbst, auch dann nicht, wenn sie erführen, wer ich sei, was ich aber verschweigen wolle.

Ich mußte ihm dann auf das Kruzifix hin versprechen, über den Dispens zu den Meinen zu schweigen mein Leben lang: Ich hätte auch ohnedem geschwiegen!

Hierauf gab er einen verschlossenen Brief an den Grafen Ulrich mit und sagte dabei, er enthielte meine Ernennung zum Abt. Meine Einführung in die neue Würde ist auf den ersten Sonntag im Oktober festgesetzt. Dazu will der hochwürdige Herr selbst erscheinen. Bis dahin soll der Prior mich in alle Geschäfte und was dazugehört einführen. Der Bischof meinte, es werde viel zu ordnen und mit manchem aufzuräumen sein, weil Abt Ambrosius so gebrechlich und hinfällig gewesen sei und sich wohl nicht um alles hatte kümmern können. Damit war ich entlassen und ziehe morgen in der Frühe wieder – ja, nun muß ich sagen: heim!

Wie mir dabei zumute ist? Ich weiß es selbst kaum. Einerseits erfüllt mich Freude, weil ich nun immer in der Nähe der Meinen, meines geliebten Bruders sein darf. Aber auf der anderen Seite hat mich Weh durchzogen. Ich werde also die Neuenburg, Kloster Pforta und – Mechthildis nicht wiedersehen.

Herr, wie du willst – es ist gut so!

Am 7. September. Auf der Altmannsburg

Ich bin daheim in des Wortes vollster Bedeutung!

Mein, Gott, wie soll ich dir danken!

Gestern, am Abend spät, kam ich hierher zurück – bin gereist so schnell ich nur konnte! »Zu Hause« zog's durch meinen Sinn, als ich in den Burghof trat. Aber nein, ich wollte und mußte ja der Mönch aus Pforta – der neue Abt des Klosters Sankt Quirin sein und bleiben!

Ich sah gestern abend niemand mehr von den Meinen. Doch erfuhr ich auf meine Fragen sogleich, daß Ulrich bereits im Gärtlein gewesen ist – auch daß man in den nächsten zwei Tagen Besuch aus dem Thüringer Land erwarte und die Gastzimmer schön hergerichtet habe.

Mit dankbar frohem Herzen legte ich mich zur Ruhe und begrüßte heute morgen zuerst den Grafen Ulrich – so will ich ihn noch einmal nennen – in der Halle. Bald nach ihm kam auch Gräfin Sabina. Es tat mir wohl, zu sehen, daß sie herzlich froh schien, weil ich wieder da sei. Ulrich war noch in seinem Gemach – zu ihm wollte ich nach dem Frühmahl gehen.

»Was wollte der Bischof von Euch, Herr Pater?« begann Graf Ulrich sofort zu fragen.

Ich sah ihn lächelnd an: »Davon nachher, Herr Graf, erst laßt uns etwas genießen!«

Auch er lächelte – ahnte natürlich alles.

Als das Mahl beendet war – etwas schneller als sonst – holte ich den Brief hervor und übergab ihm den.

Aber von dem, was drin stand, haben wir alle nichts geahnt!

Der Graf las – ein befriedigtes Lächeln ging über sein ernstes Antlitz. Doch dann weiteten sich seine Augen – der Brief begann heftig in seiner Hand zu zittern.

»Was gibt's?« fragte die Gräfin erschrocken.

Auch meiner bemächtigte sich eine zitternde Erregung. Ich sah, da mußte noch etwas anderes drin stehen, als nur meine Ernennung zum Abt.

»Lies«, preßte der Graf hervor, »Sabina – ist's möglich – ja, ja, ich wußte es ja gleich – Siegfried, mein Sohn!«

Und ehe ich mich besann, hatte er mich umschlungen, und ich konnte nichts anderes als stammeln: »Vater, lieber Vater!«

Dann ein Auffschrei – und ich lag am Mutterherzen! Aber wir mußten sie rasch stützen – zu unerwartet war es ihr gekommen, obwohl sie es auch schon immer gefühlt hatte.

Wir brauchten lange, ehe wir alle fähig waren, einen klaren Gedanken zu fassen! Dann aber zog's uns zuerst zu Ulrich, weil er schon auf uns wartete.

Wir traten ein. Froh rief er: »Endlich, Hilarius – ja – aber, was ist geschehen?«

Damit schaute er uns verständnislos an.

»Ulrich – er ist Siegfried – unser Sohn!«

»Mein Bruder?«

Nie kann ich die nächste halbe Stunde beschreiben!

Wir fanden uns erst langsam zurecht, nachdem ich sie mit mir auf die Knie gezogen und ein inniges Lob- und Dankgebet gesprochen hatte. Dann aber begann das Erzählen und Fragen, so daß zu befürchten steht, wir werden in den nächsten Wochen nicht fertig!

Auf der Burg ist's wie ein Lauffeuer herumgeflogen, daß der Pater Hilarius der Zwillingsbruder des jungen Grafen sei. Einer nach dem anderen von den ergrauten Männern, die mich gleich zu Anfang so prüfend angeschaut haben, sind zu mir gekommen mit Tränen der Freude in den Augen.

Mir aber ist zumute, als gäbe der Allmächtige mir eine Freude nach der anderen, nachdem ich gelernt habe, ihm allein zu folgen.

Morgen kommen Gräfin Jutta und Luitgardis mit

ihrem Geleit. Der Vater will ihnen heute schon entgegenziehen. Doch wird er ihnen nichts von dem hier Geschehenen sagen. Sie sollen es erst hier erfahren.

Da werde ich auch Nachricht erhalten, wie es ihr geht, und wann wird sie wohl wissen, daß meine Vermutung wahr war?

Am 8. September. Abend

Herr, habe Dank – auch noch diese Gnade!

Heute am Spätnachmittag sind sie gekommen, die mir so teuer sind – und mit ihnen auch Mechthildis! Das sehe ich als eine ganz besondere Gnade des Höchsten!

Als der Türmer das Nahen der edlen Gäste ankündigte, sind wir alle hinunter in den Zwinger gegangen – Ulrich zitterte derart vor Aufregung, daß ich ihn stützen und führen mußte. Er war bleich im Gesicht, und seine braunen Augen strahlten. Auch unsere Mutter war blaß vor Erregung, sah dabei aber glücklich und froh aus. Ulrich flüsterte mir zu, daß er solch einen heiteren Ausdruck niemals vorher auf ihrem Antlitz gesehen habe.

Nun ging die Zugbrücke rasselnd hinab, und die Tore öffneten sich weit. Voran sprengte der Vater in den Zwinger, dann folgten die edlen Frauen im bequemen Reisewagen. Der Vater öffnete. Gräfin Jutta entstieg als erste und rief froh erregt: »Pater Hilarius!«

An ihr vorüber aber eilte Luitgardis – Ulrich ließ mich los, und lachend und weinend zugleich hielten sie sich umschlungen.

Ich wandte mich rasch ab. Aber mein Herz zog sich in Freude und Weh fast zusammen, als ich Mechthildis sah und sie begrüßen konnte!

Im gleichen Augenblick erkannte ich, wie unsere

Mutter Luitgardis an ihr Herz nahm. Ich atmete auf – dem Höchsten sei Dank! Nun war alles gut!

Langsam gingen wir hinauf zur Oberburg, wo ein reichliches Mahl in der Halle auf uns wartete. Luitgardis und Ulrich genossen nichts. Da rief ich – es war ziemlich gegen Ende des Mahles – über den Tisch ihr zu: »Luitgardis, wenn Ihr so wenig auf das leibliche Wohl Eures künftigen Eheherrn achtet, befürchte ich, er ist bei Euch nicht gut versorgt und ich kann es mit gutem Gewissen nicht zugeben, weil ich sehr für meinen herzlieben –«, ich machte eine kleine Pause, »Bruder sorge!«

Luitgardis lachte. Sie verstand es nicht. Aber ein rascher Blick zu Mechthildis zeigte mir, sie hatte verstanden! Sie war bleich – doch ihre wunderbaren Augen strahlten!

»Luitgardis«, sagte Ulrich, sie zärtlich an sich ziehend, »höre, deinem Schwager mußt du folgen.«

»Schwager?« fragte sie atemlos, während Gräfin Jutta erregt zu mir hinblickte.

Nunmehr erfuhren sie alles, auch daß ich Abt zu Sankt Quirin geworden sei. Nun war die Freude erst recht groß, und unsere Eltern erklärten, so frohe Stunden wie heute hätten sie seit unserer Kindheit nicht mehr verlebt.

So ist der Abend vergangen, und dabei wurde festgesetzt, daß am Sonntag – es ist in drei Tagen – die Vermählung zwischen Luitgardis und Ulrich in aller Stille stattfinden soll. Ich werde ihren Bund hier in der kleinen Burgkapelle einsegnen. Gräfin Jutta und Mechthildis bleiben zunächst hier – wenigstens so lange, bis ich als Abt im Kloster wohne. Was sie dann tun werden, weiß ich noch nicht.

Ulrich ist wie verjüngt, überhaupt wie verwandelt.

Luitgardis strahlt wie ehedem, und ihre Augen leuchten im alten Glanze. Herzerfrischend klingt ihr frohes Lachen! Heimlich flüsterte sie mir zu, daß sie erst wieder lachen könne, seit die frohe Kunde von der Altmannsburg zu ihr kam, und sie fügte noch hinzu: »Hilarius, wenn es nicht geschehen wäre – der Efeu hatte sich zwar fest ans Kreuz geklammert, aber dennoch fehlten ihm die irdischen Lebensbedingungen – er wäre hingesiecht!« Ich glaub's auch. Aber nun sind die Lebensbedingungen da, daß der Efeu wieder wachsen wird.

Gräfin Juttas Antlitz trägt den Ausdruck glücklicher Zufriedenheit. Aber an ihren Gemahl denkt sie doch in Liebe und Wehmut.

Mein Gott, wie danke ich dir! Laß mich ihnen allen hier ein Segen werden, das erflehe ich mir von dir als besonderen Segen.

Am 11. September. Mitternacht

»Lobe den Herrn, meine Seele, und was in mir ist, seinen heiligen Namen! Lobe den Herrn, meine Seele, und vergiß nicht, was er dir Gutes getan hat!«

Herr, zu schwach ist mein Dank für deine unendliche Güte! Aber danken will ich dir, solange ich lebe, für die Freundlichkeit, die du mir heute erwiesen hast!

Genesen kniete heute Ulrich vor dem Altar mit seiner holden Luitgardis, und ich, der Sohn des Hauses, sein Bruder, durfte ihren Herzensbund segnen!

Aber das ist es nicht allein, das mich so dankbar froh sein läßt.

Es war eine stille, frohe Feier, die dann im kleinen Kreise folgte. Als alles beendet war und der Tag zur Neige ging, und eines hierhin, das andere dorthin sich verlor, bin ich allein zum Burggärtlein hinabgegangen, wo in einer Ecke eine versteckte Laube ist. Sie öffnete sich an der einen Seite zu einem weiten Blick über das Land und ist seit langem mein Lieblingsplätzlein.

Ich schlug auch heute den Weg dorthin ein. Als ich eintrat, stand – Mechthildis erschreckt auf.

»Hilarius – Ihr?«

Mir stockte zuerst der Atem – doch ich faßte mich sogleich. »Bleibt, Mechthildis, und wenn Ihr es wünscht, gehe ich.«

Sie schüttelte den Kopf: »Nein, Hilarius – oder muß ich Siegfried sagen?«

»Nein«, wehrte ich, »laßt mich für Euch der bleiben, als den Ihr mich kennenlerntet.«

»Es ist mir auch am liebsten«, entgegnete sie, sich setzend. Sie deckte die Augen mit der Hand – ich wußte nicht, sollte ich gehen oder bleiben.

Schon wollt' ich gehen, da sagte sie leise: »Setzt Euch zu mir, Hilarius. Ich möchte Euch einiges sagen.«

Schweigend nahm ich Platz – wie verloren ging ihr Blick in die Weite.

Ich schaute sie von der Seite an – o Mechthildis, wie anders bist du geworden! Zart die Gestalt, mehr noch als Luitgardis, blaß und schmal das so liebliche Antlitz. Ein feiner Schmerzenszug hat sich um den Mund gegraben, aber trotzdem ruht ein wunderbarer Ausdruck von Friede auf ihren reinen Zügen.

Endlich begann sie zu reden: »Ich möchte Euch zuallererst danken, Hilarius, von Herzen danken, daß Ihr mir den Weg zum Frieden der Seele gewiesen habt. Als ich nicht mehr aus noch ein wußte, habe ich's mit Eurer Weisung probiert und habe mich an den Erlöser selbst gewandt! Hilarius, Ihr hattet recht – nur er gibt Frieden – nur in ihm ist Friede! Seither bin ich stille geworden. Mehr will ich darüber nicht sagen.«

»Dem Barmherzigen sei Dank«, erwiderte ich tief bewegt. »Es ist mir ein neuer Beweis dafür, wie herrlich er unsere schwachen Gebete erhört.«

»Betetet Ihr für mich?« fragte sie rasch.

»Täglich, Mechthildis«, sagte ich nur.

»Wie ich für Euch«, erwiderte sie sehr leise.

Wieder trat eine Pause ein, dann fragte ich: »Was werdet Ihr später tun?«

»Nach Tscheiplitz werden Mutter und ich ziehen«, sagte sie.

Ein heißes Erschrecken rann mir durch die Seele, als ich es hörte. Sie hatte es mit ihrem feinen Gemerk gesehen und fuhr leicht lächelnd fort: »Aber ich nehme nicht den Schleier, Hilarius! Ich habe zu deutlich erkannt, daß nicht Klostermauern Frieden geben können! Doch als dienende Schwester will ich den Klosterfrauen helfen an den Armen, den Kranken und Kindern, und will versuchen, in andere mit Kummer und Leid beladene Herzen Freude und Trost zu bringen. Auch für Mutter ist es gut, wenn sie dort wohnt. Sie hat dann in unserer Tante, der Äbtissin, eine Freundin und Stütze. Seid Ihr zufrieden, Hilarius?«

Ich drückte nur still ihre Hand, gab sie aber gleich wieder frei.

Wir sprachen dann von mir und meiner neuen Tätigkeit in Sankt Quirin und kamen – es war so natürlich – auf meine Abstammung und die an Gewißheit grenzende Ahnung, die mir sofort wurde, als ich mehr von Ulrich und seinen Eltern durch Luitgardis erfahren hatte.

»Und hättet Ihr keinen Dispens bekommen, wenn Ihr es versucht hättet, Hilarius?« fragte Mechthildis sehr leise.

Eine helle Röte überflog ihr liebes Antlitz. »Ihr

wolltet es doch versuchen, sagtet Ihr damals – oder – ist vielleicht irgendwo ein solcher vorhanden – und Ihr wißt es nicht?«

O Mechthildis, nur zu gut verstand ich die stumme Frage, die zwischen den Worten lag. Was sollte ich sagen? Mir klopfte das Herz zum Zerspringen. Unwahr konnte und wollte ich nicht sein. Wenn ich sie gebeten hätte, nicht zu fragen, hätte sie es anders deuten können, so, als bedeute sie mir nichts mehr.

Mein Schweigen beunruhigte sie anscheinend.

»Etwas ist nicht in Ordnung, Hilarius«, sagte sie erregt. »Ich sehe es Euch an – denkt wie früher, ich sei Euer Schwesterlein, laßt mich teilnehmen an allem – oder vertraut Ihr mir nicht mehr?«

Ich konnte doch von Rechts wegen nichts sagen – nicht um meines Versprechens wegen gegenüber dem Bischof. Dennoch sehnte ich mich danach, gerade ihr, die ich liebe, und zu der ich vollstes Vertrauen habe, meine Seele zu öffnen! Aber – würde sie mich dann noch achten können? Solche Erwägungen zogen durch meinen Sinn. Als ich sah, daß sie hastig eine Träne fortwischte, ihr Antlitz aber ruhig mir zukehrte und sagte: »Tut Euch keinen Zwang an, Hilarius. Ich verlange nichts zu wissen. Es gibt Dinge, mit denen man allein fertig werden muß.«

»Ich bin damit allein fertig geworden, Mechthildis. Das ist es nicht, was mich nicht gleich reden läßt. Im Gegenteil, gerade Euch möchte ich alles mitteilen, weiß ich doch, Ihr versteht mich, aber ich befürchte nur eins, Mechthildis – Ihr möchtet die Hochachtung vor mir verlieren –«

»Hilarius!«

Der schmerzliche Ausdruck ihres Gesichtes, vor allem der Ton ihrer Stimme sagte mir genug! Ich holte tief Atem – dann erfuhr sie alles – alles ohne Zusatz – ohne Beschönigung.

Als ich geendet hatte, hatte sie das Antlitz in den Händen verborgen und weinte bitterlich.

»Mechthildis«, bat ich leise, »seid ruhig, ich bitte Euch! Sagt mir, ob Ihr mich verurteilt.«

Sie hob das Angesicht empor und blickte mich unter Tränen lächelnd an. »Gelobt sei der Allmächtige, der Euch Kraft gab, stark zu sein, Hilarius! Ich Euch verurteilen? Nie, Hilarius, niemals! Ihr steht mir heute nur noch höher als sonst schon! Habt Dank für Euer Vertrauen – es bedarf keines Wortes, daß nie jemals ein Mensch von dem erfährt, was ich vernahm.«

Ich nahm ihre Hand und drückte sie ehrerbietig an meine Lippen.

Lange saßen wir dann in Schweigen versunken. Vom nahen Kloster klang feierlich die Abendglocke durch die Stille herüber. Ich stand auf: »Laßt uns gehen, Mechthildis!«

»Aber laßt uns zuvor dem Allerbarmer für diese Stunde danken, Hilarius – wollt Ihr?«

Und ich tat's aus tiefstem Herzen.

Seite an Seite standen wir dann und schauten übers Tal, das sich mit Abendschatten füllte. Ich fühlte, es war vielleicht das letztemal für lange – vielleicht für immer, daß wir so standen. Rasch wandte ich mich zu ihr und nahm ihre beiden Hände: »Mechthildis, und wenn Ihr jemals einen Freund braucht oder einen Bruder – immer bin ich für Euch da, solange ich atme! Und im übrigen –«, ich stockte, sprach dann aber ruhig weiter: »laßt uns vorwärts schauen zur goldenen Ewigkeit, wo in der Herrlichkeit alle Kinder Gottes eins sind – auch wir, Mechthildis – und wo keine Kutte und kein Klostergelübde die Herzen mehr trennt!«

»Ja, Hilarius, das wollen wir – vorwärts und aufwärts schauen, bis wir dort sind – wie schön wird es sein!«

Dann gingen wir.

Dir aber, o mein Gott, noch einmal Dank für diese Stunden stillen Verstehens, besonders aber, daß ich ihr den Weg zu dir weisen durfte! Nun hilf weiter – vorwärts – aufwärts – heimwärts!

Am 9. Oktober. Im Kloster Sankt Quirin

Seit gestern bin ich Abt. Es war eine ernste, würdige Feier, die der Bischof hielt. Es waren viele von nah und fern gekommen, Priester, Prälaten, Ritter, Grafen, geistliche und weltliche Würdenträger. Mir war am liebsten, daß alle meine Lieben dabei waren und niemand fehlte.

Ich habe im Kloster hier arg zerrüttete Verhältnisse vorgefunden. Abt Ambrosius hat viel versäumt. Das lag an seinem Alter – aber den tiefsten Grund kenne nur ich: Gewissensnot! Deshalb werfe ich keinen Stein auf ihn. Gott lasse ihm sein Licht leuchten!

Ich aber will versuchen, mit des Allmächtigen Hilfe neue Zustände zu schaffen, auch wenn es schwer werden wird. Ich will versuchen, den Confratres in Wahrheit ein Wegweiser zum ewigen Heil zu werden.

Und du, Herr, hilf mir dazu!

An Marcellus habe ich heute einen Boten mit einem langen Brief gesandt und ihm den wunderbaren Gang meines Lebens gemeldet. Ich weiß, der Treue freut sich mit mir!

Am 20. Juli 1250

Etliche Monde sind verstrichen. In ruhigem Geleise geht das Leben dahin. Auf der Altmannsburg herrscht eitel Glück und Freude. Ulrich ist kraftvoll und stark geworden, mehr als jemals, und Luitgardis erblüht in voller Frauenschönheit. Die Eltern freuen sich nun von Herzen ihrer Kinder Glück, und alle bangen, dunklen Zeiten sind überwunden.

Gräfin Jutta und Mechthildis sind nach Tscheiplitz gezogen, aber die Boten gehen hin und her und bringen gute Kunde.

Hier im Kloster ist jetzt auch mehr Ruhe, nachdem die Confratres zuerst sehr rebellieren wollten gegen allerlei, was ich änderte. Als sie aber sahen, daß ich meine Meinung fest behielt, blieb ihnen nichts übrig, als sich zu fügen. Nun scheint der eine und andere doch einzusehen, daß ich es gut meine und recht habe.

Zwischen der Herzogin Sophia und dem Thüringer Landgrafen ist auch Friede eingekehrt, das heißt fürs erste nur Waffenstillstand auf zehn Jahre. Nun, zehn Jahre sind eine lange Zeit. In ihr wird allerlei geschehen! Er ist sogar der Vormund ihres Sohnes geworden. Was will man mehr!

Nun, da ich also im Sonnenschein der Gnade des Höchsten leben darf, treibt es mich nicht, hier Aufzeichnungen zu machen. Ich bin neugierig, was die nächste melden wird, und wann sie sein wird.

Im Oktober 1265

Als ich heute ein wenig über die Vergangenheit nachdachte, fiel mir meine alte »Chronik« ein, die ich fast ganz vergessen hatte. Ich holte sie unten aus der Lade heraus und las mit Lächeln das letzte, was ich hier schrieb. 15 Jahre sind seither verstrichen, und sie haben viel, gar viel gebracht. Ich will es noch aufzeichnen, dann verschließen – sie wird der Nachwelt nicht von Wert sein!

Unsere Herzogin Sophia hat im Jahre 1256 den Waffenstillstand gebrochen, und es ist ein heißes und heftiges Ringen angegangen. Zu Anfang schien es zum Unguten für Markgraf Heinrich den Erlauchten auszugehen, weil er fast aus ganz Thüringen verjagt wurde. Aber seine Söhne Albert und Dietrich, ebenso der tapfere Schenk Rudolf von Bargel stellten seine Sache wieder her. Sie griffen den Bundesgenossen der Herzogin, Herzog Albert von Braunschweig, zwischen Wettin und Halle an, schlugen ihn in die Flucht und nahmen ihn gefangen. Nun eroberte Markgraf Heinrich Thüringen zurück, und Sophia mußte einen Vergleich und den Frieden antragen. Dieser ist zustande gekommen in diesem Sommer. Danach entsagt sie allen Ansprüchen auf Thüringen und gibt sich mit Hessen zufrieden. Der Herzog von Braunschweig aber mußte für seine »Entlösung« 8 000 Mark Silber zahlen und acht Städte und Schlösser zurückgeben an die Herzogin, weil diese zu Hessen gehören. Thüringen gehört also dem Meißener Markgrafen, wie Heinrich Raspe es ehedem bestimmt hatte. So sieht es jetzt in der Welt aus.

Hier im Kloster ist, dem Herrn sei Dank, schon lange Friede, und unter den Confratres sind viele, die den Weg zum Kreuz fanden. Ich kann mit Dank gegen meinen Gott sagen, der Abt und die Mönche stimmen zusammen.

Oben auf der Burg blüht frisch und stark ein neues Reis am alten Stamm – mein Neffe Ulrich. Er ist das einzige Kind meiner Geschwister, steht im vierzehnten Lebensjahr und ist ein schöner, mutiger Knabe. Auch gottesfürchtig und fromm ist er. Er liebt es, wenn ihm sein Ohm Hilarius vom Heiland erzählt. Das tue ich gern und oft.

Mein Vater ist von den Hofdiensten zurückgetreten. Nun hat Ulrich, mein teurer Bruder, die Ehrenstellen inne. Sie halten ihn öfters, als ihm und Luitgardis lieb ist, von der Burg fern. Die Liebe zwischen beiden ist frisch und stark wie am Anfang, nur tiefer und fester von Jahr zu Jahr geworden, geprüft und gereift durch jene Stürme damals. Unserer Eltern ganzer Stolz ist ihr Enkel.

Nur Gräfin Jutta hat sich seiner nicht lange erfreut. Sie ist seit mehr als zehn Jahren im Frieden Gottes entschlafen.

Und Mechthildis? Meine Liebe zu ihr ist die gleiche. Obwohl wir uns seither nicht sahen. Wenn eine Botschaft von ihr zu uns kommt, fehlt nie ein Gruß für mich. Sie ist dort in Tscheiplitz der Trost, die Freude, der Sonnenschein für Gesunde und Kranke, Arme und Elende – so hat uns die Äbtissin, die Nachfolgerin ihrer Tante wurde, einmal berichten lassen. Den Schleier hat sie nicht genommen, wie sie mir versprochen hat, so sehr sie auch damals von ihrer Tante darum angegangen worden ist.

Ich hab' eben ein wenig geblättert und da und dort in meiner »Chronik« gelesen.

Wenn ich zu Anfang, als ich sie aus Langeweile begann, meinte, es würde nichts Welt- und Herzbewegendes drin stehen, habe ich mich geirrt. Es kommt manchmal so im Leben!

Ich will meine Chronik schließen – vielleicht findet sie einmal mein Neffe – er soll meine alte Lade erben, wo ich sie nebst anderem verwahrt habe. Und wenn sie verloren geht, liegt auch nichts daran!

Eines aber soll bis an mein Ende mein Ziel sein, nämlich des Höchsten Ehre zu verkünden und zu verherrlichen mit meinem ganzen Leben. Über meinem ganzen Leben soll geschrieben sein und bleiben, was ich hier schon zweimal schrieb in diesen Blättern:

Soli Deo gloria!

Von der gleichen Verfasserin erschienen im Christlichen Verlagshaus:

Das Forsthaus im Christianental

222 Seiten. Kartoniert. Bestell-Nr. 13 038

Auch das Harzstädtchen Wernigerode und seine engere Umgebung sind im Dreißigjährigen Krieg nicht von schweren Drangsalen, von Pest und Hungersnot verschont geblieben. All das aber kann den alten Förster Hannes Markendorf und seine Familie nicht in ihrem festen Gottvertrauen wankend machen. Die Kraft des Evangeliums bewährt sich als Wirklichkeit im Dasein dieser schwer geprüften Menschen. Ihr Gottvertrauen und die Gewißheit, daß unser Herr und Meister uns die schweren Führungen nur zur inneren Festigung schickt, läßt sie auch das Schwerste tapfer tragen.

Wir erleben in der Schilderung dieser stark beeindruckenden Begebenheiten nicht nur einen interessanten und bewegten Abschnitt deutscher Geschichte mit, sondern erhalten auch einen tiefen Einblick in das Leben und Denken zweier Generationen, die nicht weniger von den Zeitläuften umgetrieben waren wie viele Menschen unserer Tage. Lernen dürfen wir von den Gestalten dieses Buches das Dennoch des Glaubens, mit dem sie sich immer wieder in der Hand ihres Gottes bergen, obwohl seine Zulassung und sein Handeln ihnen oft ein Rätsel bleiben. Doch auch das Unverständliche muß denen zum Besten dienen, die ihn lieben.

Wettergasse 18
158 Seiten. Kartoniert. Best.-Nr. 13 075

In dieser historischen Erzählung, die ein wertvolles Dokument der Reformationszeit ist, versteht es die bekannte Verfasserin, das alte Marburg und seine Einwohner zur Zeit des Anfangs der Reformation, wie sie in alten Chroniken dargestellt sind, so anschaulich und lebendig zu machen, daß es dem Leser zumute ist, als lebe er mitten unter ihnen. In fröhlichen, aber auch in erschütternden Bildern entrollt sich ihm eine Gesamtschau des damaligen gesellschaftlichen und religiösen Lebens, das – zunächst noch im Zeichen des starren Katholizismus – die Menschen in ihren natürlichen Beziehungen zueinander, z. B. in der Liebe zwischen Mann und Frau, oftmals an Abgründe geführt hat, die sie nicht überbrücken zu können glaubten.

Mitten hinein in das Dunkel dieser Zeit bricht das helle Licht der Reformation. Eine neue, andere Welt tut sich auf, durchwirkt von der Frohen Botschaft, die Dr. Martin Luther der Christenheit mitteilt. Dieses Licht breitet sich mit unwiderstehlicher Gewalt nach allen Seiten hin aus. Das alles ist so wahr und eindrucksvoll, aber auch so taktvoll dargestellt, daß der Glaubende von neuem begeistert und der Laue für das Evangelium entflammt werden kann, der aber am Evangelium nicht Interessierte zum mindesten aufhorchen muß. Diese Erzählung ist ein großartiges Denkmal jener Zeit, die auch noch uns vieles zu sagen hat.

Die Letzten von Rötteln
208 Seiten. Kartoniert. Bestell-Nr. 13 019

Ein farbenprächtiges historisches Gemälde vermittelt dieses Buch, in dem die längst versunkene Zeit um Rudolf von Habsburg (1273–1291) lebendig wird. Von alten Chroniken aus geht die Autorin den Spuren der Vergangenheit nach und schildert die Kämpfe der Geschlechter jener Zeit in der Gegend von Basel, in der einst die stolze Burg Rötteln stand, von der noch heute eine stattliche Ruine zeugt.

Doch ist hier nicht nur von Machtkämpfen die Rede. Im Mittelpunkt der Erzählung steht die schwerwiegende Liebe des evangelisch gesinnten Burgkaplans zur Herrin der Burg. Lebenshunger und Verzicht, trotziges Aufbegehren und entsagungsbereite Frömmigkeit begegnen uns und machen deutlich, daß das Menschenherz unruhig bleibt, bis es Ruhe findet in Gott – damals wie heute.

Diese nie langweilige Erzählung aus einer längst vergangenen Epoche übt noch heute auf uns ihren Reiz aus.

Sturmzeiten am Bodensee
270 Seiten. Kartoniert. Bestell-Nr. 13 104

Dem Grafen Eberhardus vom Geschlecht der Oberndorfer, der in seiner Jugend viel Schweres erlebt hat, bleibt die Erfüllung seines Wunsches versagt, die zerstörte Burg seiner Ahnen wieder aufzubauen und einen eigenen Hausstand zu gründen. Es scheint, als wollten die kriegerischen Stürme jener Jahre kein Ende nehmen. Sein Freund Hugh zieht als Kreuzfahrer ins

Heilige Land. Er selbst wird in politische Wirren verwickelt, die ihn in den Süden Europas führen.

Auf dem Rückweg trifft er in den Alpen auf den Klausner Johannes, einen frommen Beter und Liebhaber der Heiligen Schriften. Hier kommt Eberhardus an einen Wendepunkt seines Lebens: Er findet zum Glauben. Gleich seinem väterlichen Freund geht er ins Kloster und wird Pater Laurentius. Als Leutepriester, der noch manche inneren Kämpfe durchzustehen hat, wird er später ein weithin bekannter Klausner in Immenstaad, der vielen dienen und zum Segen werden darf.

Im Unterliegen gesiegt

235 Seiten. Kartoniert. Bestell-Nr. 13216

Daß im scheinbaren Unterliegen Menschen den Sieg gewinnen können, bezeugt die Bibel. Käthe Papke nimmt diesen Gedanken auf und entwirft auch hier ein lebendiges Bild längst entschwundener deutscher Vergangenheit. Uns begegnen die Burggräfin Loretta und ihre Schwester Blanche, der Burgkaplan und der Erzbischof Balduin. Sie alle sind nicht erdachte Romanfiguren, sondern in alten Dokumenten und Berichten genannte Persönlichkeiten. Weil in ihrem Leben Gott zur Herrschaft gelangt, kann Leidenschaft sich in reine Liebe verwandeln; Selbstsucht, Ehrgeiz und Machtgier weichen Hingabe, Dienstbereitschaft und Verantwortungsbewußtsein.

Ein Buch für Menschen, die um Lösung innerer Spannungen ringen und im Kampf des Lebens Sieger werden möchten.

Das Kreuz auf Usedom
219 Seiten. Kartoniert. Bestell-Nr. 13153

Vineta, geheimnisvolle, im Meer versunkene Stadt! Auch dich, »Königin der Ostsee«, und Swantovit, deinen Gott und Schutzherrn, bezwang einst das verachtete Christenkreuz! So künden vom Ausgang des ersten christlichen Jahrtausends die Urkunden, nach denen Käthe Papke ihre Erzählung so lebendig gestaltet hat. In erbittertem Ringen kommt über die Opfer der Blutzeugen die große Schicksalsfrage zum Austragen: Christus oder Swantovit, der Wendengott. Allen inneren und äußeren Hindernissen zum Trotz überwindet das Evangelium die Macht des Heidentums im Pommernland.

Die da Treue hielten
220 Seiten. Kartoniert. Bestell-Nr. 13185

Die junge Christengemeinde in Rom muß gegen Ende des ersten Jahrhunderts schwere Verfolgungen erdulden. Häscher des Kaisers Domitian dringen bis in die verstecktesten Winkel der Katakomben vor, in denen die Gläubigen ihre Gottesdienste feiern. Viele werden zu Tode gefoltert. Doch unter den harten Schlägen wächst der Glaube jener bedrängten Christen, und sie schließen sich nur noch fester zusammen.

Die erfolgreiche Autorin zahlreicher historischer Romane zeichnet hier ein lebendiges Bild der römischen Christen. Sie gehörten zu der »Wolke von Zeugen«, die auch der Gemeinde Jesu unserer Tage zum Vorbild in Druck und Verfolgung gegeben ist.